邓安庆 著

永隔一江水

人民文学出版社

图书在版编目(CIP)数据

永隔一江水/邓安庆著. —北京:人民文学出版社，2021(2023.3 重印)
ISBN 978-7-02-016625-1

Ⅰ.①永… Ⅱ.①邓… Ⅲ.①短篇小说-小说集-中国-当代
Ⅳ.①I247.7

中国版本图书馆 CIP 数据核字(2020)第 174004 号

责任编辑　朱卫净　李　翔

出版发行　人民文学出版社
社　　址　北京市朝内大街 166 号
邮政编码　100705
印　　刷　山东临沂新华印刷物流集团有限责任公司
经　　销　全国新华书店等

开　　本　890 毫米×1240 毫米　1/32
印　　张　10
字　　数　160 千字
版　　次　2021 年 2 月北京第 1 版
印　　次　2023 年 3 月第 3 次印刷

书　　号　978-7-02-016625-1
定　　价　75.00 元

如有印装质量问题,请与本社图书销售中心调换。电话:010-65233595

目录

序：一写家乡，我就像鱼儿回到了水里

——我为什么想写《永隔一江水》/ 邓安庆

写作这么多年来，我一直在寻找独属于我自己的小说。《纸上王国》是我 2011 年写的第一本书，那时写的篇幅很短，只有两三千字，它们展现的是我亲人的一个或几个侧面，属于散文性质的书写。那时候我有一个心愿，想为每一位我爱的亲人都写一篇文章。那还是摸索的时期，还没有想要立体、丰富地去描写人的自觉意识。到了我第三本书《山中的糖果》才逐渐形成了这样一种意识：要用小说的手法，每次用一万字的篇幅去展现一个人。一万字的篇幅能够充分写出人物所生活的时空，也就是邓垸这个地方，这里生活着我的亲人、我的邻居，他们每个人的命运都吸引着我。

另外语言方面也形成了新的意识。写完《山中的糖果》，我形成了更符合自己性情的一种写法，首先是抱着"天地不仁，以万物为刍狗"的心态去观察人，然后用一种我老家武穴当地的方言来展现。选择用这种语言的过程中，我也不全然是在使用方言，而是用一种"最大公约数"的南方方言去写，这样才能让四川、江西、湖南、湖北、安徽的读者，都以为我是在写他们。比如我会用"搞么子""要得"这一类表达，虽然在各地发音不一样，但是用字是一样的，这样就无论南北方读者都能读得懂，又能一眼看出这是方言体，不然如果让邓垸人操着一口普通话，那是非常奇怪的事。

有读者跟我说，感觉我是在创造一个邓垸的世界。的确，从《山中的糖果》开始，到《我认识了一个索马里海盗》里面的《凤招》和《碧珠》，再到《天边一星子》里面的《跳蚤》，都是写邓垸的。而《天边一星子》经历了《山中的糖果》的变化，我逐渐吸纳小津安二郎、侯孝贤的镜头语言，融入小说的展示方式中去。它们不表现冲突，而是平静地观察和凝视。比如在《跳蚤》里，姚建军跟爸爸在打铁的铺子等车，这个场景跟故事情节直接的关系并不明显，但我之所以展现这个场景，就在于小说跟故事不同的是它提供了一个读者可以在里面游走的空间。这个空间于我而言就是邓垸，人物命运的展现需要这个空间。就好比鱼在水里游，你要把水写好，鱼才能游得更畅快。

《永隔一江水》是我2019年写的一部小说集，它是"邓垸"系列的延续，也是这个系列最完整的展示。虽然《山中的糖果》《我认识了一个索马里海盗》《天边一星子》三本书都在写这个系列，但却不成系统，因为书中也写到了其他地方的事情，而到这本书，我想用一整本书来写邓垸。另外，我也不想再用一篇写一个人的手法，而是力求用更丰富、立体的方式来搭建一个完整的世界。

这本书包含《换新衣》《凉风起天末》《虫儿飞》《蝉鸣之夏》《东流水》《秋风起》《永隔一江水》七篇小说，一共十六万字左右。你可以说它是一个短篇小说集，也可以说是一个长篇。因为这是一个系列小说，分开各自是独立的短篇，合起来看小说之间人物经常互相"串门"，你在这篇里是主角，在那篇则可能一闪而过……这其中不容易处理的问题是独立性（假定读者只看一篇，其他的没看，这篇需是自足自洽的）：我在上一篇已经详细写到家庭关系，那如何在另一篇再次提起时做到既不重复又能巧妙地告诉读者？有一篇写某个人性情，那下一篇需要借助此人性情推进小说，如何不重复地描写？……这些写完后，整体看下来，怎么能做到全书相互贯通，不重复，不冗杂，互相呼应，互相成就？这其中的分寸拿捏，真的还挺难的。

昭昭一家和建桥一家是此书最核心的两个家庭，全书每篇小说的故事都是围绕他们展开的。这两家是邻居，昭昭和建桥从小学到初中都是同学，所以关系非常好。昭昭家里有爸爸妈妈，还有一个大他很多的哥哥（哥哥很早就出去读书了，所以没有在书中出现）；建桥家里除爸爸妈妈外，还有大姐贵红（已经出嫁）、细姐秋红。除开两个核心家庭之外，出现在小说里的还有昭昭爷爷、学校老师、卖衣服的亲戚、回来寻亲的姐姐等人物。

小说的时间跨度，前六篇是有时间顺序的（从初一寒假到初二上学期），第一篇《换新衣》是过年，第二篇《凉风起天末》是冬季寒假，第三篇《虫儿飞》是春夏之交，第四篇《蝉鸣之夏》是盛夏，第五篇《东流水》是暑假，第六篇《秋风起》是秋天，所以是经历了春夏秋冬四个季节，我在小说里也会照顾到每个季节的变化，而昭昭和建桥也在每一篇小说中随着时间的推移和经历的事情逐渐长大，从懵懂的孩童成为敏感的少年。这个成长，也是我在写作过程中特别注意的。直到第七篇《永隔一江水》，时间跨度一下子跳到了几十年后，昭昭那时候已经工作了好些年，再一次回到家乡，遇到了建桥的大姐贵红（贵红在前面六篇频繁地被提起，但从未出现），那时候曾经一起长大的建桥在外乡结婚，秋红也远嫁外地，建桥妈妈也去世了，此时物是人非。昭昭陪着贵红经历了一系列的事情，小说的结尾，也是全书的结尾停留在长江水中央：

　　轮船开动了，汽笛声又一次响起。我们选了靠窗的位置坐下，贵红姐一直看着江岸沉默不语。船一点点开动了，缓慢地、稳健地驶向对岸。船头切开江水，传来哗哗的水浪声。饱含湿气的风灌进来，凉意顿生，人也清醒了不少。天色渐暗，沿岸的山峦隐没在雾气之中。船到江心时，夜色笼罩，两岸零星的灯光也被江雾给吞没了。一时间，我们像是漂浮在无限的虚空之中，不知由来，不晓过往。

长江是我永恒的写作源泉，我的小说人物也在长江边长大，那里每一个人物的命运都与长江紧密相连。他们无论是离开还是回来，都离不开长江。所以我希望小说结束在长江中央，这像是一个隐喻，此岸与彼岸，我们在行进的途中，"像是漂浮在无限的虚空之中，不知由来，不晓过往"。而之所以把书命名为"永隔一江水"（灵感来自那首有名的同名歌曲），也是与此有关。

这七篇小说，每一篇基于不同的情节，写法会有所不同。相比专注于强情节或强人物的故事，我还是更喜欢偏重氛围的小说，不是一股强有力的力量把人拖着往前走，而是让人可以沉浸在盘旋回绕、反复皴染的细节之中。时间在这里有停顿的假象，人心也因此静了下来。但这样的小说也难写，写不好就是流水账，读来也冗杂沉闷。我希望这本书能避免这个问题。

虽然是以我家乡为蓝本，但我不是乡愁式的写作，也不要揭露什么。我希望平实地展示我看到的东西，而不是提炼出口号式的思想。我想从一个个体的感受出发，我们常见的乡村叙事，多数时候都是知识分子在发声，农民的声音很少有，更不必说被听到。我并不觉得知识分子的记录，能完全代表他们的感受，毕竟生活是他们在过，外人只是在旁观，顶多偶尔参与一下。我对乡村叙事的两种模式都持有警惕心，一种是田园牧歌式，一种是悲情式，这两种模式都简化了现实。农村本来就是一个多面向的存在，它涉及的层面远非一两种模式所能概括。我想做的是以生活在其中的人的视角来书写，从那种具体而微的细节中生发故事。从《山中的糖果》开始，我就想实现这句话，我要找到一个人的性格逻辑，感受他的感受，对这个人有同理心和同情心，这样的话一个人才能是鲜活生动的，也才是复杂多面的。而《永隔一江水》继续在做这种尝试。

《永隔一江水》里的人物，也不都是凭空创造的，每一个人物都有其原型。这些原型是我熟得不能再熟的亲人们。每年回家吃席的时候，一桌的婶娘叔爷，我挨个看过去，每一个人这几十年来的际遇都在我内心中翻涌。他们中间有一些我写过，有一些我没写，有一些我合并成一个人物，有一些我拆散到其他人物身上。时间累积的力量，体现在他们的额头、发色、皱纹，还有黧黑的手掌、蹒跚的步伐、说话的声调上。这个村庄除开房屋的翻新，基本格局几十年来无大变化，我熟悉的这一代人逐渐凋零，新生的一代人也随着年轻的父母飘散各地。也许有一天这个村庄会消亡，我唯一感到安慰的是我为它写了一系列的文字，好歹是一点微茫的记录吧。

最后再次回望写《永隔一江水》的过程，真是无比充实无比幸福的一段时光。那时候几乎以每天五千字的节奏往前推进。每天我的大脑和身体都处于一种兴奋状态，就像是有一只野兽，在我心中咆哮走动，渴望着被放出来。我太珍惜这样的状态了。我必须紧紧地抓住它，充分地榨干它，方能罢休。写完后，我的身心处于一种舒适的疲倦感中，立马会把稿子发给几位信赖的朋友看。他们都非常惊讶我的写作速度，连我自己都惊讶。歇息了一两天，我的身心又一次躁动起来，渴望着投入下一篇小说的写作中去。我被这股持续的激情推动着往前走。而我搭建起的小说世界一步步成型，直至完成。现在，我也想邀请更多的朋友进到这个小说世界来走走看看。希望你不虚此行。

换新衣

一

　　每到过年家人都要给我置办一套新衣服，每回，几乎每回都是在镇上的青姨那里买的。唯有今年，母亲走到拐进服装市场的门口，突然站住了说："咱们今年能不能换一家？"走在前头的父亲露出十分意外的神情："为么子嘞？"母亲不去看他，反倒是低头伸手把我的羽绒服捭直："年年都是在青玉那里买，她给么子我们就要么子，连还价都抹不开脸还！"父亲啧了一声："亲戚家给我们的价格本来就便宜，挑肯定是选最好的给昭昭，有么子不好？"母亲捏捏我身上那件去年买的黑色羽绒服："这个，去年在青玉那里是两百六，后来我问别人家，只要两百块。"父亲噎住了，眼光沉下来打量了我一番："她肯定不会骗咱们……"母亲忽然转身拉着我往回走："反正今年我不要在她那里买就是咯。"父亲忙跟过来："都走到这里咯……还有一堆年货要买……女人家真是想得多！"母亲不理他，径直带我速速离去。

母亲带我到镇上的百货商场买了过年的新衣，双排扣正反两穿加厚保暖外套，一面蓝，一面红，价格从三百块杀到了两百块。母亲高兴，我也高兴，毕竟是我自己挑选的。父亲一脸不高兴地站在旁边，母亲要给他买一件毛衣，让他去试试，他扭身出去："我去抽烟！"我悄声问母亲："爸是不是生气了？"母亲正捏着一条长裤的滚边，头也不抬："不理他！"趁着母亲还在挑选，我借口去上卫生间，跑到商城外面。父亲蹲在商城外面的花坛沿儿上抽烟，见我过来，眯着眼上下扫了一遍说："新衣服你喜欢啵？"我吃不准他的想法，"唔"了一声没说话。父亲像是得救了一般，跳下花坛，一步跨过来拉住我的手："我带你去青姨那里再买一套，要得啵？"我仰头看他，他发亮的眼睛透出的急切，让我想逃。我偷眼看商场门口，父亲不等我回话，拽着我往天桥的方向走。我想收回我的手："爸……我……妈她……"父亲沉默且固执地，以不可阻挡的力量拖着我走了十几米远。

母亲的袋子拍打在身上发出豁啦豁啦声，由远至近，越来越响。父亲这才松开我的手，立住，又从口袋里摸出一根烟栽在嘴里。"你不是去上厕所咯?!我等你半天等不到,还以为你落到粪坑里去了。"她刚说完,随即拽起我的手往商场走。我扭头去看父亲,他抬头看天,把烟往天上喷。我叫了一声:"爸!"母亲低吼了一声:"叫么子叫,他是没得脚还是没得手,不晓得自家跟过来?!"我不敢说话了。衣服结完账后,母亲带我去农贸市场,父亲不知道什么时候又跟了上来。他们谁也不说话。母亲买好了花生、干海带、香菇、笋干,袋子里装好搁地上,父亲很自觉地拿起拎在手中。沉默一直延续到回家,直到晚上母亲从袋子里掏出一件夹克递过来,父亲往后退了一步说:"我衣裳多得是……我不要……"母亲把夹克扔到床上:"随你便!"

二

　　大年初一一大早我就迫不及待地穿上的那件新衣,母亲怕不干净还特意洗了一次,现在香气盈盈地随着我出入叔伯家拜年。到了初二,该去亲戚家拜年。下楼时,父亲早已骑着车等在屋外了。我刚走近他，他的声音挡了过来："去换个衣裳！"我讶异地看他一眼说："为么子？"他不耐烦地挥手："叫你换你就去换！莫问七问八的！"我不敢多说话，满心不解地转身往回走，父亲的声音追过来："就穿去年那个拜年衣裳就好咯。"才走到大门口，正碰到拎着两包酥糖的母亲，她拦住我说："你要么子？"我没好气地答："换衣裳！"母亲撇头看外面一眼，把我往外面推了推："换个头壳！就穿这个，几体面！"父亲一只脚立在地上，一只脚踩着车踏，沉默不响。母亲把酥糖包递给我："三外婆一包，细舅屋里一包，记得啵？"我把酥糖包塞到我的背包里，怯怯走到父亲身边，他已经成了木头桩立在那里，被风撩起的头发像是一只愤怒的乌鸦。

在细舅家吃了早饭，一路上又顺带去三和堂舅、吕峰表哥家匆忙拜了一个年，十一点多到了三外婆家。离三外婆家还有百把米远的地方，父亲让我下车，说："你在这里自家玩一会儿，我去你三外婆家过一趟就回来。"我小声地抗议了一声："我不要……"父亲没有说话，等在那里，我磨蹭了一会儿才下来。"莫乱跑！"父亲丢下一句话，扬长而去。公路上拜年的人群一波波涌动，喇叭声和铃铛声此起彼伏，时不时传来鞭炮清脆的噼噼啪啪声，听久了像是能看到一锅炸年糕的菜籽油沸腾。远远的饭菜香味压了过来，宛如一根舌头舔我的脸。我探头看三外婆家那边，炊烟低低地沿着屋顶飘散。而我又冷又饿地剩在路边，百无聊赖地看一只母鸡头一探一探地啄地。此时，三外婆家应该会像往年一样，做了一桌子菜，金黄的蛋饺、炖烂的猪脚、酸菜鲫鱼，对了，还有卤好的鸡腿！此时父亲应当坐在那里，跟他的表兄弟们一起喝酒……真不能想，一想就一肚子气，简直想立马走回家去。

　　一只肥软的手搭在我的脖子上："昭昭，你爸嘞？"格子毛呢外套的一角蹭着我的手，暖暖的香气笼罩着我。我不用抬头，单听声音，就知道是青姨。她蹲下来，摸我的脸说："脸都冻红咯！"我这才看到她圆圆的脸盘子，齐耳短发，月牙状的耳环一晃一晃的。我莫名地鼻酸，才要开口就有哽咽的冲动，好容易忍下来，低着头不说话。青姨没有再问，起身牵我的手，走着走着说："昭昭，你个子长得好快！怕死人嘞，都快到我胸口咯。"我还凝滞在难过的情绪中，没有说话。青姨又讲："你爸粪肥浇得足，营养几好，把你养这么高！"说完自顾自笑起来，见我还不笑，凝神打量我一番，像是忽然有了新发现。"你这衣裳——"她伸手捻了捻布料，又摩挲了一番羽绒服背面，"看起来不错，是在哪里买的？"我脑筋一下子绷紧，青姨的目光还停留在我的衣服上，我咕哝了一声："不晓得。"青姨笑笑，没有多说话。

三

　　三外婆的笑声隔着十米远都听得那么真，到了门口，更是在耳边炸开。我才一进门，三外婆就迎过来说："昭昭来了呀！"说着上前来摸我的脸，"还是个瘦猴！"青姨松开手，把我交给三外婆说："我去松林家看了一下，他家那个电视机千把块钱，你那个黑白电视我给你换个一样的。"三外婆又笑："我个老嬷儿，眼睛都要瞎咯，哪里还看电视！"说着她往堂屋坐着七八个人大声说："青儿说要给我换个大彩电，我不兴这个，遥控器我都不会捏！"大家纷纷说："青儿有孝心，你有福气！"三外婆撇撇嘴："浪费钱！"正说着，她又捏捏我的手说："你手冰冷的！"我扫了一眼堂屋，父亲目光穿透过来，我像是碰到一枚硬钉子，缩了一下。青姨拿来一个暖手宝塞到我手中："他在路边站着，不晓得做么子鬼。"说着她瞥了父亲一眼。父亲的脸被喷出的烟雾罩住了。

　　三外婆没有生过孩子。青姨刚出生时被人遗弃在水沟里，是三外婆把她抱回来养大的。这个故事三外婆自己讲了很多次："就是五里地那个水渠，我清早蒙蒙亮趁天气凉快去地里，就听到有伢儿的哭声，一路寻过去，啧啧……"大家纷纷"啧啧"起来，三外婆接着说："真是狼心狗肺才做得出来的事噢，几好看的女伢儿，说不要就不要！"大家又"要不得要不得"地应和，三外婆换了个讲话姿势，左腿搭在了右腿上："我就抱回来，跟三国说要养，三国看见是个女伢儿，叫我扔了，我不肯，他拿起个扫把就来打我……"大家摇头说"要不得要不得"，三外婆把抽完的烟头扔地上，旁边的表叔立马递上烟点上。三外婆抬头看墙上三外公的遗照，抹掉眼泪说："三国得胃癌哦，不是青儿东凑钱西凑钱，他还想走得体面？"大家"是哎是哎"地应和。

　　桌子上腾空，铺了粉红色塑料薄膜，菜也一一端上：黄豆炖猪蹄、青椒小炒肉、可乐鸡翅，还有我最爱吃的蛋饺……三外婆起身，掸掉身上的烟灰，去灶屋帮着青姨端菜。我故意离得父亲很远，坐在左厢房门旁的小凳子上嗑瓜子。他跟着建军表叔说话，不看我，我扭头也不看他。我心里有很多气，暖手宝放在腿上，有微薄的暖意，我已经不冷了，但它提醒了我，是父亲把我晾在外面冻那么长时间。阳光从屋顶中央的玻璃瓦跌下来，砸在我的脚上。我今天穿的是深蓝色球鞋，搭配着同款蓝色鞋带，鞋帮上绕着一圈洁白的线，我在百货商场一眼就相中了。现在，我把它递到了阳光里，黄色的光斑熨帖地敷上来。顷刻间，光被一整块阴影吞掉了，浓烈的烟味袭过来。"走了。"我低声咕哝了一句："我饿。""走！"跟着声音下来的是粗糙的手心，拍在我脖子上。我不由自主地起身。

三外婆钳住父亲的手臂："都要吃饭咯！你走么走？！"当时我们已经站在了屋门口，父亲笑笑，想把手抽出来："忙咯，还有好多家要跑。"三外婆不松手："一年一到，平常时说忙，没得时间，我信。今天我不放你走，这么多菜！"里面已经坐上桌的人也劝："吃了再跑咯。"父亲还想往外蹭，三外婆喊道："青儿！青儿！"青姨从灶屋探出头，"哎呀"一声撵过来，同三外婆一起把父亲往屋里架。我跟在后面，忍住没笑出声。青姨恨恨地说："噢，我做了一桌子菜，你就跑咯！你倒是撒脱！"父亲说："还有三四家要跑。"青姨"嗤"的一声说："噢，那三四家等你拿米下锅是啵？非等你过去？！"父亲没办法："好咯好咯，我这不是坐下来了。"大家"哄"地一笑，有人给父亲倒酒，有人给坐在父亲右边的我递筷子。

父亲搓着手叹气："好多家要去……"青姨又端了一盘青椒炒肉上桌。"一个青烟家，一个王思白家，还有东上头那一家，左不过一个钟头跑完，你往年都是在这里吃完再过去的，今天是做么子鬼，火上房似的要走！"青姨说。桌对面的庆阳表叔笑起来："青儿你真是个做生意的嘴，算得好清楚！"青姨在我旁边坐下说："哪里噢，今年生意几惨淡！没得人照顾生意，我和老四要喝西北风。"有人问起老四，青姨一边往我碗里夹菜一边说："他带我家冬儿去江头镇拜年去咯。"我的碗里堆起了小山，青姨探头看了父亲一眼："菜不好吃？"父亲这才拿起了筷子，夹起了一块肉。青姨又问："你今天做鬼做怪是为么子？"父亲牙疼似的吸了一口气："哪里有？！"青姨笑笑不语。酒过三巡，大家都喝上头了，吵嚷嚷地说话。青姨这边低声问："昭昭这衣裳花了好多钱？"父亲手搓搓大腿，大拇指挠着裤子说："昭昭细舅送的。"青姨"啧"了一下说："细哥这么大方咯？忽然要送衣裳？"父亲吸了吸鼻子，有人来敬酒，他连忙回过去。

有风来，塑料薄膜的一角轻轻拍打我的手臂，青姨的月牙耳环在轻晃，我还记得去年她戴的是水滴状的耳坠。服装店顶防雨布扑啦啦地让风的翅翼击打，挂在墙壁上的衣服都像是活了过来，衣袖奋力飞起。老四姨爷跟父亲站在服装店外面的过道捏着烟在说话，他们不敢抽，服装市场当年是发过火的。青姨跟母亲立在儿童服装那块，一边打量我，一边搜寻合适的衣服。一米几了。一米四一。唷，真是快得很，花姐哟。是哦是哦，马上要上初中咯。哎哟，我屋冬儿初一咯。是哦是哦。这个黄色的，么样？几好几好，青儿你挑就好咯。哎哟，现在年轻伢儿跟俺大人不一样咯。昭昭，你喜欢么样的？青姨和母亲的脸突然一起扫过来，我像是被打了一巴掌，往后缩时被青姨拉过去。她往那一墙的衣服指："你自家挑。"我指了中间蓝色那一件，青姨要去取，母亲拦住："浅色不藏龌龊。"青姨点头，取了一件黑色羽绒服下来，让我试。伢儿真是一年一个个儿，今年穿得合适，明年就小咯。这件大一号，明年还可以接着穿。还是青儿想得周到。几多钱？哎哟，自家亲戚谈么子钱的话。一定一定要给的，么能叫你亏本噢。姐，姐，姐，你多客气。俺自家人……那我就收个成本价，两百六。不好，你随时带昭昭来换。昭昭，你爸妈不容易噢，你要好好读书。晓得啵？昭昭。昭昭。

昭昭。昭昭。父亲的手打到我的脖子上："青姨叫你，你聋了?！"青姨回打过去说："你莫吓到伢儿咯！"父亲讪讪地收回手："他就是爱跑神，你不晓得他在想么子。"青姨的手没打到父亲的手，收回时停在我的脖子上贴着，暖暖的一块。"昭昭跟你是一个模子里刻出来的。"青姨说。父亲咕哝了一声："哪里像？我看不出来。"青姨啧啧嘴："你看这耳朵——"她的手轻捏我的耳垂，"还有这嘴角……这眉毛……哪一点不像你喔？"我忍不住问："我跟我爸这么像？"青姨搂住我："是哦，一模一样。以前我跟你爸做了六年同学，你爸那模样我闭眼都记得。"父亲觑了我一眼，说："真的哦？我没细看过。"青姨手指在我眉毛上扫过，痒痒地一抹，说："尤其是这眉毛，你自家照镜子，一模一样。"父亲忙着回应庆阳表叔的敬酒，没有听到这句。青姨的手又一次搁在我脖子上，手指肚像是摩挲一件瓷器。我不敢动，也不敢说话。

半晌后青姨忽然回过神来："我都忘脱影咯！"她起身

去到左厢房，取了一件苹果绿的羽绒服让我换下："你衫袖口滴油咯，我给你搓一把。"我一看，新衣袖口果然沁着两块黄色油斑。父亲又打过来："你么又毛手毛脚？新衣裳刚穿两天，好几百块买的，你不晓得心疼？！"我往边上躲："我又不是故意的！"青姨把我拉怀里护住："你莫这么凶喔，我洗一下就干净了。"父亲没有言语，青姨松开我，让我接着吃。她拿起我的新衣，去到了屋外。大人们差不多都吃完了，纷纷起身告辞。三外婆要倒茶给各位，大家都推脱说还有年要拜。陆陆续续地，唯有父亲和我坐在那里，三外婆给父亲端来茶水，给我一杯糖水，有一搭没一搭地说话。

父亲抽到了第三根烟，青姨进来了，她一手掐腰，一手拎着我的新衣说："手都冻掉了！"三外婆起身迎上："你不晓得用热水洗？"青姨扭身往厢房里走："开水留给大家喝嘛。"随即房里传来嗡嗡声。青姨再次出来时，手上多了一个手提大纸袋子，我的新衣叠好放在里面。父亲接过袋子时，青姨说："油渍洗掉了，湿的地方我用吹风机吹干了。"见父亲要掏出衣服让我换，她拦住："这件衣裳本来是冬儿的，他现在长个子了，穿不得了，就让昭昭穿好咯。"父亲说："那么行嘞！"青姨声音高了起来："有么不行？！人家细舅送新衣裳，我送个旧衣裳。要不得？"父亲噎住了，低头不语。青姨又说："你这身衣裳，去年在穿，前年也在穿，花姐不给你们买个新衣裳？"我抢着回了一句："买了！我妈前几天给他买的，他不穿！"父亲脚在地上搓了两搓，突然地拍了一下我的脖子："走咯！"紧接着他的手拽着我急急地往门口去。三外婆拎着一袋子零食赶出来让我带上，我刚一拿到手，父亲随即把车骑得飞快，害得我差点儿跌下来。

四

灶灰色天空密云皱皱，从江堤刮来的风爪把我的头发往边上揪，我把羽绒服帽子戴上，帽檐上雪白的绒毛摩挲着我冻疼了的脸。到了垸口，父亲刹住车，扭头跟我说："你要不把你原来那件换上？"此时，风像是受困的巨龙在两排房屋之间挣扎扭动，我的脸上手上都被它的鳞片刮擦，躲都躲不了。"我不要。"我低头吐出三个字，父亲沉默片刻后，车子动了起来，在逆风中吃力地往家里去。到了屋门口的稻场，母亲正在阳台上收衣服。父亲低头说："赶紧回屋，把这件换下来！"他说话的语气不同以往，我不敢说什么，立马跳下车，跑进堂屋，进到自己的房间。这时我才发现我换下的那件衣服，还在父亲的车筐里。我又一次下楼，母亲在后头叫我，说："你中时在三外婆那里吃的？"我转身说是。母亲手上搂着一大摞衣服，我伸手接过一些。此时，父亲拎着装着我衣服的袋子出现在楼梯口，他见到我们两个，迟疑了一下，想扭身走开，又觉得不好，便等在那里。等我们下来后，他一边把我手头的衣服接过去，一边把袋子塞给我，塞的时候像是不经意地推了我一下。

脱下羽绒服时，内里还有温热的气息，袖口居然还闪着波浪花纹，这真是让我欣喜。我坐在床沿细细地翻看时，母亲推开门进来，手上拿着一摞叠好的衣物。"你寻死哦！几冷的天，你把衣裳脱了做么事？"她打开衣柜，把衣物放进去。这当儿，我从袋子里掏出那件羽绒服穿上，青姨洗得真仔细，那块油迹已经完全看不到了。母亲这才发现不同，她拿起那件青姨给的羽绒服细看，问："哪里来的？"我说青姨。母亲把衣服翻了一面看，又问："她做么事要给你？"我说了一下事情的缘由。母亲听完后，猛地拉了一下我的手，端详了一番衫袖口说："你吃饭不长眼睛是啵？嘴里破了大洞是啵？吃个饭都不省事……脱下来！"我缩了回去说："洗干净咯！"母亲瞪了我一眼："赶紧的，趁现在还有热水，我泡一把。"我不情不愿地脱下说："青姨洗得几干净。"母亲把我那件和苹果绿那件都拿上："你青姨放个屁都是香的！你把去年那件换上。"

一下午父亲都不在，不知道是去哪里打牌了。风渐渐小了，雨却下了起来，过了两个小时，变成了雪。我跑到灶屋灌饱了一只热水袋，抱着暖手。进到房间，电视开着，母亲坐在沙发上搓手哈气，我把热水袋递过去，她说："锅里续水了吧？"我点头，她接过热水袋，放在大腿上双手焐着说："手都冻掉了！"见我双手插在口袋里，她让我坐在她旁边，空出热水袋的上半部分来，让我也焐着。只有电视里的声音响着，我们都没有说话。母亲的手跟我的手，一个黝黑粗糙，一个白净细嫩。我右手的中指去碰了碰母亲缠着胶布的中指，她在打盹，没有察觉。窗外竹篙上挂的那两件羽绒服，像是一对难兄难弟刚从水里捞出来似的，从上到下滴着水。地上铺了薄薄一层雪。电视里传来打仗时的爆炸声，母亲吓得一激灵，醒了过来，见我还在，愣了一下，小声咕哝一声："我还以为是你爸。"我笑了起来："今天青姨也说我像我爸。"母亲"嘶"地一下说："她为么子突然说起这个？"我心中涌起一阵不安，便站起来说："她就随口说了一句。"母亲的眼睛一直跟随着我："你要做么子去？"我跑到门口说："我去茅厕。"

晚饭全是剩菜剩饭，母亲就随意热了热。我小声抗议了几句，母亲瞪了我一眼："要吃就吃，不吃死开。"父亲却吃得香，骨头汤泡上饭，连吃了三碗。母亲冷眼看他半晌，我正准备开溜时，她忽然说："等衣裳干了还给她。"父亲抬眼瞥了母亲一眼，又瞄了一下我："人家送给昭昭的。"母亲也瞄我一眼："那么行，一件衣裳好几百块，么能随便要？"父亲把碗筷放下："又不是么新衣裳，她家冬儿穿不下，放着也是浪费。"母亲"哦"的一声："人家不要的昭昭就捡了穿，俺又不是买不起。"父亲眼睛又落到我身上："你喜欢啵？"他的眼神中有一种压迫的力量逼着我低下头。地上掉了一副筷子，没有人去捡。母亲的声音平静得出奇："俺不拿人家一粒米不偷人家一根线，干净撇脱，谁也不欠谁。"父亲的声音高了八度："你真是发神经！一件衣裳，搞得这么麻烦。"

酒精锅里肉汤咕咕的冒泡声，和着父亲的咀嚼声，在我耳边翻腾。云岭爷家的花花跑进来，在桌底下嗅，被父亲猛地踢了一脚后，发出凄厉的叫声。母亲说："有脾气对狗发，算么子本事？"父亲不理。母亲把桌上的猪骨头扔到地上，花花跑过去啃了起来。"我算是明白了，"母亲又扔了一根骨头到地上，"这么多年，我算是明白了。"父亲把碗撂到桌上说："话莫说得吞一句吐一句的。"母亲抬眼盯着他看："你晓得我说么子。"父亲把筷子往桌子上一扔，其中一根蹦跶了两下跌落在地，花花又一次惊慌地跳开。"我么晓得你说么子，你今天是做么子鬼咯？！"对这一切，母亲不为所动，淡定地说："年年都要到她那里去买衣裳，我原来以为你就是图撇脱，现在一想你心里么子念头，我算是明白了。"父亲"扑哧"一下笑出声："哎哟，你真是电视看多咯。人家是俺亲戚，照顾人家生意，有么子要不得？"母亲也笑："要得要得。你么样想你自家心里清楚。"父亲脸突然一沉："我清楚个么子？你究竟么意思？"母亲起身，收拾碗筷："我言语到此，只是让你心下有个数。"父亲也起身："你今天是发神经，我不跟你说。"父亲的军鞋在我的余光里敲打了一下地面，立住，转向门口的方向而去。门外雪已经停了，薄暮的微光渐渐弱了下去。一只母鸡在雪地上徒劳地啄食。

晚上跟母亲看电视台晚会，跟她说话，她有一句没一句地回应。平日她总要找点事情做，打打毛衣，剥剥花生，要不就骂骂我。现在她却歪靠在沙发上，腿上搭了一层薄毯子，眼睛放空。窗外那两件羽绒服都冻硬了，风一吹，撞在一起，发出"噔噔"的闷声。到了我跟母亲最喜爱的小品，我故意发出夸张的笑声，母亲全没反应。我的兴致也渐渐低落了下来，接着看了十来分钟，便站起来跟母亲说自己要回房休息了。母亲回过神来，说了一声好。我回到房间在床上刚躺好，母亲急急跑进来，打开衣柜。她把一叠衣服搁到我的床上，一件件翻看。那些衣服全是这些年我穿过的，有些因为长个的缘故已经穿不下了。母亲拿起一件米黄色的汗衫，啧啧嘴："都掉色了。"又拿起一件鼠灰色外套，其中右边袖子裂了一个口子："你看你看，质量几差哩！"母亲把袖口递到了我眼前："前年买的，没穿几回！"她翻出一条皱巴巴的黑色裤子："缩水缩的！"她在我床上坐下，细细地摸着裤边："还脱了线！"我忍不住问母亲："你是要做么事？"母亲长吁一口气："人呐，知人知面不知心。"见我露出一脸茫然的神情，她又起身把衣服叠好，放回衣柜。"你困醒咯。"说完，她又急急地走了。

五

　　不知道是几点，睁开眼时，纯然的黑像是巨大的石块压在我的眼皮上。我想再次睡过去，却又一次睁开眼。一阵强烈的不安感袭来。是的。我听到一下又一下的敲门声。等眼睛渐渐适应了黑暗后，我像是被剥夺了自卫的工具，整个人吓得缩到了被子里面。有人在喊我的名字。昭昭。昭昭。昭昭！声音越来越大，我认出是父亲的声音。开门！开门！我极不情愿地下了床，冷得直哆嗦。昭昭！开门！开门！昭昭！越这么叫，我越故意拖延，披上外套，穿上棉鞋。昭昭！昭昭！我故意不回应他，但我又不敢装没听见。我摸黑了下了楼梯，穿过堂屋，刚一打开大门，父亲火速闪了进来，说："你再不开门，我就要见阎王了！"他跺掉了脚上的雪和泥，又把头发上和衣服上的雪掸掉。我往门口看了一眼，雪花大片大片地飘落，田野上泛着柔亮的白光。

父亲的两只脚简直是两坨冰，毫无忌惮地伸进了我温暖的被窝，贴在我的身体上。我咕噜了一句："妈嘞？"他愤愤地回："鬼晓得她发么子神经，叫了半天，她都装没听到。"我没说话，忍受着他身上浓郁的烟味和没有洗漱过的腌臜气。我想离他远一点，但拢共只有一床被子，怎么躲都还是贴在一起。父亲突然问："她今天跟你说么子了啵？"我一心只想睡觉，懒懒地回了一声没有。他侧身过来，盯着我："细伢儿莫扯白。"我没有地方躲闪，只得说："她不开心。"我把母亲在我房间翻看衣服的事情说了，父亲沉默半响，坐起来，欠身从裤袋里摸出烟盒和火机。我说："不要抽！我讨厌烟味。"父亲从烟盒里摸出一根烟来，一寸寸地在手心里捏。昭昭。他叫我的声音柔柔的，如猫爪一般落在我脸上。我"唔"了一声。"你喜欢今天青姨给你的衣裳啵？"他问。我没有说话。他的声音一下子重了："说。"我小声回："喜欢。"父亲又问："真喜欢？"我"嗯"了一声。一只手就落在我的头顶上，轻轻地抓挠："青姨一直都喜欢你。你每回去，她都给你一堆好吃的，你还记得啵？"我说记得。那只手让我紧张，我忍不住往被子里缩。"你要记得青姨的好。"父亲把手收回，终于躺了下来。我怯怯地问了一句："那明年还去青姨那里买？"他没有吭声，没过一会儿，响起了呼噜声。

今晚我肯定要失眠了。每一回，父亲跟我挤一张床时，我都睡不着。大概等了十几分钟，父亲看样子是睡熟了，我才小心翼翼地下了床，披上衣服，下楼也轻手轻脚，不发出一点声音。我敲了几下母亲房间的门："妈。妈。"立马听到下床声，紧接着是开门声，母亲的脸露出来。"跑下来做么事？又不穿个袜！"我不管，迅疾跑上床，钻进被窝里。母亲在被脚上盖上军大衣，把我脖颈处掖好，这才上床；又怕我这边漏风，在空当处塞上了毛衣。许久许久，母亲那边都没有声音，也没有动弹。我莫名地有些害怕，叫了一声"妈"。她这才微微翻了一下身回答："做么事？还不困！"我说："雪下得好大。"母亲叹了一口气："明天拜年，麻烦得很！"我又说："明天我们堆雪人，要得啵？"我记得以前都是父亲和我一起滚好雪球，母亲给雪人装好用棉桃壳做的眼睛、两把扫帚做的手臂，还戴上一顶红帽子。母亲微微起身，往窗外看了一眼："好多拜年客，哪里有时间？"我坚持道："有时间！爸爸帮我滚大雪球，你帮我滚小雪球。"母亲没有说话。等了半晌，我又问："要得啵？"母亲"哎哟"了一声："明早起来再看咯……"说完翻了一个身，不再说话。我也不再说话。此刻的夜晚，静极了，唯有雪花碰在窗上发出轻微的响声。噗。噗。噗。

凉风起天末

一

深夜，我忽然被一阵鞭炮声惊醒。起先还以为是错觉，紧接着响起的吵闹声，还有家里大门打开时的吱嘎声，让我赶紧下了床。母亲已经站在了大门口，披着她那件常穿的棉外套。我跑过去问母亲发生了什么事情，母亲瞥了我一眼，皱起眉头说："你还不加衣裳！"她这么一说，我才觉得冷了。在这个寒冬的夜晚，风猛地一吹，让人不禁浑身一凛。但我舍不得回去，有事情正在对面的云岭爷稻场上发生。有个干瘦的老头站在稻场中央，大声吼道："老子反正不想活咯……"一听声音，是云岭爷八十岁的老父亲，我们都叫仁秋太。云岭爷站在门口说："深更半夜的你搞这一出，是想做么事？你丢的是你自家的脸！"这时，我们这一片所有的屋子都亮起了灯，家家门口跟我们一样都站着人，另外还有几个叔爷跟我父亲一同走到云岭爷稻场上，准备劝架。

月光明亮清透，柴垛后的酱叶树直伸到深蓝色天空里去，一缕薄云边镶着几粒星子。父亲跟几位叔爷上前要搂住仁秋太，忽地又都散开。仁秋太的拐杖往四面打过去。"死远点儿！死远点儿！"没有人敢上前了，他又坐在地上不停地骂："你娘个×的！都欺负我要闭眼了是吧？老子跟你说，我就不咽下这口气！你娘个×的！"云岭爷站在门口，没有靠前，他回骂道："要死莫在这里死！你自家挖土自家埋，几撇脱！"站在边上的刚爷叱责道："好咯，毕竟是个上人，你少说两句！"仁秋太此时蹦起来，猛地往云岭爷这边撞过来："老子跟你一起死！"边上的人没来得及拦住，他的头直接撞到了云岭爷的肚子上。云岭爷往后倒下，仁秋太也顺势压在他身上，连连喘气。此时大家一哄而上，有人把仁秋太扶起来，云岭爷屋里的秋芳娘要搂，他摇手不让，自己坐起来，捂着脸哭道："父哎！父哎！你是成心跟我过不去是啵？我为么有你这样一个上人？！"他腾地站起来，"你莫寻死！我死！我死！"他头连连撞门，秋芳娘死命拦下，其他人也扑过来挡住。

仁秋太被几位叔爷连拉带拽送回去了。那一撞显然耗费了他所有的精力，他走时只能有声无力地叹气。云岭爷这边也被秋芳娘拉到了前厢房，大门随即也被他们的二女儿秋红锁上了。围观的人们陆陆续续散了，母亲连催我赶紧回屋，因为我一连打了几个喷嚏。重新钻回被窝后，听窗外的人语声，有个带笑的声音冒出："老头儿还蛮有劲的！七八十岁咯……"随后声音飘远了，风近了，从窗户缝隙切进来，冰凉的风刃掠过我脖子。老鼠在楼上跑动。噗噜噜。噗噜噜。噗噜噜。怎么也睡不着。我忽然想起仁秋太的脸，因为太老，脸缩成一团，全是皱纹，眼睛却像老鼠一般活泛，尤其是人家跟他说话时，那眼睛总是闪烁着警惕的光，像是在算计你话里的意思。如果中意的话，他会说："要得要得！"如果不中意，他便会假托自己年龄大耳朵背，装作听不见。他弓着背的样子，也像是老鼠，与其说走，不如说是冲，迎面来人，他也不让，直接奔过去，大家躲到一边，也不敢多有怨言，毕竟人家是垸里年龄顶大的老者啦。谁敢得罪他？谁敢对他说一声不是？可能只有今晚的云岭爷吧。但要是搁在平常，云岭爷怕是也不敢吱声。

半个小时过去了，被窝里还是聚不起暖气来，尤其是脚，冰冰凉。此时我有点儿后悔刚才跑下床了。冷空气从每一个能钻的缝隙里杀进来，那冷让我想起在电视上看到的妖精，她既不拿尖利的手指甲挠你，也不拿可怕的妖术攻击你，她甚至都不看你，就飘在这房间上空不说话，耐心地等你睡觉了，才会悄悄地飘下来摸你的脸，透过你的肉，摩挲你的骨头。你冷得发抖，她的气息拂过你的脖子……越这么想越觉得瘆得慌，我一狠心爬起来，穿上袜子和毛裤，裹上围巾，再把父亲的军大衣盖在被脚，重新钻进被窝，慢慢地，慢慢地，身体才舒缓过来。风还在窗外扭动，它的爪子啪嗒啪嗒叩打窗棂。月光越发皎洁地泼进来，房间中央像是结了一层冰。

早上我睡得正香时，房门忽然被推开。从被窝里伸头探出去，母亲拿一个大脚盆搁在房中央说："正好有热水，你赶紧洗个澡！再不洗都要憋臭咯！"我忙把头缩进被窝："不要！不要!"母亲没说话，听得她出去的脚步声，不到一分钟门又一次被撞开，这次她拎了一大桶热水进来，搁在脚盆边上。"你莫拗咯，赶紧的!"她一边催促着，一边打开衣柜，把我的换洗衣裳找好塞到我的被窝里说，"听话！晓得啵?"我无奈地"嗯"一声，她这才满意地点头，转身把窗帘拉上，走时又把门关了。我花费了一晚上攒下的一被窝暖气，在我起身的一刹那都要跑光了。这个时节洗澡真是要人命！我挣扎了几次才下床，往脚盆里倒上热水，这才脱掉衣服哆哆嗦嗦开洗。人坐在脚盆里，脚伸到盆外，屁股坐的地方水很快就凉了下去，而上身需不停用毛巾抹上热水，否则鸡皮疙瘩都要起来了。我又快速添上热水，快速洗头洗身子，边洗边哆嗦，再快速擦干身子钻进被窝，焐了好久好久才把身子焐热，这时我再从被窝里摸出焐得不那么凉的衣服穿上。

不得不说，洗完澡后真的是身轻如燕，走起路来简直像是要飞到天上去。到了灶屋，母亲还在炒菜，秋芳娘帮着往灶眼里塞棉花秆。见我来，秋芳娘笑道："来得及时，菜都快好咯。"母亲打量我一番，问："脱下的衣裳泡在脚盆里吧？"我回："泡咯。"母亲又说："趁热喝咯。"灶台上的蓝花瓷碗里照例是用热米汤冲的生鸡蛋，现在是温热，正好可以喝了。秋芳娘接着跟母亲说："上次我们不是去烈华那里买了一盒清凉油，我放在枕头下面，有一次要用死活都找不到，我还以为是秋红拿去用了，还骂了她一顿。秋红哭得要死，说她没拿，我还不相信。第二天建桥跑来告诉我，清凉油就在老头儿房里，我过去看，清凉油就在桌上。我真是气得冒火！"母亲此时插话说："你那个梳子他不是也拿去用咯……"秋芳娘翻了一个白眼："不止梳子，我压在床底下的五十块钱，放在五斗柜里的针线，只要是找不到的，去他房间里都能找到，你说起不起火？"母亲啧啧嘴："他要这些做么事？拿钱我还能理解，针线拿过去他要绣花？"秋芳娘一拍手，声音大起来："鬼晓得！我真是怄气怄得没得法！"

我们吃饭时，秋芳娘坐在一边，让她吃一点，她摇手说："吃过了！你们吃……我噢，气得要呕血！我把清凉油拿给老头儿看，就跟他说：'你想用，我们做下人的给你买就是咯。你只要开口，我们哪有不应的？但你莫说都不说一声，随便拿人家的东西。做上人总得有个做上人的样子。'老头儿一听，气得要蹦起来咯，声音号起来：'我看得上你的东西？你诬赖我?！我要是偷你一粒米拿你一缕麻，我就天打五雷劈！'说着说着眼泪就往下落，说自家老了遭人嫌弃还不如去死算咯……"母亲噗嗤笑出声："他真是每次都来这一出！"秋芳娘也跟着笑起来："么样说嘞，真是又好气又好笑！云岭私下还埋怨我多事，不该计较这些。好好好，我不计较，我管么子事情让着他，好啵？么人晓得，这次——"秋芳娘往灶屋外头瞥了一眼，确定没人，才压低声音讲："是云岭自家受不了咯。昨晚那一闹，云岭哭得跟个细伢儿似的，我管么样都劝不住。我就说那是你父亲，你莫计较，管么子事让着他，好啵？云岭骂我莫嚼蛆！你看你看——"秋芳娘拍拍手说，"平常时我怄气，他拿这话劝我。现在好咯，我同样的话劝他，他就说我嚼蛆！那我就闭嘴好咯。"母亲此时问："云岭早上吃饭了啵？"秋芳娘啧了一下嘴："吃个狗卵噢！现在还瘫在床上，我饭都冷咯！"

我连打了几个喷嚏，母亲骂："肯定是昨晚吹冻咯！叫你加衣服你就不加！"秋芳娘说："建桥今天也是打喷嚏，我让他穿多些，他就说穿那么多就跟个狗熊似的。"母亲瞥我一眼："现在年轻伢儿讲好看……说真的，昨晚你屋老头儿为么子发癫？"秋芳娘头凑过来，声音压得更低了："还不是为了一袋米！"我在旁边听到个大概：仁秋太一个月住大儿子云岭爷这边，一个月住小儿子云松爷那边，住在谁家就吃谁的，没住的那家给一定的米和油过去。这个月仁秋太住在云松爷那边，昨天上午云岭爷把米和油送了过去，仁秋太在屋里称米发现少了一斤，心里起火，觉得是云岭爷成心要饿死他，晚上过来就放鞭炮出云岭爷的丑。母亲"哎哟"了一声说："几大一点儿事情，搞得鸡飞狗跳的。"秋芳娘同"哎哟"一声说："云松那头也是烦得要不得，一天到黑，不是嫌菜太咸了，就是饭太硬了，管么子伺候都满意不了，你还不能甩脸子，他要是闹起来，又是上吊又是喝农药的……真是个活阎王！"母亲又问："是真少一斤米咯？"秋芳娘连连摇手说："么可能！我在屋里称好的，足斤足两！这个我敢打包票。至于为么子老头儿称就少咯，我看，"她压低声音，凑向母亲，"绝对是玉桂搞的鬼！她那个小气鬼的，我每回拿过去的米和油，她总要偷一些；每回拿过去的，总是少斤少两的。我是懒得和她争的！这个老头儿不晓得，但他几精明，晓得称一下……"正说着，秋红跑过来，立在门口问："妈，爸爸问还有饭吃的啵？"秋芳娘站起身往外走："正当叫他吃他不吃，现在吃么子吃？！叫他吃鸡屎！"

二

　　有食物的香气，还有吧嗒吧嗒咀嚼的声音。我抬头看去，建桥进门来，手上正拿着红薯吃。他凑过头来看我正在做的语文寒假作业："你做了多少？ 28页……给我抄，要得啵？"我没好气地回："自家做！"建桥嘻嘻笑起来："那我就不给你咯！"他另外一只手晃了晃烤红薯，我要去抢，他往后躲说："你让我抄，我就给你！"我又坐回去："你自家吃——胀死你！"他又贴过来，把红薯放在我手边，我没去碰。我每写一个字，他就念一个字："冬——天——到——了——"我恨得拍他脑袋，他又闪躲过去。打闹完，我还是忍不住把红薯吃了，又甜又香，我问建桥哪里来的，建桥说："我妈在厢房里架上了火盆子，红薯啊，土豆啊，玉米啊，都能放在里面烤。你妈和几个婶娘都在那里纳鞋底。"我又问他："昨晚你爷爷来闹，没看到你啊？"建桥撇嘴，拿起我的铅笔转："我爷爷对我几好……我……不晓得么办……就装睡死了……"我还要说什么，他连打了几个喷嚏，打完后跺脚道："不说这个咯！你屋里冷得跟冰库似的，到我家里烤火去！"

　　出大门时，天空阴沉，江风飕飕如尖刀，扎在脸上，好不生疼。我们压头避开风刃，速速奔过去。云岭爷家的堂屋未铺水泥，是踩得结结实实的泥地，人走久了，地上露出一个个光滑如和尚头一般的凸块。进到了前厢房，一股子蓬勃的热气，还有烤食物的香气，亲热地扑上来。"来了来了！"婶娘们哄地一笑，我和建桥反倒都不好意思了，立在门口，你推我一下，我推你一下。秋芳娘啧嘴说："你们比一下！看谁的个子高？"我正要比，建桥闪到堂屋去。大家又是哄地一笑。秋芳娘笑说："昭昭今年长得几快！蹭蹭蹭，跟豇豆苗似的。我屋那个建桥哦，肯定随云岭，矮趴趴的！"一个婶娘接着道："你每天给他泼点儿粪，保证见天长！一天泼三次，过不了几天，长得比树高！"大家笑得直拍巴掌，建桥在外面喊："我才不矮！秋红才是个矮冬瓜！"后厢房立马探出秋红的头来："建——桥！我把你脚打断！"语音刚落，秋红随手拿起堂屋的扫帚砸过来，建桥忙躲到外面去。

秋芳娘起身探头看一眼窗外，喊了一声："孽畜哎！跑么子鬼？你要是再感冒了，我把你头捏落哩！"说着又坐下来嗑花生。母亲把针头扎进鞋底后说："建桥跟你屋里老头儿真是一个模式。"其他几位婶娘附和道："还真是像，难怪老头儿几疼他。"秋芳娘像是赶一只苍蝇似的摆手说："哪里看得出疼？老头儿总共就给了建桥十块钱，平常时自家买一袋苹果，给建桥一个，其他的贵红、秋红想都想不到。这么疼孙儿，不还是这么一毛不拔！"大家都笑。母亲说："我以前看老头儿炒菜，连油都舍不得放一勺。前几年不是长江涨水咯，到处传要破坝了，大家不都是忙着把东西往大坝上抬。我看见你屋老头儿，挑着他平日攒下的两大罐油往大坝上走，走到半道儿上油罐翻了，油都泼到泥水沟里了。你屋老头儿拿勺子，一勺一勺连油带泥水都倒进罐子里。有人就说这个油吃不得咯，你屋老头儿还骂他想占便宜……"大家又是哄地一笑。

这边笑声未落，建桥又跑了进来，喊道："细娘来咯！"秋芳娘起身，抖掉抹腰上的花生壳，准备往门外去接，玉桂娘已经走了进来。秋芳娘让建桥去搬个椅子过来，玉桂娘说不用了。她铁青着脸，眼眶里蓄着泪，撑着门框的手一个劲儿地抖。母亲起身说："玉桂，出么子事咯？"玉桂娘环视房间一周，大家都不敢说话，她的目光最终锁定秋芳娘。"说老头儿昨晚来放鞭炮的事儿是我出的主意……这话是么人说的？"秋芳娘又一次落座，从火盆沿上拈起一粒花生米，慢慢搓掉皮："我没说。"玉桂娘又问："说给老头儿的米和油缺斤少两的都是我做的手脚……这话又么人说的？"秋芳娘把花生米放进嘴里咀嚼，又拿起火钳把红薯翻了一个面，接着又给土豆翻了一个面。玉桂娘声音大了起来："你说是哪个烂 × 嘴造的谣？"秋芳娘突然声音也高了："我么晓得嘞？！你跑过来，就为了问我这个？"玉桂娘"啪"地拍房门："不问你问么人？"她手扫了众人一圈，最终定定指向秋芳娘道："你成心败坏我名誉是啵？我行得正做得端！"秋芳娘笑起来："唉哟，妹哎！我为么子造你的谣？于我有么子好处？大家说是不是？"大家一时间都有点儿尴尬，母亲过来拉玉桂娘："去我屋里坐坐！好多时没见你来。"玉桂娘没有动一下。

那场架吵到最后，都听不清她们在说什么。她们一个站在房里，一个在房门口，互相指着对方骂。母亲和婶娘们劝了这个，又去拉那个。我和建桥躲到后厢房去，秋红趴在桌子上写寒假作业，她一只手拿着笔在草稿本上写字，一只手捂着耳朵。建桥让我跟他钻进被窝："你看！晓得这是么子啵？"他递过来一样东西让我接着，借被角缝隙透过来的光，我细细打量这个从未见过的物件：钢质材料，银白光泽，比巴掌大一些，圆圆的一块，中间微凸，很像是母亲装针线的小盒子，拿在手中沉甸甸的。"是不是很暖和？"见我点头，他小声地讲，"这个叫暖手宝。"我问是从哪里来的，建桥说："我大姐给的。"我感叹道："我要是有贵红这样的大姐就好咯。"建桥小声说："这是专门给我细姐买。大姐给我的是一百块钱压岁钱，我没让我妈晓得。"我吐了一下舌头。建桥又说："我细姐不晓得几喜欢这个暖手宝哩，你看擦得几干净。上次我不小心掉到地上，她就打了我一顿……"不过这玩意儿虽好，也只有手那一块是热乎的，身子还是冷得发抖，我又忍不住打了几个喷嚏。建桥也跟着打喷嚏。打完后，建桥嘻嘻笑道："你打的没我响！"我嫌弃地推他一下说:"脸离远点儿,鼻涕都快掉到我手上咯!"

我们还在闹着,忽然听到"啪"的一声,我们都吓了一跳。建桥悄声说:"细姐肯定觉得我们太吵咯。"又听到椅子的响声和急促的脚步声。建桥"呀"一下:"细姐要打过来咯!"说着双手护住头。可是声音并没有往我们这边来,反倒是奔外面去了。我们从被窝里探头出去,秋红已经不在桌旁了。她的作业本掉在地上,笔也滚到了墙角。建桥迅疾把被子掀开:"咱们去看看。"说着,他拉我下床,跑出了房间。秋红正站在玉桂娘面前大声说:"你们有么子好吵的!都是我爷爷兴妖作怪!你们要吵去吵他!我都快烦死他了!"大家一下子收了声,唯有火盆子里烧炭的哗哗啵啵声。玉桂娘讶异地打量秋红一番,才说:"大人的事儿,细伢儿懂个么子……"秋芳娘紧接也说:"你赶紧回房做作业!"有婶娘咕哝了一声:"秋红说的是,争来争去还是老头儿太能搞事咯!"大家连连说是。建桥又忙拿起板凳过来,拉着玉桂娘说:"细娘,你坐哎!坐哎!"玉桂娘叹了一口气:"我累了,回去了。"说着走出了门。秋红也转身返回后厢房,"砰"的一声关上了门。

我把大门关上,只听见风捶打着门板,发出狂躁的轰轰声。前厢房里大家都在发愣,秋芳娘拿火钳不断地翻红薯和土豆,翻翻抹抹眼泪。大家也没去劝,仿佛沉浸在自己的心思中。建桥进来,捏了捏火盆沿儿上烤好的几个土豆,确认不烫了，才拿起来握在手中，跑到后厢房，怯怯地叫："细姐！细姐！……土豆熟了，你要不要吃嘛？"没有回应，建桥低头就着手啃起来："刚烤出来，几好吃的！你不吃我就吃咯！"还是没有回应。建桥吃完了一个土豆，又贴着门听了半晌说："细姐，你莫哭嘛。细姐哎！细姐……"门此时忽然打开，建桥冲我做了个鬼脸，让我也跟过来。我们到了房间，秋红趴在床上，用枕头盖着脸。建桥拿着土豆也趴过去说："细姐！你也吃一个嘛。"秋红忽地翻身坐起来，脸上还有泪痕："莫来烦我！"建桥贴过来说："你吃了我就不烦你。"秋红推了一下："给最疼你的爷爷吃好咯。他不是管么子好吃的都给你！我从来没得到过他任何一样东西！"建桥咧嘴一笑："还不是一样的。他给我吃，我就给你吃了呀！"秋红斜瞥了建桥一眼："你懂个么子？你只晓得钻头觅缝地吃吃吃！"建桥又贴过来："你吃一个嘛。"秋红没办法，把土豆拿过来，掰成两半，一半给我，一半自己小口吃了。

太冷了，我们都躺在床上，秋红在中间，她把被子拉过来，盖住我们。一时间大家无话，只听得到自己的心跳声，还有前厢房隐约传来的说话声和窗外的呼呼风声。隐隐的香气，从秋红身上漾过来，莫名地挠我的心。我感觉脸上泛红，身子发烧，还有一丝尴尬，便往边上挪了挪。我自己也不知道为什么这样，以前，我们也经常这样躺着，谁也没有觉得怎样，现在是怎么了，我没敢多想。秋红撇过头说："你看样子要感冒了，脸这么红！"我说："冷嘛。"秋红往另外一边掏了掏，很快一个热热的物件到了我手上："你焐着！"我摸了摸，知道是暖手宝。建桥叫道："我也要！"秋红劈头一个栗子："要你个头壳！"建桥说："你偏心。"秋红"嗯"了一声："昭昭晓得做作业，你只晓得玩。我当然要偏心咯。"

　　建桥无聊，往空中呼气，白腾腾的一束，我也跟着呼。建桥嘻嘻一笑："你的气比我的短！"我不服，深呼吸，然后吐出一口长气："你看！比你的长！"建桥也深呼吸一口。秋红叹气道："你们都初中生了，还这么幼稚！"建桥推秋红："你也呼一个试试嘛！"秋红躲开说："不要！"建桥凑过去，捏秋红的脸颊说："试试嘛！试试嘛！"秋红没奈何，往空中长长地吐气。建桥笑了一声说："没有爷爷呼的长！"秋红脸色沉下来："莫在我面前提他！"建桥顿了片刻，说："我从来没听你叫过爷爷。"秋红发出不屑的啧声："我凭么子叫他？他是个老祸害！"建桥有点儿不高兴地抗议道："他是爷爷！"秋红激动地反驳过去："有爷爷偷自己孙女铅笔的？"建桥坐起来说："么可能？！我不相信！"秋红冷笑了一声："好多事情不想让你晓得。你没生之前，老头儿经常打妈，你肯定也不晓得咯。"建桥愣了半晌，才问："真的打？"秋红比划了一下棍子的长度："这么长的棍子打下去，妈当时就痛得叫起来，爸爸站在边上哼都不敢哼一声。"建桥摇头说："你肯定骗人！我不相信！"秋红又说："有一次，妈妈煮好了饭，端上来，老头儿直接把碗筷扔到外面去，不准妈妈吃饭……"建桥呆呆地看着一个地方，我伸手去摇摇他，他泪珠滚下来："你肯定骗人的。你讨厌爷爷，所以你要这么说他。"秋红把被子捂住脸，声音瓮声瓮气地传来："你不晓得也好咯，反正是心疼你心疼到没得法子的好爷爷。"建桥躺下来，小声地抽泣。秋红没有再说话。我也不敢再说话。

母亲叫醒我时，我有片刻分不清自己在哪里，再看旁边建桥正打着小呼噜。被窝里实在太暖，我真不愿意起身。母亲冰凉的手摸在我的脸上："你脸红得跟个猴屁股似的，是不是感冒咯！"我掸开她的手，想再次钻进被窝。母亲急了："天都断黑咯，你再不起来，在人家屋里吃饭是啵？"秋红声音传来："让他睡嘛，我家饭有的是。"我这才发现秋红已经起床，坐在书桌前写作业。拗不过母亲，我只好起来把羽绒服穿上。下了床，暖手宝还捏在我手里，不过已经不热了，可我还是舍不得放下。母亲说："回家给你一个热水瓶焐着吧。"秋红又说："让他拿着吧，我看他八成是要发烧了。"母亲不肯，我只好把暖手宝塞回被窝。

走出房门时，我瞅了秋红一眼，她虽然坐着，脚却不着地，往前伸到一个小火盆上方烤，两只脚紧绷，袜子上冒出丝丝热气。我笑出了声。秋红看过来，脸上闪现出狐狸一般机警的神情："你笑么事？"我也不知道自己笑什么，低头看自己的鞋子，不知什么时候沾上了泥，而秋红的鞋子却那么干净。我觉得怪害臊的，便催着母亲快走。走出大门时，风小了很多，成片的雪花斜飞而下，地上都白了一层。我兴奋地喊："建桥！建桥！下雪咯！下雪咯！"母亲呵斥道："回去回去，你看你冻得鼻涕都出来咯！"我没敢作声。柴垛、菜园、房屋顶上，放眼望去，白净净一片。各家各户的灶屋上空炊烟被风撩动，渐次融到灰白的天空中去。我感觉又兴奋又虚弱，接连打了几个喷嚏，母亲摸摸我额头道："作死哦！我待会儿烧点儿姜水给你喝！"

三

　　生姜水喝下去后，我浑身一热，舌尖还辣。母亲还让我喝，我抗议道："再喝，夜里又要起来屙尿！"母亲说也是，把碗搁一边，再用手摸摸我额头："真有点儿烧了。"我撇过头，看窗外说："明早我想堆雪人。"雪依旧在下，虽然是夜晚，也弥漫着一层微弱的白光。母亲说："明早再说。"说着准备关灯离开，我拽住她的衣袖："莫走。我有点儿怕。"

母亲问："怕么子？"听到我说老鼠后，她笑道："几大的人咯！"说着又坐下来。我感觉我的身子浮在汪洋大海之上，时而起，时而伏，时而冷，时而热，但也不难受，反倒有一种奇异的解脱感，灵魂像是飘出身躯外。但有母亲在，我就不会飘远。母亲说："水还热啵？"灌满了热水的酒精瓶，搁在我的脚边，正暖我的脚底。我点头说："热……秋红那个暖手宝也蛮好。"母亲笑道："那是城里人才用的。"说到秋红，我把下午听到仁秋太打秋芳娘的事情跟母亲说了一遍，母亲沉默片刻，说："秋红当年生出来，差点儿就送走咯。你秋芳娘拼了老命才保下来，要不然又和……"母亲突然顿住："哎哟，我跟你说这个做么事……"母亲起身要走，我央求她再讲，她不肯，关灯前，她补了一句："这个事情你莫跟秋红说，晓得啵？她自始至终不晓得这个事。"

不知道是不是因为发烧的缘故，一切感受都变得分外敏锐。雪花噗噗打着窗棂，老鼠又一次跑动起来。噗噜噜。噗噜噜。秋红现在应该睡了吧。我现在怀揣着一个关于她的秘密，像是在心里搁了一盆炭火一般，灼热滚烫。我的嗓子干得要命，想起身喝水，骨头却沉重得动弹不了。一阵莫名的悲伤感和无力感涌上来，猝不及防地，我哭出了声。门再一次被打开，母亲扑进来，身上连外套都没披上说："你不舒服？"我觉得分外羞耻，想忍住不哭，可哭的劲头却越发地大了。母亲捏着我的手，给我擦眼泪，又摸摸我额头。我哽咽着说："我没得事。你走哎。你走哎……"还没说完，我赶紧挣扎着起身往床边探头，猛烈地呕吐出来。吐完后，身子松软多了。母亲拿扫帚把我的呕吐物清理干净，父亲也醒了，跑过来看情况。母亲说："现在去卫生所。"父亲迟疑了一下说："医师都睡下了。"母亲坚决地说："我不管，现在就去！"

父亲背起我时咕哝了一句："咿呀，细鬼儿现在这么重咯！"母亲催道："莫磨叽咯。"说着往我身上加披一件军大衣。母亲刚一推开大门，寒气一下撞在身上。雪光清洌，地上的雪层齐脚深。虽然有母亲撑开的伞罩着我们，雪片依旧斜斜啄到脸上，让人躲之不及。村庄睡了，去卫生所的路上，两排房屋都熄了灯。从父亲颈窝涌出的热气，越来越粗的喘气声，还有在雪地里趔趄的步伐，都让我羞愧。我想下来走，父亲立马答应了。母亲冲着父亲叱喝道："你就晓得图撇脱！"父亲讪讪地笑了一声："是昭昭要下来嘛。"母亲瞪他一眼："伢儿不懂事，你也不懂事？"父亲只得继续背着我往前走。好不容易走到村卫生所，本来以为要费一番工夫叫醒值班的吴医生，谁知到了门口，里面还亮着灯。正在会诊室里就着火盆子烤火的吴医生接待了我们。给我量体温的等待时刻，母亲惊叹了一句："这么晚了，你还不睡哦？"吴医生苦笑地摇头道："本来是睡下咯，夜里八点多，你垸云松把我叫醒咯，我一看是他爸仁秋不舒服……"说着往走廊对面的住院病房抛了一个眼神："现在仁秋还在挂水。"

高烧39度，吴医生决定让我打吊针。父亲刚把我背到住院病房时，靠窗那头立马起来一个人说："昭昭病了？"说话的是云松爷。父亲点头说是，探头看了一下："老头儿又不舒服？"云松爷"嗯"了一声："闹了半天不肯打针。劝了好长时间，才让吴医师挂上水……"父亲把我放在床上后继续跟云松说话，母亲给我盖上被子。仁秋太那边传来呼噜声，母亲笑道："老头儿睡得香。"云松爷跺脚哈气："叫玉桂给我送件衣裳来，还不来！我脚都冻掉了！"母亲把军大衣递过去，云松摇手："给昭昭盖。"母亲说："年轻伢儿火气旺，怕个么事？！你莫搞感冒咯。"云松这才接过来穿上，父亲递给他一支烟，母亲脸一沉："出去抽！"父亲和云松便走到外面去了。母亲悄声问我冷不冷，我摇头。卫生所的被子不知道有多少人盖过了，有一股子腌臜气。身子一动，骨头生疼，大脑像是有个人拿着铁锤一锤一锤地砸，时刻想吐。但我不要呻吟喊疼。我已经不小了。

吴医生给我挂上了水后就走了，药水进入血管时寒沁沁的，母亲起身去外面找可以暖手的东西。房间里一下子安静下来，父亲跟云松爷的说话声此刻听来分外遥远。一切都离我很遥远。脑子里的锤子不肯懈怠地敲打，嘴里苦涩得要命，每吞咽一下，嗓子就疼一下。恍惚间听到一个声音如利剑一般划破沉寂的壳。人嘞？人嘞？妈个×的，人嘞？我费力地偏过头看去：仁秋太已经醒了，他半撑起身子，向我这边看过来。我想说话，发不出声音。仁秋太又一次躺下来，大声地说："就等着我死，是啵？就等我咽气，是啵？妈个×的，没得一个人来望我一眼，是啵？"他说着说着，急促地喘气，没有扎针的那只手揉着心口，声音衰弱了下来："哎哟……哎哟……就盼着我死……哎哟……"母亲此刻进来，见状又转身出去。云松很快跑了进来，仁秋太一见到他就劈头骂道："等老子死咯，你再寻快活，要不得？"云松没有说话，垂着头立在那里，直到跟着进来的父亲忙着解释了一番，仁秋太这才歇了气，闭上眼睛。母亲把灌满热水的酒精瓶放在我打针的那只手下面后，又起身出去，过了一会儿拿了另外一个酒精瓶，我瞥见她悄悄塞给云松爷，但云松爷没有接。母亲略显尴尬地说："还是热的。"云松爷手攥着拳头，贴在军大衣上，让我莫名地想起赌气的小孩。母亲还想再说点儿什么，云松爷忽然转身往门口走："我不管咯！我去叫老大！"父亲和母亲都愣住了，还没有来得及说话，仁秋太的声音就炸起来："滚！滚！"云松爷拳头猛地往门上砸了一下，头也不回地走出去了。母亲推了一下父亲，让他赶紧追出去。

　　吴医生走进来时，见仁秋太还在骂个不停，便问母亲："么回事哦？"母亲还未答话，仁秋太突然起身拔掉针头，说："医师，我不打针咯。我回去咯。"吴医生赶紧上前阻拦："躺下！躺下！莫乱动！"母亲把酒精瓶搁到靠墙的长椅上后，也上前跟着劝说。仁秋太穿得很是单薄，身子直发抖。他挣扎着想走，身子不听使唤，两条细瘦的腿打摆子一般。吴医生强迫他躺下来，重新扎好针，母亲帮忙盖上了被子，又去拿那酒精瓶，放在他打针的那只手下面。吴医生嘱咐了母亲几句，便又走了。房间里回响着仁秋太"哎哎哎"的叹气声，渐渐地变成了哽咽声。母亲坐在我旁边，时不时抬头看看他，又不好说话。过了半晌，父亲进来了，他身后并没有跟着人。母亲问他怎么回事，父亲小声地说："云松跑到云岭屋里去了，云岭死活不肯过来。两个人吵了一架。云松就转身回去了……"母亲探头看了一眼，见仁秋太那边没了声响，感觉是睡着了，问："那这边么办？"父亲也看了一眼，悄声说："还能么办……反正昭昭这个吊针，一时半会儿不会完。"

半睡半醒间，听到母亲催父亲的声音："快把吴医生叫醒。"过了片刻，脚步声往仁秋太那边奔去。挂完两瓶水后，我感觉浑身松弛了好些，烧也退了不少，再挂一瓶，就可以回家了。而仁秋太那头水已经挂完了。吴医生披着件羽绒服，下身还是个秋裤，显然是从床上被叫起来的。拔了针，仁秋太想坐起来，吴医生拦住说："你要做么事？"仁秋太咕哝了一声："屙尿。"吴医生从床底拿出塑料盆："外面几冷，你就在这里解决算了。"仁秋太摇手，还是要起身。站在旁边的父亲笑道："没得么子哎！有么子怕丑的?"母亲也起身："我去外面一会儿。"见仁秋太摇摇晃晃站起,吴医生叹口气："真是个拗脾气。"仁秋太走了两步,腿一软,父亲忙去扶起说："我扶你去。"仁秋太声音小小："脚是木的,手也是木的……"吴医生把羽绒服给仁秋太披上："快去快回,莫又搞冻咯!"

回来时,是父亲背着仁秋太。母亲问出什么事了,父亲说："刚打完针,身体还是虚的。刚才厕尿,人差点儿倒在地上咯。"父亲把仁秋太放到床上,让他躺着,又给盖好被子。仁秋太扭头看窗外半晌。雪已经停了,在窗台上积了厚厚一层。仁秋太突然掀开被子,坐在一旁的父亲忙问："又要去厕所?"仁秋太说："我要回家。"父亲问："回哪个家?云松屋里? 还是云岭屋里?"仁秋太说："回我自己屋里。"父亲笑了一下："你忘啦? 前几年给云松盖房子,你那老屋都拆。"仁秋太噎住了。父亲又把被子给重新盖好,问："要不要来根烟?"我瞥了母亲一眼,母亲这次没有抗议。仁秋太接过父亲点好的烟,夹在手中,颤颤巍巍猛抽了一口,呛到了,发出一阵咳嗽声。父亲过去抚着他的背："你慢点哎,没得人跟你抢。"仁秋太又吸了一口后,紧接着再吸一口,一支烟就吸到头了;扔掉烟头后,又伸手向父亲要了一根,点上,这次吸得慢了,一小口一小口嚓。

父亲说："莫怪我做下人冒犯,你都八十岁咯,脾气也要改改……"见仁秋太不吭声又说:"你说你把两个儿子都得罪了,自家日子也不好过,是啵?"仁秋太没好气地回道:"我凭么子要改?云岭和云松,没得我拼死拼活地做,他们娶得上媳妇儿?盖得上新屋?养得起子女?我管么子都给他们了!现在好咯,我没得么子给他们了,他们作践我起来……"父亲又递上一支烟:"他们的确有做得不到位的地方,但养你总归是养的……"仁秋太火气上来,猛地坐直,声音也高起来:"你眼睛是瞎了?!你看他们给我住的地方,后面那个偏厢房,平常时白天都黑黑的,窗户也是破的,你说我怄气不怄气?吃个饭也吃不安生,说我吃得多,想吃口肉,说没得钱,你说我难不难受?说是给我米和油,缺斤少两的,叫我么样说理的?我一个做上人的,还要为了这些事争,你说起火不起火?"父亲一时间无话。仁秋太喘了一口气,接着说:"我唯愿死快点儿!活着就是造孽……"语音刚落,又一次哽咽:"你看现在他们一个都不来!一个都不来!"母亲冲着父亲喊了一句:"你去叫一下他们。"仁秋太打断道:"叫么子叫?!叫么子叫?!我没得这两个儿!"

父亲还是去了,母亲这边安抚仁秋太躺下。等我这边水挂完了半晌,父亲才来,后面跟着云岭爷和云松爷。仁秋太不知是真睡还是假睡,躺在那里一动也不动。母亲冲他们点点头,过到我这边来,给我穿上衣服,戴上帽子,裹上围巾。云岭爷和云松爷两人都沉着脸,父亲站在他们中间,看看这个，又看看那个，说："你们家务事我没得发言权，但你们自家老儿还是要管的。你们这样，也莫怪外人会说闲话。"云岭爷点点头："难为你了。你们赶紧回去吧。"父亲背起我往外走，母亲接过云松爷递过来的军大衣又给我披上。我回头看一眼房间，云岭爷和云松爷坐在长椅两头，各自缩着手埋着头，莫名地让我想起校门口的两棵塔松，相对而立，互不搭理。

四

母亲推醒我时，已经是中午十二点了。出了一身的汗，浑身舒泰，肚子分外地饿。母亲早已备好了一盆热水，待我脱掉湿透的上衣后，拿热毛巾给我擦身子。我要自己来，母亲笑问："晓得怕丑咯？"我没说话。母亲继续擦拭："马上就好咯。起来吃饭，下午再去打一针。"我惊讶道："还要去？我都好咯。"母亲把干净上衣递给我："吴医师说了，再打一针巩固一下。"我换好了上衣，母亲把洗脸盆端走，好让我换内裤。去灶屋吃了午饭，父亲没在，不知去哪里要了，母亲催我快去卫生所："你先去打上，我忙完就过去。"雪已经不下了，天地之间一片莹白，麻雀在麦田里蹦跶了几下，又唰地飞溅到天上去。池塘结了一层薄冰，有小孩子在塘边堆起来雪人。要是我没生病的话，此时跟建桥说不定已经堆起来一个了。村广播里播放着黄梅戏《女驸马》的唱段，我也跟着哼了起来。烧退后身子显得分外轻盈，连走路都飘飘然，踩在雪上的声音，吱呀吱呀，听起来也很悦耳。

到了卫生所后，还是打吊针，刚进到住院病房，建桥的声音立马响起："昭昭，你么过来了？"还未等我回应，建桥一只手已经拽住了我的胳膊，连脸都凑了过来，笑意满满："你来太好咯，我一个人待着没得意思。"半躺在病床上的仁秋太笑道："噢，嫌弃我没得意思。"建桥忙跺脚说："我没得这个意思！"仁秋太追问："那你是么子意思？"建桥跑过去，坐在仁秋太身边，解释道："你刚才睡着了嘛。"仁秋太没扎针的那只手捏建桥的耳朵："你耳朵都冻红咯。"建桥往边上躲："莫捏，疼。"仁秋太松开手，又要去摸建桥的脸："你脸也冻红咯。"建桥早料到了似的，跑到床尾说："爷，你今天都摸了五次脸咯！"仁秋太愣了一下，笑道："细贼哎，你还这么算计！"建桥往我这边看了一眼，问仁秋太："我可以给昭昭拿个苹果吃啵？"仁秋爷往我这边扫了一眼："你么晓得人家喜不喜欢吃？"建桥点头："他喜欢！"说着从床边小桌上拿起一个苹果往我这边来，仁秋太身子急忙往这边探："建桥哎，人家不舒服，你莫乱给人家吃。"建桥把苹果往我手上塞时，我瞥见仁秋太脸色不是很好看，没有去接："太冷咯，我不想吃。"仁秋太显然松了一口气："你看昭昭不想吃，你莫为难人家。"建桥疑惑地盯着我看说："你不是几喜欢吃的！"我往昨天的病床走去："我才没有！"仁秋太说："人家不喜欢，你莫强求。你自家吃。"建桥赌气道："我不吃！"转身把苹果放回去，然后往窗外看，"我爸爸还不来！"仁秋太问："你要等他做么事？"建桥没说话，往玻璃窗上哈气写字。

我在床上躺好，吴医生给我扎针时，建桥又一次跑过来，蹲在一旁看。针头扎进血管那一刹那间，建桥咧嘴发出"呀呀呀"的声音。吴医生瞪他一眼："你再叫，我就给你扎一针！"建桥赶紧跑开，等吴医生离开，才又凑过来问："昭昭，你疼不疼哦？"我说还好。他细细看扎针的地方，有些羡慕地说："我还没打过吊针！"我说："几好玩的，你也试试。"建桥琢磨我脸上的表情："我不要，你肯定骗人。"我问他："我几时骗过你？"他想了片刻，摇摇头说："你五年级的时候，骗我去女厕所，说里面没得人……"还未说完，我一想到他被一群女生骂出来的惨状，就忍不住笑出声来。建桥手指着我："你看你看，是吧？"建桥忽然叹气道："你们都骗我。"我问他还有谁，他说："细姐！昨天他说爷爷打妈妈，我刚才问爷是不是有这回事，爷爷说根本就没得。"我抬眼看了一下，仁秋太在打盹，我小声说："也许是你爷爷骗你嘞？"建桥坚决地回："不！爷爷不会骗我。你们才是骗子。"

说了半晌话后，建桥往仁秋太那边慢慢磨过去，从床旁桌上摸出两个橘子，又大气不敢喘地踮着脚过来。他靠着我坐，剥掉橘子皮，一瓣送到我嘴里，一瓣自己吃。橘子又甜又冰，分外好吃，不一会儿我们就吃完了。他又去摸了两根香蕉，我们一人一根。听建桥说，这水果是他大姑上午过来探望时专程带的，仁秋太不吃，留给他吃。我没来之前，他就已经吃了一个苹果，一个橘子，其他的，他悄声凑到我耳边说："我给细姐和你都留了……爷肯定舍不得。"我笑他太鸡贼，他做了个鬼脸。窗外又零星飘起了雪花，寒气如蛇一般从床脚爬上了我的身子。兴许是我在发抖，建桥问我："冷？"见我点头，他立马搓搓双手哈一口热气，焐在我打针的那只手上，嘴里学着动画片的台词："让神赐予你力量！"刚说完，我们一起笑出了声来。

仁秋太被我们的笑声吵醒了，抬头看一眼吊瓶，见还有半瓶，骂了一句，"娘个×，慢得出奇！"建桥喊道："爷爷，你莫说脏话！"仁秋太啧了一声："好好好……细贼管得真多……你过来。"建桥问："做么事？"仁秋太回他："几冷的，你帮我暖一下。"建桥没动，说："爷，你有暖手宝！哪里冷？"我心头一动，往那边撩了一眼——果然在仁秋太打针的那只手下面压着暖手宝。仁秋太又说："我要是冷死咯，你舍得啵？"建桥说："有暖手宝就不会冷死嘛。爷爷你莫吓我。"仁秋太没奈何，笑笑后，又闭上眼打盹。我这才悄声问建桥："这不是你细姐的？"建桥凑到我耳边说："今早我爸带我过来看爷，爷就说冷。给他热水瓶，他嫌太烫了，一定要细姐的暖手宝。爸就让我回去拿，正好细姐去她同学家了，我就拿过来咯。"我啧啧嘴："你死定了。"建桥脸上浮现出不安的神情："那我该么办？"我还未答话，仁秋太那头忽然又说："你过来，帮我暖脚。"建桥有点儿不情愿，还赖在我床上哼唧了几声。仁秋太声音大了："细贼哎，你也不疼爷了？"建桥这才下了床，一步一挨地蹭过去。

挂到第二瓶时，母亲和秋芳娘一同来了。建桥此前原本坐在那边床尾，趁着仁秋太睡着，又一次跑到我这边硬挤上来，说是要给我暖脚，暖着暖着自己倒靠着我睡着了。秋芳娘见此，哎哟了一声："这个细贼哎！"说着要把建桥打醒，母亲拦住笑道："让他睡嘛。两人挤着，几暖和！"我点头说是。她们又特意往仁秋太那边探了一眼，相视一笑道："打呼咯。"说着一起坐在长椅上，从外套口袋里拿出鞋垫和针线出来，一针一针纳着。我从未感觉到如此安心过：建桥细细的呼噜声，像是金鱼在水里吐泡泡；纳鞋底时，针扎进布头发出噔噔声；母亲跟秋芳娘说悄悄话，小颗粒的言语声……

我感觉眼皮愈发沉下去，沉下去，马上要进入香甜的梦之乡……如果不是突如其来的巨响，我恐怕已经睡下了。

准确地说，那声巨响来自门撞击到墙壁的声音。房间里所有的人都吓一跳，建桥和仁秋太都惊醒了。母亲和秋芳娘站起身来，惊讶地看着站在门口的那个人。是秋红。她气咻咻地喘气，扫了一眼房间。秋芳娘骂道："你做么事鬼呀，把人都吓到了！"秋红大声地问道："我暖手宝，么人拿走咯？！"我立马感触到建桥的颤栗，他刚想把头缩进被子里，秋红就已经冲了过来，猛地掀开被子，"建——桥，是不是你拿走咯？"建桥怯怯地回："我没有！"秋红打他头，"不是你，是么人？你说你说，你拿哪里去了？！"秋芳娘上前来拉秋红："你发么子神经呐？！"秋红推开秋芳娘，尖叫起来："我要我的暖手宝！暖手宝！"建桥被打得疼不过，喊道："是爷爷要！我拿给爷爷了！"秋红一下子收了声，盯向仁秋太。秋芳娘厉声说道："秋红！你莫乱来！秋红！"秋红已经奔过去了。

仁秋太乍从睡梦中醒来，还有些恍惚。倒是秋芳娘的叫声提醒了他，他坐起身，对着站在他面前的秋红，略带紧张地问："你要做么子？"秋红伸出手说："给我。"仁秋太挪了挪身子："给你么子？"秋红坚持道："给我！"秋芳娘走过来，手刚一碰到秋红的背，就被秋红转身扫一边去，"莫管我！"仁秋太紧紧压住暖手宝，盯着秋红。秋红说："我的东西还给我。"仁秋太大声回："这里没得你的东西！"秋红逼近一步，仁秋太喊道："秋芳，你把你女儿管好！"秋芳娘正要说话，秋红抢着说："妈，他平常时拿你的东西，你不也想要回来？现在我为么子要不得？！"秋芳娘弱弱地回："那不一样……"秋红反问道："有么子不一样！他就是一个小偷！"仁秋太立马火气大了起来："我是你爷爷！别人都晓得买东西给爷爷，你不买就算了，还诬蔑我……"正说着话，秋红上前，猛地从仁秋太手底抽出暖手宝，转身迅速往外走。

　　仁秋太气得直拍床板道："造反了是啵？！拦住她！拦住她！你个死女子！你是猪油蒙了心是啵？"快到门口时，秋芳娘奔过去，一把拽住秋红："把暖手宝还回去！"秋红把暖手宝死死地护住："这是姐给我买的！管么人都不准抢！"秋芳娘兜头扇了秋红一耳光："你么这么不懂事哩？你读书读到牛屁眼去了？"母亲上来拦住秋芳娘："算咯算咯……"仁秋太气狠狠地叫道："打！往死里打！没见过这么不尊重上人的！"秋芳娘伸手去秋红怀里抠暖手宝，抠不出来，她又狠狠地打秋红的头："你是个牛脾气是啵？"建桥跳下床，拽住秋芳娘的手喊："不准打我细姐！不准打！不准打！"母亲也在旁边劝："算咯算咯……"秋芳娘住了手，一屁股坐在长椅上抹眼泪。仁秋太骂道："叫你莫给她读书，你看读个么子鬼？读成这样一个不孝子！"越骂秋芳娘哭得越凶，母亲急忙道："仁秋爷，你少说两句噢！"秋红一直立在原地不动，她的脸红肿了起来，头发也被打得披散开，建桥小心翼翼地贴在她身边说："姐，对不起。对不起。"说着说着小声地哭起来。秋红横了他一眼："哭么子哭?! 有么子好哭的?!"建桥咬住嘴唇，极力地想忍住哭声，身子一抽一抽。

吴医生走进来，看眼下的光景，问了一声："出了么子事?"话音刚落，秋红忽地把暖手宝往地上砸过去，当啷一声，暖手宝滚到我这边床底下，"我不要咯! 我恶心!"说着转身往门外去。秋芳娘站起来问："你要死哪里去?!"秋红转头看她："你要受气你受去，我是受够咯!"说完砰的一声关上门，跑走了。房间里一时间沉寂下来，连吴医生都有些发懵，好一会儿才回过神来，开门往外走："你们小点儿声。"建桥抽泣得肩膀一抖一抖。母亲过来帮我把被子重新盖上。仁秋太又一次拍床板，喊道："都想我死，是啵? 我现在就去死! 活着有么子意思，连个死女子都要欺负到头上!"秋芳娘扭头冲着仁秋太大吼了一声："你闹够了没得?! 一家人都要被你闹死!"不要说仁秋太，连我们都从未见秋芳娘如此凶过。仁秋太罕见地没有再说什么，小小咕哝了两声，又躺下了。秋芳娘一把抓住建桥的手说："我们回去。"建桥"嗯"了一声。母亲说："你们先走，这边我照看。"秋芳娘迟疑了一下，小声地说："难为你了。"说着开门，跟建桥离开了。

母亲把秋芳娘落下的鞋底和针线收拾好，然后坐在我身旁继续纳着鞋底。仁秋太那边直叹气："作孽哎！作孽！"母亲头也不抬地继续自己手上的事情。仁秋太又说："当年要是把这个死女子送走，今天也不至于受这个气！"话音落了半天，还是没有人接住。我觉得有些尴尬，用手臂撞了撞母亲。母亲依旧不言语。仁秋太又叹了几声气，就不再吭声了。时间仿佛停滞住了，每一秒都感觉好漫长。好不容易等挂完水，天已经微微黑下来。仁秋太那边，吴医生正在换一瓶新的输液瓶；仁秋太想必是睡着了，任由他换，连句抱怨声都没有。趁着母亲走过去问吴医生还需不需要再打针，我赶紧蹲下身往床底下看，那暖手宝还在。

　　雪再一次下大了，我们吃力地走在回家的路上。快到坳口时，迎面走来玉桂娘，她手里拎着一个竹篮子。母亲拦住她，把下午的事情说一下。玉桂娘吐了一口痰："他就是个老畜生！我把饭送过去就回来，我一刻都不想待在那里。"母亲说："人老了，也可怜哎！"玉桂娘"嘁"的一声："不晓得是上人可怜，还是下人可怜！"又说了几句话，玉桂娘继续往卫生所走去了。夜色渐渐深下来，坳里的屋子都亮起了灯。我闻到了各家各户飘来的饭菜香气。母亲问："你饿了？"我点头，母亲说："那我们走快点儿。你爸爸饭应该做好咯。"我一只手挽起了母亲的胳膊，另外一只手插在口袋里，摸着暖手宝冰凉的外壳：果然是个好东西，摔得这么狠，一点儿磕伤都没有，只要再一次充上电，它就暖和了，那时候我就还给秋红……母亲突然问："你笑么子?"我忙否认。此时风迎面刮来，母亲和我都一哆嗦。我说："这恐怕是要有雪灾咯。"母亲"呸"了一声："管么子还是往好方面想咯。老话说得好，瑞雪兆丰年。唯愿来年是个好年。"

虫儿飞

一

那一阵子录像厅风行林正英的僵尸片，班主任吴老师突发奇想把这个移花接木到日常的课堂惩罚中。这次正好是建桥撞到枪口上，老师命令他站起来，移步到两排桌子的空隙，两手伸直，双脚并拢，说："好，就这样！给我蹦到前面来！"我们这些安然坐在座位上的人，兴趣盎然地看建桥磨蹭着站起，模拟僵尸的姿势一蹦一跳地去到了讲台上。我们忍住笑，吴老师也忍住笑："你再跳回去。"建桥跳了两下，又转身返回讲台。吴老师讶异地瞪他一眼说："叫你转了？"建桥看着他，眨眨眼睛，又吸了一下鼻子："跳得不标准，我再来……"全班人再也没有忍住，笑声蓬地炸开。吴老师生气了，他拿戒尺啪啪敲桌子："笑么子笑，再笑让你们来跳！"班上顿时鸦雀无声。回头看建桥，他从口袋里摸出一张纸撕成条，贴在额头上，再一次两手伸直，双脚并拢说："我要跳咯！"全班人又一次大笑起来，建桥刚跳了一步，被吴老师一把从后头揪住："你还跳上瘾咯。"

戒尺从讲台上拿起时，建桥不由得往后躲了一下，不过立马又稳住了。这把戒尺是竹子削成的，油光黄亮，打到手心，火辣辣地生疼，但是这疼圆润极了，就在被打的那一块滚动着痛；竹节还都保留着，那一下子啪下去，如果恰好撞到骨头上，任谁也要号叫出来。"你再叫？再叫？"打得更起劲了。可是建桥没有叫，仿佛那只被打的手不是他的。他脸上几乎没有表情，淡然地看着我们，嘴巴里呼气，贴在额头上的纸一掀一掀。我们要把笑忍住，真的是太辛苦了。吴老师更生气了，他把戒尺扔到一边，从讲台底下摸出麻绳来，叫个子高的男生缚在门框上后，走过去，一把捞起这个又轻又瘦的建桥，三下两下用绳子绕住他的腰间捆结实，然后拉到半空，再用戒尺打他屁股。"你以后还敢不敢咯？敢不敢咯？"那一尺子啪地下去，脆生生地肉响，眼见着建桥转陀螺一般，每一尺子下去都喊一声"妈呀！妈呀！"我们都咬着嘴唇忍着不敢笑出声。

听到建桥的号叫，吴老师满意了，又补了几下，才让高个子男生把他放下来。建桥半弓着身子站在教室门口，吴老师忽然像是忘了他的存在似的，回到讲台上接着讲课。我偷眼看建桥，他靠在门框上，谁看过来他就摇头晃脑吐舌头做鬼脸；等吴老师一转身眼睛要扫过来时，他迅速变换成一副痛苦不堪战战兢兢的惨状。看来刚才的号叫也是装的了。我放下心来，虽然也跟同学们一起笑，但心里总归不是滋味。我忽然想起父亲和云岭爷送我们来上学时，父亲就冲着班主任点一下头，云岭爷倒好，对着老师又是递烟又是赔笑脸，第一句是："建桥这伢儿，平常时儿调皮哩。不听话你就打！"班主任一边接过烟，一边眼皮一沉，眼光几乎是从我身上滑过去的，然后像是卡在了建桥身上，左右移不动，说："嗯，来到我们初一（三）班，就没得我管不住的伢儿。"云岭爷忙附和："那我就放心咯。"然后回身兜头要敲建桥头一下："听到吧？吴老师是学校里出了名会管学生的，你要是再像过去那样无法无天，有你的苦头吃的！"建桥及时地往后躲了一下。吴老师说："好了，你们把桌椅搬进去。"父亲和云岭爷便把从家里带来的桌子搬进教室。走在后头，我又斜瞥了一眼吴老师："他手劲儿大，一巴掌呼过来，肯定疼死。"建桥噘嘴："我爸打我还少哦？我细姐一天不要打我个几次？我早习惯咯！"

几周下来，我也习惯了建桥被老师惩罚的场景了。看来吴老师果然记住了云岭爷的话。建桥和我都被安排到了最前面一排坐着，他日常一个走神，吴老师嗖地一下，粉笔头飞弹击面，建桥说这是"小李飞弹"；但遭殃的往往是后面的同学，因为建桥反应奇快，他像是有第六感，能在粉笔头弹出的一刹那，恰好地低下头去。这让我们全班都叹为观止，但建桥的满不在乎，我也早见识过了——这可是他细姐秋红调教出来的。我们在秋红房间时，秋红做作业，建桥就会又是跳又是叫，秋红一块橡皮砸过去，建桥躲过；一根铅笔紧接着扎过来，建桥一闪，避到门后……但吴老师不会罢休的，他那只伶俐的手咻一下越过讲台杀过来，尖尖长长的手指甲拎你耳垂，掐你脸蛋，手过即青。这个比戒尺要厉害，你根本躲不了，还因为留有痕迹，他人一看即知。特别要是被云岭爷看到，肯定又是一顿盘问好打。但建桥总是能编出理由来，比如说摔倒啦，或者说被虫子咬啦……云岭爷还要追问下去，秋芳娘早就耐不住地冲过来搂住建桥问："儿哎！肉哎！你疼不疼哦？"

不管疼不疼，建桥总归是不会收敛自己的。他哪一分钟坐得住呢？坐在椅子上，就像是有一百只小鸡啄他屁股似的，他左挪挪右挪挪，往前探探往后仰仰，实在不行，强行跟我换椅子，还是一样。我说得最多的三个字是："莫闹我！"我忙着记笔记时，他凑过来，脸都快贴上了，小声地问："待会儿要不要去小卖铺？"我瞪了他一眼，继续写字，他继续说："你笔记夜里借我抄，我……"突然之间，他头一沉，一个粉笔头嗖地一下，砸到后面的王宇新脸上。王宇新气恨地说："不是我，是他！"吴老师乌着脸："夏建桥，你去外面站着。"建桥弹起来，椅子往后一挫，身子早已冲到了教室外面，贴着墙站好。有时候下了课，老师没叫他进来，一波一波别的班上学生经过，有人就说："建桥，你又罚站哦？"建桥不屑地说："老子喜欢！"有人说："我要回去告诉你爸。"建桥说："老子把你头捏落哩！"突然间，他闭上嘴巴，头低下，脚搓着地。再一看，是读初三的秋红下楼经过，她拿着粉红色饭盒从建桥面前经过，眼睛都不带看一眼的。

秋红在学校，从来都是装作不认识我们的。不认识建桥也就罢了，连我在走廊上见到她，她都当我是空气一般。这就气人了。她不理我，我也不理她。可建桥做不到，有时候在操场上碰到了，他喊了一声："细姐！"秋红正在跟她的同学站在花坛边说话，连头都不回一下。建桥以为她没听见，又跑近了喊："细姐！"秋红拉着同学往教学楼那边走去。建桥追上去喊："细姐！细姐！"周遭的人纷纷为之侧目，连秋红的同学都说："那个男生是不是在叫你哦？"秋红这才回过头，眼睛像是蜻蜓一般在建桥身上点了一下，又飞到空中，"叫你个头壳！走开！"建桥愣住了，他不甘心地回："细姐，你晚自习要是想回家，叫我一声，要得啵？"秋红没有理她，拉着她同学速速地跑开。等建桥回到我边上，我就说："人家明明不想理你。"建桥说:"她肯定是没听到。"我说:"你在我家里说她一句坏话,她都能听得到!你还真当她是个聋子哦?!"

读小学时,秋红可不是这样对我们的。那时她在教室里上课,我跟建桥在操场上玩双杠。秋红的班级就在一楼,而秋红就坐在靠窗的位置。我们在双杠上甩来甩去时,她总是神色紧张地盯着我们。越是盯着,我们越是甩得欢。有一次建桥手滑脱,直接摔到地上去了,哭声还没起来,秋红已经扒开窗户,直接从窗口跳出来冲过去,抱住他连连问:"疼不疼哦?疼不疼哦?"本来倒也没什么,秋红这样一连问,建桥不哭简直对不起这番关心了。他放肆地大声号啕,引得小学的校长都跑来看情况了。有时候秋红还会带我们进教室,老师在上面讲课,我和建桥安静地坐在秋红的课桌下面,翻看秋红递给来的小人书。建桥看着看着睡着了,就歪在秋红的腿上。秋红一只手做笔记,一只手摸着建桥的头。

可是现在不是摸了,而是打。我跟建桥回到家后,我在家里就能听到隔壁建桥家闹腾的声音。跑出来看,秋红拿着扫帚在稻场上追着建桥打:"我跟你说过,不准在学校里叫我,你是个聋子还是傻子?!"建桥捂着头东躲西闪:"为么子叫不得?!为么子叫不得?!你是我细姐啊!"秋红说:"在屋里我是你细姐,在学校我们不认识!"建桥往我这边逃过

不容易打上了饭菜，找到一个桌子坐下，菜也冷了，饭也凉了，吃得一肚子火。"建桥嘞？"我抬头一看，是秋红。她握着洗好的饭盒，看着我问。我没好气地回："不晓得！"秋红一愣，又问："平常时你们不是一起……"我说："不晓得就是不晓得，莫问我！"秋红咕哝了一声："今天是做么事鬼？说话这么冲。"我没理她，直到她走开，我都没抬头看她一眼。

说实话，那一刻我心里洋溢着复仇的快感，连那冷掉的白菜帮子吃起来都带劲儿。正当我吃土豆时，秋红忽然又跑了过来，她把一包方便面丢到我面前说："你带给他，就说是你买的。"我还没来得及说话，她已经扭头走了。我感觉又一次被打败了，那方便面离我一手掌远，我不想去拿。这跟我又有什么关系呢？一个不想自己吃，一个不想自己送，我何苦夹在中间当好人？我起身就走，心中鼓荡着豪迈之气，大步流星走向食堂门口。食堂的阿姨开始收拾桌子了，铁桶哐当哐当响。走到门口，我一边骂自己是个窝囊废，一边快步走过去拿起方便面塞到口袋里。等我走到教室门口时，建桥已经不在那里了。我探头往教室里看，也没见到他身影。问起靠门口的同学，他说他回来时人就不见了。等到上课铃响，教化学的高老师进来了，建桥还不在。高老师问我，问班长，问其他同学，我们都摇头说不知道。高老师拍拍课本说："不管他了，我们上课吧。"

二

化学课之后是英语课，英语课后是政治课，政治课后是语文课，每一个老师来都要问一遍："夏建桥没来？"夏建桥的桌上依旧放着他罚站离去时的数学书，圆珠笔还搁在右边的书页上。我无数次想跟老师申请换个同桌，无数次嫌弃他吵闹折腾鬼点子多，现在好了，他终于不在了，我也可以安安静静、专专心心地听我的课了。可是我没听进去一个字。我耳畔仿佛依旧能听到他喊喊喳喳的说话声、挪椅子声，还有放屁声……我不由得看向门外，操场上上体育课的学生们，正跟着郭老师做热身运动；一只土狗睡在花坛上，阳光洒下，它的皮毛泛出光泽；更远处的学校大门口，几个保安坐在那里抽烟聊天——我是不是应该去问问保安，也许他们看到建桥出去过？正想着，脸上一阵生疼，再一看一截粉笔头从我脸上掉落。我一抬头，迎上了语文老师严厉的目光。我脸上一阵发烫，连忙做出认真听课的样子，可是心里依旧悬着。

好不容易熬到了下课，我一口气冲到了门卫室，问话刚落，其中一位门卫说："我们不会允许学生随随便便出校门的。"我又问了一遍："我是说你们看到他……"那门卫打断说："我说了啊，要是有学生胆敢从这里走出去，我们肯定是会拦住的！以为学校是菜园，想进就进？想出就出？现在的学生哦……"我没耐心听他说话，匆忙感谢了一声，又回转到教学楼，奔到三楼去。来到了初三（二）班，一眼就看到了靠窗坐的秋红。我忽然想起我和建桥站在小学操场上，冲着秋红的教室大喊："夏秋红！你出来！夏秋红！你出来！"秋红那时在窗边伸出食指贴着嘴唇，让我们不要再喊了。越是如此，我们越是喊得大声。她班上的老师受不了了，让她出去。等她一出来，我们赶紧往校门口跑，因为她手里拎着一根从操场上捡起的棍子。她跑不过我们，我们跑跑停停，停停跑跑，全看她离我们的距离远近。她后来也跑累了，蹲在操场上哭了起来。我们吓到了，跑过去看情况。一等我们靠近，她棍子嗖地一下，打在了建桥的头上。不等建桥哭出声，她转身就回教室去了。

现在，她坐在教室里，埋头写她的作业。她桌子上的教辅书堆得如山高，离中考也不远了，那股紧张压抑的气氛连站在外面的我都能感受到。"秋红姐。"我小声地叫了一声。她依旧低头做作业。"秋——红——姐！"我声音大了一些。她身后的同学瞄了我一眼，拿笔戳了戳她。她"啧"了一下嘴，生气地往后瞪了一眼。她同学往窗外指了指，她这才把目光落在我身上："做么子？"我说："建桥不见了。"她淡然地回："跟我说做么事？"我说："他一下午都不在。"她揉揉头，挥了一下手："不在就不在咯。莫跟我说这些，我不想听。"我"嗯"了一下，转身走开了几步，她又叫住我："方便面你给他没有？"我没好气地回："我说了他一下午都不在。"秋红撇了一下嘴："那你留着吃好咯。"我没理她，快步地下楼，心里直骂自己多管闲事。

晚上九点半下了晚自习，我收拾好东西，往车棚那边去。今晚看来我只能一个人骑车回家了。穿过操场时，听到有人叫我的名字，转头看去，秋红已经跑到了面前。"他人呢？"我说："我么晓得?！"秋红声音柔和下来："怪我态度不好……你肯定晓得他去哪里了，是啵？"我叹了一口气："我是真不晓得。"秋红眯着眼睛看我的脸，确认我没有撒谎，便往车棚快速走去："去看他的车还在不在?"建桥的车子跟我的车子都在，我们用一根车链子串起两辆车子的后车轮，车钥匙还在我这里呢。秋红摸摸车链子，又拍拍后车座，举目四盼："出了鬼咯？他又搞哪一出?"她让我把车链子打开说："我们回去看看。他没准儿早就跑回去睡大觉咯。"我问她："宿舍楼马上要熄灯了，你不跟老师请个假?"我知道她们初三所有的学生，按照学校要求，必须住校，这样才能集中全力去冲击中考。秋红点头，让我等一下，她去跟班主任请个假。她往宿舍楼跑动的姿势，像是一头敏捷的鹿，奔向黑暗的森林。我想叫她不要那么急，她已经跑远了。

稀薄的月光下，隐约看得到公路上小股的自行车流往学校附近各个垸口淌去。一辆机动车都没有，路两旁的村落安睡在夜色里。丁零零。丁零零。铃铛声此起彼伏，在这条宽阔的路上毫无必要地响起，大家你追我逐，放肆笑骂。平常时建桥总要骑着骑着，猛地跟我平行，推我一下。我要恼了，他就嘻嘻笑着骑开；我要想推他一下，他可就兴奋了，他时而骑到我右手边，时而骑到我后面，突然又跑到我前面，明明在我身边不足半米远的地方，硬是奈他不何。而现在骑在他车上的是秋红，她连骑车都是如做作业一般认真，一下又一下踩下去，上半身几乎不动，眼神直视前方。我要跟她说话，她就说："莫跟我说话，我在骑车！"好像骑车是一件需要专门去做的事，容不得一丝分心。我闭上嘴巴，跟在她后面，看她的马尾辫在微风中轻轻摆动。

到了我们垸的路口，秋红没有进，反而径直往前骑去。我喊她，她回头一看，不好意思地笑道："好多时没回来咯，都忘了。"穿过垸口，两侧的田地风吹来，尚未灌浆的麦子如细细的波浪一般翻动。我忽然有一种我们是漂在海上的错觉。秋红坚定如船长，带着我往家的方向驶去。远远地，便能看到我家和她家都亮着灯。秋红这才松了一口气说："看来他回咯……我要是不打断他的腿，我不姓夏！"刚到家门口，母亲就开了门，隔壁的秋芳娘也开了门。我把车子推进堂屋，只听见那边秋红问："他没回？么可能的！那他去哪里了？"我把车在堂屋停好，母亲说："赶紧洗脚洗脸，水还是热的。"我没听就跑到云岭爷那边。

到了他家堂屋，秋红从后厢房跑出，秋芳娘讶异地说：

"真是跑脱了影！我一下午都在屋里，没有见到他回来。"秋红绷着脸，想了片刻，问："我爸嘞？"秋芳娘回："他去江头镇帮你大姐看店儿去了。"秋红马上往门外走："我去找建桥。"秋芳娘忙着说："我也去找。"秋红回头说："你就在屋里守着，他要是回了，你往死里打！"秋芳娘说："那么行嘞，你一个女伢儿，深更半夜外面跑，不晓得几危险的！"秋红不耐烦地说："莫这么多废话咯。么人敢欺负我？！"我连忙说："我跟秋红姐去找。建桥平常时去的地方我熟悉。也许就能找到。"秋芳娘没办法只好答应了："我去你庆阳爷家里打电话，问问亲戚。"商量完毕，我们各自把自行车推到路上。母亲追过来问情况，听我说完后，她转身从家里拿出手电筒给我，"路上注意，早点儿回来。"又特意跟秋红说："我跟你老娘一起，你莫担心。"秋红点头说好。又一次来到了垸口，秋红左右张看，刚才的笃定现在变成了迟疑。我说："先去百米港看看，他平常时喜欢在那里钓龙虾。"

手电筒凿开了一条光的小道，秋红骑在里面。她白底红格子外衣下摆，在车座下一掀一掀，因为个子不高，踩着二八式自行车，脚只能点着车踏子骑，但这不影响她骑车的速度。她骑得那么快，我稍微没有用劲儿，就能落下好远。手电筒的光一直追着她走，她一边骑一边喊："建桥——建桥——"我也跟着喊："建桥——建桥——"回应我们的只有沉默的田地和无边的夜色，还有虫子发出的声响，脆亮亮，一颗颗，在耳朵里滚动。到了百米港，虫鸣声几乎成了合唱。咯咯咯。啾啾啾。唧唧唧。我们在坝上停好车，往港边走去，露水濡湿了我们的裤脚，湿润的水汽笼罩全身。建桥。建桥。我们往左边喊。建桥。建桥。我们往右边喊。建桥建桥建桥。我们一连串地喊。虫鸣声刹住了，巨大的安静一下子降落下来。我们有些吓到了，相互看了一眼。水港里泛起微波，月光洒落。啾。一粒虫鸣声试探地吐出。啾啾。有另外的虫鸣声呼应。唧唧。啾啾。咯咯。咯咯咯。啾啾啾。唧唧唧。合唱声又一次恢复。我们默默地听了半晌。

"那是么子？"秋红问这话时，声音是发抖的。我顺着她指的方向看去，也吓得往后一退：离我们两步远的水中央，浮着一块黑色不明物。我壮着胆说："我去看看是么子东西。"秋红像是腿软，蹲了下来说："你小心哦。"我爬到坝上找到一截长树枝，跑到岸边，去探那不明物。那东西浮沉了几下，随着树枝靠过来。我从口袋里掏出手电筒说："秋红姐，你拿着这个，我看看是个么子。"秋红在后面弱弱地说："我起不来。"我回头看，她依旧蹲在那里，双手捂脸。没办法，我只好自己打开手电筒，深呼吸几口气，对着那东西一照，说道："是一袋垃圾。"秋红在后面问："你确定？"我说确定。她凑过来看了一眼，瘫坐在草坡上。我说："草上有露水！"秋红摇摇手："我没得力气。"我待要扶起她来，她忽然哭了起来。我想拍她的肩安慰一番，又觉得不合适，只好蹲在她旁边说："建桥肯定死哪里玩去了，不会有事的。"秋红连连点头："我晓得，我晓得，我只是……我也不晓得我为么子这样……"

我们又一次上路了。沿着百米港堤坝盲目地往前骑。秋红哭累了，借着月光，还能看见她脸上的泪痕。沿路虫鸣声沸腾不息，薄雾弥漫田间。我忽然想起音乐老师教我们唱的《虫儿飞》，小声地哼起来："黑黑的天空低垂……"秋红突然瞪我一眼："唱么子鬼哦，起首一句就跑调咯！"我笑道："那你教我。"秋红扭头不屑地说："我才不要。"我又唱："黑黑的天空……"秋红叹一口气，截过我的话头："黑黑的天空低垂／亮亮的繁星相随／虫儿飞／虫儿飞／你在思念谁……"我跟着她哼了下去："天上的星星流泪／地上的玫瑰枯萎／冷风吹／冷风吹／只要有你陪……"唱完后，我感叹道："你为么唱得这么好？"秋红说："我大姐教我唱的，她没出嫁之前，跟我睡一个床，天天教我唱歌。"我又问："我没听到建桥唱过。"秋红"啧"了一下说："他噢，只晓得捣蛋。我跟我姐一唱歌，他就在边上鬼哭狼嚎。"说到建桥，我们又一次沉默下来。

从堤坝上下来，上了去镇上的公路，路灯之下，我们的影子时而重叠，时而分离，时而长，时而短。虫鸣声消失了，唯有车子碾过路面的沙沙声。秋红忽然说："我平常时打他，也是为他好！"我一时间没反应过来，她又接着说："他不晓得爸妈挣钱几难，我要是不帮着照看，他要是闯祸么办?"我瞥了一眼她，她没有跟我说话的意思，她一边骑一边在跟一个无形的对象说话："他就是不懂事！就是糊涂虫！就是一天到黑怄得人要死的细鬼儿！"我有些害怕起来："秋红姐……秋红姐！"她回过神来，扭头看我时，讶异了一下，仿佛是才发现我一直在旁边。我问："你没得事吧?"她定了一下神："没事。"虽然这样说，她骑车的速度却快了起来。我喊道："等一下我！"她也不管，径直往前冲。我只得拼命地去追她。到了下一个陡坡，等我下坡时，远远地就看到她随着车子栽倒在路旁。我忘了告诉她建桥之前已经把这个车闸给弄坏了。我赶紧骑过去，把车子停到一边，跑过去扶她。她这一跌摔得够狠，额头、脸、手臂、脚都有擦伤，车子也摔坏了。她"呀呀呀"地起身，一只手搂住我的脖子，一只脚却不敢落地，看来是伤得不轻。

三

　　服装市场两侧的店铺有些还亮着灯，老板娘盘点店里的存货，老板们蹲在路灯下面打扑克。我们走过时，他们纷纷侧目。坐在我自行车后座的秋红问我要去哪里，我说："到了就晓得咯。"走到市场第七家，我停住了。老四姨爷正坐在店铺里，把衣服一一塞进包装袋。我叫了一声，他站起来问："你么来了？"随即他把目光落在了我身后的秋红身上。青姨正好从楼上下来，手里拿着扫帚，一见我就赶忙奔过来，亲热地捏我胳膊说："昭昭哎！"她的目光也随即落在秋红身上："这是你女朋友？"我忙说不是，她"哎哟"一声，"这女伢儿为么子脸上手上都是伤哦！"我说了一下事情的原委，青姨点头，一边把秋红小心翼翼地抱下来，一边扭头冲老四说："你赶紧去下点儿面条，冰箱里还有四个鸡蛋。"老四转身就上楼了。我连说不用，青姨嗔怪道："平常时从来没见你来，今天好不容易来一趟，又没得么子好吃的给你。"她把秋红搀扶到老四姨爷平日坐的躺椅上："莫乱动，我去拿点药来。"说着，她也上楼了。

我把车子往边上停好后，走过来蹲在秋红面前说："疼啵？"秋红抬眼看我："带我来这里做么事？我想走。"我说："先包扎一下，我们再找建桥。"秋红想起身，刚一动弹，嘴里随即发出啜啜声，只得又坐下了。我很想去扶住她，但我不敢。秋红说："我妈肯定急死咯。"我说："我妈陪着她，你放心。"秋红说："你这么晚不回，你妈也会担心的。"我说："我妈晓得我会没得事。"秋红笑了一声："建桥有你一半沉稳就好咯。"我没说话。从楼上飘来食物的香气，还有青姨下楼的声音。她拿着碘酒、棉签和纱布下来了，在给秋红消毒包扎的同时，问起我："你爸嘞？"我回："去福建打零工去了。"她啧啧嘴："好远的地方咯！"又问："你成绩考得好啵？"我说马马虎虎，她抛了一个眼神给我："昭昭从小就聪明，肯定考得不错。不像我屋冬儿哦，只晓得玩！一天到黑，管么子作业都不做，只晓得跑到网吧里上网！"秋红突然插话道："建桥会不会就在网吧？"

街面垃圾未收，我们经过时都要避开。走在前面的冬儿回头问："有五个网吧，要去哪一个？"老四姨爷"嚯"的一声："你还蛮了解的嘛，平时你去哪家……"冬儿本来就不高兴突然被叫起来，说："爸，你再说我回去咯。"老四姨爷上前摸他头："我不说你咯。赶紧找！毕竟是你昭昭哥女朋友的弟儿，找到他要紧！"我在后面忙说："她不是我女朋友！"冬儿和老四姨爷一起回头笑起来，那一刻我真恨不得把地上的垃圾塞到他们嘴里。还好秋红在店铺里等。本来她也要来的，青姨不肯。我们走到奔腾网吧，一推开门，扑面而来的是浓稠的烟味，呛得我直咳嗽。这是我第一次来网吧，建桥以前要带我来，我怕母亲不高兴，没有答应他。这网吧四排电脑，每一台电脑前面都有一个亢奋的游戏玩家，而每一个玩家身后都站着几个围观的人。他们的年龄多比我大个两三岁的样子。老四姨爷嘀咕了一句："都不学好！"我们一排排找过去，没有见到建桥。

解放巷的王者网吧，风华路的青春网吧，榆钱街的冲浪网吧……每一家都很火爆。冬儿找起来轻车熟路，老四姨爷连连啧嘴道："我住这么多年，从来不晓得还有这些地方。"冬儿没有理他爸爸，笃定地带着我们往左边街上拐去。他就像是一个异世界的使者，带领我们去往一个又一个地下王国。街道上空空荡荡，塑料袋子在路中央滚动，一只野猫在翻垃圾桶，见我们过来，忙往绿化带里逃窜。五分钟后，我们到了千花巷的云游网吧，是半地下室，推门往下走，老四姨爷叹了一声："嚯，这个大！"十几排电脑，还有不同的包间，基本上都坐满了。网管过来，警惕地打量我们，问："你们要上网？"冬儿说："找人。"老四姨爷说："都是未成年哦。"冬儿转头喝道："爸，莫说话！"老四姨爷噎了一下："要得……细鬼儿这么凶。"我们依次找了过去，走到第四排第五个位置，电脑是开着的，上头两个游戏的角色待在荧幕的两边没有动弹，再一看有人靠在椅子上头戴耳机歪着睡着了。我猛拍过去："建桥，你真是寻死！"建桥吓得弹起来，"么人?！么人?！"冬儿和老四姨爷在一旁笑。

建桥身上臭死了，走在街上，连打呵欠，问："几点咯？"我说："十二点了。"建桥伸了一个懒腰："饿死咯！"我看了起火，上前踢了他一脚骂道："你是快活了！我们找你找得不晓得几辛苦！"建桥揉着屁股，不解地问："我有么子好找的?!"老四姨爷在后面问:"你钱从哪里来的?"建桥说:"我大姐给我的一百块压岁钱。"老四姨爷摇头叹气:"你哦——冬儿,你那五百块压岁钱,是不是花光了?"冬儿踢路上的塑料瓶说:"那是我的钱,我要么样花就么样花!"老四姨爷要上前打:"你真是活得不耐烦咯!"冬儿跑到路的对面去:"你去赌钱的事儿,老娘还不晓得嘞。我晓得!"老四姨爷气恨道:"老子打断你的脚!"说着追打过去。我和建桥走在路的这边。夜色深了,路灯昏黄,我们的脚步声清晰可闻。建桥嘻嘻笑了一下:"那游戏好玩得很!你要不要跟我去打一局,我请你!"我没好气地说:"你就等着回去讨打吧,我是帮不了你的。"建桥泄气道:"我不想回去,也不想上学。"走了大概十多米远,建桥忽然转身,我拉住他:"你要做么事?"建桥说:"我不想回去!我不想挨打!"我拽住他不放:"那你要去哪里?"建桥说:"我要流浪天涯,闯荡江湖!"老四姨爷走过来,听到这话,笑道:"你还要闯江湖,你先闯我这一关再说!"说着捞起建桥就往服装市场走。

上楼时,青姨正陪着秋红在客厅里看电视。老四姨爷放下建桥,问:"冬儿嘞?"青姨头往左边房间伸了一下问:"你们吵架了?他回来气呼呼的。"老四姨爷撇嘴:"不管他!"青姨又问:"这是建桥?"建桥眼睛盯着秋红,秋红也直直地瞪着他。"她么在这里?"建桥悄声问我。"我为么子不能在这里?!"秋红起不了身,弯腰拿起鞋子砸过来,建桥一躲，鞋子顺着楼梯滚了下去。秋红还要拿起另外一只鞋子，青姨拦住了："算咯算咯，人找到就好。"秋红胸口一起一伏，眼泪一下子出来了。青姨一只手搂着她，一只手抚着她的背说："哎哟，人都没得事咯……建桥，你还不过来赔不是！"建桥磨蹭着过来，又不敢太靠近："细姐……"秋红说："滚远点儿！"建桥往后退了一步，低着头，一只脚蹭来蹭去，忽然想起什么似的说："我会跳僵尸，跳得几标准！……跳给你看，要得啵？"不等秋红说话，他已经从桌上撕了一条纸巾，用水沾湿，贴在额头上，两手伸直，双脚并拢："我要跳咯！……细姐，对不起！细姐，我错咯！"他在客厅来回跳，青姨撑不住笑道："还真的蛮像的！"秋红开始绷着脸，慢慢地嘴角翘起，她又忍下去，又一次翘起，直到建桥没留神脚磕到了桌角疼得叫了一声，才噗嗤笑了出来。

回去的时候是坐老四姨爷的面包车。秋红坐在副驾驶，我和建桥在后头。刚在青姨家吃的荷包蛋面条，肚子饱饱的。在我们吃面条时，青姨也往我们垸里唯一有座机的庆阳爷家里打了电话，让他辛苦跑一趟，去告诉秋芳娘人已经无事。车子驶出镇，建桥小声地说："还是这个车快！我从男厕所翻墙出来的，一路走啊走啊，脚都走断咯！"我问他："你为么子不搭公交车？"建桥摇头说："我要是掏出一百块钱，那售票员肯定以为我是偷的……细姐，我把剩下的钱给你，要得啵？"秋红没有回应，建桥探头看了一眼："睡着了。"我拉他坐下说："找了一晚上，又受伤，累咯。"建桥问："真找了一晚上？"见我点头他又问："她还哭了？"我又点头。建桥抿嘴想了想，悄声笑道："我没想到细姐能为我哭。"我打了他一下说："你真不要脸！"建桥这次没有躲："你再打！再打！我高兴。"我收回手去："等明天老师来打你吧。我救不了你。"建桥吐了吐舌头："我怕个鬼哦！"我没有理他。过一会儿，建桥打了一个呵欠，靠在我身上："到家了叫我。"我说好。车子驶过一个又一个村落，上了我们之前的百米港堤坝。我把窗子开了一条缝，虫鸣声随即涌进来。建桥喃喃地说："做么事鬼哦，吵死咯！"我说："睡你觉，要得啵？"建桥咕哝了几声，又睡下了。而我一点儿都不困，风吹来时，虫鸣声更是清脆入耳。唧唧。啾啾。咯咯。咯咯咯。啾啾啾。唧唧唧。

蝉鸣之夏

一

　　一直有个女人在我家稻场上徘徊。隔着窗子，我盯着她很久了。大人们都去干活了，连对面云岭爷家那条看门狗花花都不知跑哪里野去了，只有我一个人在这里。还好我家大门紧锁，而我本来是躲在家里写暑假作业的。今天定的量没完成，我是不会允许自己出门玩的。我没有出声，探出半个头，一直密切关注这个陌生的女人。她一转头时，我就会立马缩回去。千万不能让她发现我的存在。最近一段时间，隔壁镇子出现了几桩命案，凶手至今还没有抓到。我们这一带都有些人心惶惶。母亲出门前，特意嘱咐我在家里一定要把大门锁上。趁着女人不注意，我又探头打量了她一番：看样子得有二十几岁了，一米五的样子，头发到脖子处烫了个大卷儿，微微发胖，上身穿绿底白波点的短袖衫，下身浅蓝色阔腿长裤。她很少往我家这边看，而是一直探头探脑地往云岭爷家那边瞅。云岭爷家里现在没人。云岭爷自己在江头镇他大女儿贵红家里看店；秋芳娘跟我母亲还在地里干活；秋红中考结束，等成绩出来也是等着，就去镇上我青姨家的服装店打小工，晚上也睡在那边，平常不怎么回来；而建桥呢，肯定又跑到江边钓鱼去了，他来叫过我的，我嫌天实在太热，就没去。

现在那女人直接离开我家稻场，走到云岭爷家那边去了。她左右张望，确认没人后，先上前去敲了敲大门，大声问："有人啵？"自然没人回应。她又问了几次，确认无人，便贴着门缝往里看。此时，我的心紧张得都快到嗓子眼了。平常时在我家和云岭家中间的那条路上总是人来人往，现在却半个人影都不见。而我自己又不敢冲出去，喝止她，万一人家手上有凶器呢？我可不敢冒险。她看了半晌不满足，又跑到左边，贴着窗户看里面。看完了，她又退回到我家稻场上来。这一次，她终于把目光锁定在我家了。我躲在窗户下头，看不到她在外头的行动，但她的脚步声是能听到的。她上了我家大门口的水泥台阶，过了片刻，传来敲门的声音："有人啵？"我屏住呼吸，不敢发出一丁点儿声音。

她又敲了几声，我等了片刻，没有声响，便一点点探出头往外看。没有人在。她走了吗？我不敢确认。我不放心地来回看，真的没有见到人影了。估计她已经沿着大路往长江大堤那边去了吧。我这才松了一口气，但心还是狂跳不已。我得赶紧出去找一个人，不论是谁，只要是一个大活人就好。这样，我才不至于把自己留在这么危险的境地。我跑出了房间，打开大门，站在了台阶上。"哦，有人啊！"一个女人的声音传来。我循声望去，吓得尖叫起来：那个女人并没有走，她坐在我家门口阴影处，拿着一张纸在扇风。难怪我在房间看不到她。她被我的尖叫声吓了一跳，立马起身，"你叫么子哦？！"我转身冲进屋去，把大门反锁起来。她赶过来，一个劲儿地敲大门说："你莫怕！我不是坏人！我真的不是坏人！"

　　我该怎么办？她依旧不肯走，而我又出不去。我想冲到阳台上去呼救，可是我很怕上去，她要是有枪该怎么办？我又想去庆阳爷家里打电话报警，可是那也得先出去才行。那我从后门出去呢，可万一她要有同伙该怎么办呢……我躲到了后厢房，手里紧紧握着铲垃圾的铁铲，耳朵紧密关注着外面的动静。"细弟儿哎，我真不是坏人……你相信我……你开开门，我是想问一些事儿……"那声音断断续续，我一直没有回应。我像是淋了一场雨一般，全身湿透，汗水进到了眼睛里，又辣又涩，我都不敢去抹。后来那声音消失了，万籁俱寂，唯有堂屋条桌上的座钟磕托磕托地响。五分钟过去了。十分钟过去了。但我依然不敢出去。因为我也没有听到离开的脚步声。她肯定就在门外，耐心地等我失去耐心。我不能上她的当。母亲什么时候才能回来？为什么还是一个人都没有？他们全都被溽热的暑气给蒸发了吗？我几乎是怨恨地想：我今天要是死在这里，都不会有人知道。我有点儿想哭，可是我不敢哭。哭是有声音的。她也许就贴着门缝往里看着，就像在云岭爷家门口做的那样。想到此，我顿时觉得寒毛直竖。

敲门声又一次传来。咚。咚咚。咚咚咚。昭昭。昭昭，开门，昭昭。是建桥的声音。我几乎要喜极而泣了。我把铁铲扔到地上，迫不及待地冲到堂屋，打开大门。果然是建桥，同时还有那个女人。我又一次吓得转身想跑，却被建桥一把拽住。"你发么子神经哦?!"建桥问。我高声喊道："她为么子在这里?"建桥"咦"了一声："她不是你屋客人?"我连连说："不是！不是!"那女人的声音传来："你莫怕哎！我真不是坏人。"建桥也说："她一看就不是坏人。"我这才扭转身再次打量那个女人，她笑盈盈地站在台阶上，摊开手说："我也没有刀子，你放心。"我这才稍微放松了一些。建桥只穿着一条用云岭爷长裤剪短而成的黑短裤，身子晒得黑黝黝的，他看了我一眼，又去看那女人一眼问道："你们不是亲戚?"那女人说："我没说过我是他亲戚。"我也说:"她不是我屋亲戚!我看到她一直往你屋里看。"建桥听到此,猛地警惕起来:"你是么人?"

那女人又一次坐在台阶上,看建桥和我贴到一起去了,笑了一声说:"我不会害你们的。你们莫怕。"建桥此时声音里哆嗦起来:"你……究竟是……做么子的?"我因为刚才已经惊吓过了,又加上此刻有人在,反而不是那么怕了,便大起胆子问她:"你是不是要偷东西?"女人摇摇头。建桥也问了一句:"那你是想找人?"女人点头,她手指云岭爷家:"他家人都去哪里咯?我等了好长时间。"建桥刚要说话,我立马拽住他,给他一个眼神,他又把话吞了进去。我问那女人:"你要找他们做么事?"女人说:"我想问点儿事情。"我接着问:"他屋里人认得你呗?"那女人想了一下,似笑非笑地说:"说认得也认得,说不认得也不认得。"建桥咕哝了一句:"你说话好难懂。"女人点头说:"我自家也不好说懂这个事情,只好过来问问清楚。"她沉默了,看着云岭爷家里愣神。

建桥凑到我耳边说:"我想回去换衣裳。"我暗暗地瞪他。他不安地看看自家屋子,又看看那个不发一言的女人。此时云岭爷家那头的稻场上,风吹来,把晒在晾衣竿上的花床单扬起来,落地后乘着风势,又在地上滚了几番。那女人起身跑过去,抓住床单一角,利索地拾起来,拍打干净,重新晒在晾衣竿上,只不过在床单的两角上都捆了两个结。我冲着建桥笑说："搞得是她自己家里似的！"建桥不满地说："我要换衣裳！风吹得有点儿凉。"我坚持不让他回去："你又不晓得她是做么事的，你现在暴露了自己，待会儿真有了危险，我可救不了你。"建桥又一次打量那女人说："她看起来根本不像个坏人。"我反驳道："坏人脸上会写'坏人'两个字？你也太天真咯。"虽然此时，我心里也有些动摇，对那女人我也没办法坚持她是个坏人。她没有返回来，而是站在建桥家稻场，久久地凝望。

堂屋的座钟当当当当敲了四下。下午四点。建桥一跺脚说："我受不了了，我要过去问个清楚！"我没奈何，跟他一起走了过去。那女人站了那么久也不累，她眯着眼睛觑着云岭爷的家门口，像是在想着什么心事。建桥冲过去，大声问道："我就是这个屋里的人，你究竟要做么事？"那女人吓了一跳，微微后退了半步，听完问话后，脸上浮出惊喜的表情，又一次靠近过来，"你是不是建桥？"建桥愣了一下，点头说是。女人又问："你爸爸是不是夏云岭？"建桥点头。女人接着问："你妈妈是何秋芳，大姐是夏贵红，细姐是夏秋红，对不对？"建桥说对的同时，也很惊讶："你为么子都晓得？"那女人像是没听见似的，她目光始终在建桥身上流连："长这么大咯！"建桥很不自在地躲在我身后，又问了一次："你为么子晓得这么清楚？！"那女人这才回答："我问别人的。"

大路上开始出现自行车丁零零的车铃声了，陆陆续续有人从地里返回。花花也不知道从什么地方跑了回来，见到那女人，立马狂吠起来。那女人吓得往后退了几步，建桥忙把狗喝住。建桥转身往家里走，他先推开左边玻璃窗，从梳妆台摸出钥匙，然后走到大门口打开了门。他从堂屋拿出一张凳子来，放在稻场说："我妈很快就回咯，你要不先坐在这里等等。"那女人迟疑了一下，低下头，看自己的脚。建桥又说："你坐着等吧。我去换个衣裳。"那女人这才抬头说："算咯……我以后有机会再来。"建桥讶异地看她一眼："你刚才不是说想问我妈事情吗？"那女人轻轻"嗯"了一声说："现在又不想问咯。"随即招了一下手："建桥，你过来。"建桥迟疑了一下没有动，那女人刚要过去，花花又猛地叫起来。女人只好停住了，从口袋里掏出五十块钱伸过去："你拿着。"建桥还是没动，说："我不要。"女人说："你给你妈妈也行，自家买点儿好吃的也行。随便你。"建桥依旧不动，也不说话。花花依旧叫个不停，建桥不耐烦地吼了一声："够咯！"花花哼唧了一声，趴在一旁不动。

　　女人把钱搁在窗台上，转身往路上去："我先回去了。"建桥追问了一句："你叫么子名字？"那女人摇摇手，"不重要咯。"扭头看到我在，歉意地笑笑："不好意思，吓到你咯。"说着她往我屋子后头的柴垛走去，那里停着一辆女式自行车。她把车子推上路，脚一蹬就上去了。花花追到路上，建桥随即跑过来喊："花花，你找死！"那女人回头，冲我们笑笑，扭身骑车走了。我和建桥并排站在路边，看着她逐渐远离我们的视线。建桥露出惆怅的神情："为么子这么快就要走嘛，我妈就要回咯。"我想想，说："也许她跟你妈，有么子事不好当面说？"建桥突然一跺脚："我要赶紧回去换衣裳，我妈要是看到我又去江边玩，肯定要骂死我了！"说着他转身往家里跑。而我也得赶紧回去煮饭炒菜了，否则母亲回来也得骂我懒得抽筋。

二

　　母亲回来后，在饭桌上我迫不及待地跟她讲了那女人的事情。唯独五十块钱的事情我没有提，建桥一再要我发誓不准说漏嘴的。母亲放下碗筷，连连问我关于这女人一切我能知道的信息。见母亲如此感兴趣，我说得也极兴奋。正说着，先是花花奔进来，在饭桌底下打转，接着秋芳娘急匆匆地走了进来，建桥跟在后头，冲我眨了眨眼睛。我也默契地眨眨眼睛。秋芳娘跟母亲一起又盘问了我和建桥，我又一次仔细地讲述了一遍。但在一些细节上建桥跟我有不同的意见："她穿的是白色的鞋子！"我坚持道："明明是灰色的！"建桥仰起头，坚定地说："我要是记错了，我做狗！"我说："这个我不拦你。"秋芳娘打断我们说："她真说'说认得也认得，说不认得也不认得'这样的话？"这次我和建桥都点了头。母亲又问："她真等了好长时间？"建桥说："等一下午了！"秋芳娘接着问："她看模样不像个坏人？也许她想偷东西？也许提前来踩点？"母亲笑道："我倒不觉得是坏人。要真是个坏人，也不会等这么长时间，还跟他们说这么多话。她估计就是等你。昭昭不是说了，她想问你一些事情。"秋芳娘没有说话，她想想，又让我把那女人的模样再描述一遍。母亲问："她走的时候，有留下么子吧？说的话，或者其他东西？"我和建桥对视一眼，一起摇头："没得！"

秋芳娘看了母亲一眼说："我不是跟你说过，这段时间有点儿心神不宁。"母亲点头："估计是天太热咯。"秋芳娘摇头说："我总觉得有事要发生。"母亲拍了一下秋芳娘胳膊："你又想七想八。"秋芳娘露出烦躁的神情："真不是。我心里头跳得厉害，有时候慌得不行。"母亲轻拍秋芳娘的背："找个时间去吕祖祠拜拜。"秋芳娘点点头："我有种说不出的感觉……我有一种预感：这个人就是的。"母亲此时瞥了我们一眼说："你们去外面玩一下。"我和建桥相互看了一眼，不情不愿地走出了灶屋。我转头看了一眼，秋芳娘和母亲低垂着头，满腹心事的模样，相互之间也不说话。走到了灶屋门口，建桥恨恨地说："明明就是白色的！"我愣了一下："么子白色的？"建桥说："那女人穿的鞋子啊！"我不耐烦地挥手道："好好好，白色的，白色的，行了吧？"

建桥提议上长江大堤去走走，我拒绝了。我宁愿在稻场上无聊地来回走动，走着走着，走到灶屋门口，有意无意地往里看上一眼。母亲和秋芳娘警惕十足，她们头靠在一起细细碎碎地说话，像是两只啄食的母鸡。说的什么，我一个字也听不清。建桥站在稻场中央，把一根树棍往远处抛说："花花，快去咬回来！"花花困惑地看看树棍的方向，又看看建桥，迟疑地往建桥这边走，建桥急得直跺脚："叫你捡棍儿！你蠢不蠢？"花花没动，直接趴在了地上，肚子一起一伏。到了此时，才有了一些凉意。太阳落山了，夜色徐徐降临，天边镶了一层金。母亲突然出现在灶屋门口，喊我和建桥进来。她脸上那严肃的表情，让我心头一凛，感觉有什么极严重的事情在等着我们。建桥从稻场那头飞奔过来，等母亲稍微走远一点儿，他忙问："你没说钱的事情吧？"我瞪了他一眼："你这么不相信我？"他随即嘻嘻笑道："哪里有！我只是问一下而已嘛。"

锅里的水沸了。咕噜咕噜。母亲没去管。她跟秋芳娘坐在一条长凳上，像是两个主考官一般打量我们。建桥起初想笑两声，但我没有配合，他只好咧一下嘴，讪讪地贴在墙上。母亲这才说话："今天下午的事情，你们先莫跟外人说。"秋芳娘补了一句："建桥，尤其是你爷爷，不准跟他提一个字晓得啵？"这件事情跟建桥爷爷仁秋太有什么关系？我心中冒出这样的疑惑，但我不敢问。母亲又接着说："如果她再来，你，"她眼神抓住我，又甩到建桥那头，"还有你——你们一定想办法让她莫急着走。"建桥抢着说道："下午她要走，我还留她了嘞！"秋芳娘点头："你做得对。"建桥冲我得意地笑起来。我忍不住问："你们晓得她是么子人，是啵？"母亲瞥了秋芳娘一眼，语气变得慎重起来："不晓得……但有点儿像是……不过不确认，所以要等她再过来……"我追问道："像是么人咯？"母亲像是赶蚊子似的，在空中挥了一下手说："细伢儿问这么多，做么事？反正我们叮嘱你们的，你们记得就好。"我和建桥说好。

母亲起身去拿开水壶灌水，秋芳娘还坐在长凳上发愣，她两只手捏在一起，眼睛往窗外看。花花跑过去，贴着她的脚躺下。建桥也跑过去，靠在她身上："妈哎，我饿了。"母亲忙说："还没吃？我下点儿面条。"秋芳娘都没有回应，她的心神像是飘到了很远的地方。建桥推了推她："妈……妈……"秋芳娘小声"嗯"了一下，低头时眼泪落在建桥脸上。建桥吓了一跳："妈，你为么子哭了？"母亲把开水壶搁到灶沿儿上，从橱柜里拿出一把干面来，说："秋芳哎，你莫想七想八。耐心等等，没准儿她还会来。"秋芳娘说："唯

95

愿她会来哦……唯愿是她……我也不晓得真看到她，我该么样办……"母亲把锅搁到灶眼上说："怕么子，我不是在么。"秋芳娘语气突然变硬："云岭这个活贼又不在！他要是在屋里，我非要问个清楚！气死个人，我不晓得问过几多次咯，他总是找借口跑开。有时候怄起来，我真想拿个菜刀砍他几刀……"建桥拍了一下秋芳娘的大腿："妈，你吓到我咯！"母亲也说："莫在伢儿面前说昏话。"秋芳娘又一次哭出声："我没得办法。"母亲默然片刻，说："我晓得。"

晚上，还是和往常一样，母亲在二楼大阳台上支了一张大床，架起了蚊帐。不过稍有不同的是，秋芳娘和建桥也过来了。母亲和秋芳娘合力把竹床抬了出来，我跟建桥就在上面玩。母亲又下楼去，过了一会儿，端一盆子切好的西瓜上来。这西瓜还是我早上搁在井水里，一直冰到了现在，吃起来沙甜沁凉。吃完了，西瓜皮搁到盆子里也不扔，洗干净，切掉外面的硬皮，切成丝儿，合上辣椒翻炒，还能做一盘菜。建桥跳下竹床，在阳台上追逐萤火虫。秋芳娘骂道："你穿个鞋！脚莫烫落咯！"建桥又跑回来，跟我一并躺下："你在做么子？"我说："数星星。"建桥看向天空，啧啧嘴："这么多，哪里数得清？"我没理他，耳朵却始终不松懈地去偷听母亲与秋芳娘的对话。她们坐在大床上，摇着蒲扇，说着极小的话，连蚊子的嗡嗡声都能盖过。我借口下楼去小便，经过她们身边时，她们立马闭上了嘴，耐心地等我走开。建桥也跟着我下楼了，我问："你不觉得你妈和我妈今天很奇怪吗？"建桥想了想，点头说："是挺奇怪的，生怕我们晓得么子。"走到大门外，我们对着墙角撒尿。我又问建桥："今晚你们为么子突然过来咯？"建桥说："我妈说她在屋里睡不着，非要我跟过来。"

再次上楼时，我示意建桥放轻脚步，尽量不要发出声音。就这样一个台阶一个台阶上去，母亲和秋芳娘的声音也越来越清晰。"……这不是你的错，你也是没得办法……"母亲的声音听起来十分疲惫，中间夹杂着秋芳娘的哭声。建桥悄声说："我妈又哭咯。"我"嘘"了一声："那我们现在莫到阳台上去。"建桥点头说好。我们又一次下了楼，站在我家稻场，一时间不知道做些什么好。花花站在云岭爷家门口摇着尾巴，等我们一过去，它兴奋地上蹿下跳。我们合力把竹床从他家的堂屋抬到稻场上，刚一放停，花花就跳上去了，窝在一角。我和建桥又一次并躺。母亲那边在阳台上喊我们名字，我大声回答："我们在这边！"母亲很快出现阳台栏杆边，探头看我们一眼，见我们无事，嘱咐了几句又回去了。我们伸脚去蹭花花毛茸茸的背，花花舒服得直哼哼。

建桥突然翻身起来，跑到屋里去，过了两分钟，一只手上拿着手电筒，一只手上捏着一个卡片。我问他要做什么，他把卡片递给我："我妈去你屋里之前，一直看这个，看一会儿哭一会儿。我问她为么子哭，她就说没得事。我就不敢问咯。"我接过来一看，原来是一张照片，借着建桥手电筒的光，我看见比现在年轻好多的云岭爷和秋芳娘坐在一条长凳上，表情拘谨，身体僵硬，眼睛呆呆地看着镜头；站在他们身后的是两个女孩，大的那个十几岁的模样，扎着两条辫子，她的右手搂着只到她肩高的小女孩，神情同样都是木讷的。建桥指着这两个女孩说："你认出来吧？大的那个是我大姐贵红，小的那个是我细姐秋红。他们就是在那边照的。"他手指向靠近大门的位置。我一看还真是，再细看一遍，"那你嘞？"建桥笑推我一下："我那时候还没出生呢！"

我捏着这张照片看了许久，建桥凑过来问："你能看出个花儿来？"我手指照片感叹道："你不觉得很奇怪？你爸爸、妈妈、大姐、细姐都在，你的房子也在，连那个长凳都在，可是你不在……他们没有你，还是照样活得好好的，还是照样吃饭、喝水、走路、睡觉……就感觉有你没你都一样……你懂那个感觉吧？"我语气中的严肃劲儿吓到了建桥，他身子往后退了退："你发么子神经哦！"我又靠过来说："你想啊，你大姐贵红大你十岁，你细姐秋红大你两岁，她们都跟你爸妈生活在一起，还是在这个房子里，没有你，他们一点儿都不觉得缺少个么子……"建桥想了片刻，摇头道："我觉得没么子好奇怪的。"我叹了一口气："你真是管么子都不懂，没得救咯。"建桥一把把照片夺过去："你才没得救咯。说得我心里直发毛！"我盯着他看，他提防着打量我问："你又想做么事？"我说："你妈看这张照片哭，我觉得里面肯定有蹊跷！"建桥又看了半晌照片："蹊跷在哪里？你告诉我。"我说："你看他们每个人的表情，没有一个人是笑的，是不是很奇怪？"建桥像是被烫了一下，连忙把照片扔到地上说："我被你吓到咯。"我还要说话，他叫起来："你莫说咯！莫说咯！我不想听。"连花花也不安地抬头，看看我，又看看建桥，莫名地冲着空中叫唤了几声，像是在警告什么。

三

又是一个无事的白天，大人们都出去了。竹床已经被我们的汗水浸湿了，翻个身都觉得滑腻。阳台上亮得耀眼，照得眼睛都快睁不开。几乎能听得到滚烫的光针扎在水泥地上的叮叮声。酱叶树的叶片一动不动，花花趴在我们脚下睡觉，远处瓜田里的瓜棚空无一人。没有一丝风，天空湛蓝无云……一刹那间，我像是被一股强大的力量攫住，不敢动一下，也不敢呼吸。我感觉我自己，还有躺在身边的建桥，还有我的屋子，还有整个村落，甚至是整个世界，都被包裹在一层透明的薄膜中。时间停止了。空间静止了。一切就像现在这样，不会再有任何变化。我们永远只有十四岁。天气永远如此炎热。夏天永远不会结束。我感觉无来由地兴奋，与此同时，又有些无来由地害怕。我好想喊出声来，但我忍住了——冥冥中那可怖而迷人的神秘力量此刻只需要安静。

吱呀。一粒声音蓦地弹出，击中我的耳朵。我恼火地捏了一下拳头。吱呀——吱呀——吱呀吱呀吱呀。无数粒声音，像是银白色弹珠，扑簌簌地在耳朵里跳闪。薄膜啪地一下破了。我松弛下来，大口呼吸，连带整个世界都松动了一下，吹起了微风，树叶为之轻摆，花花起身吐舌，一只麻雀掠过天空，不知从哪里传来"冰棍儿——冰棍儿"的叫卖声……建桥起身说："我想吃冰棍儿！"一边说着一边奔下楼去。我又一次躺下，心中充盈着惆怅感，就像是从一场幻梦中醒来。这蝉鸣声铺天盖地，捂上耳朵，依旧挡不住它往我的耳朵里灌。

建桥又气吁吁地爬上楼来，嘴里噙着一根白冰棍，手上的一根递给我说："外面简直是烫脚！你赶紧舔，都快化咯。"冰水沿着我的手掌溜到胳膊，跟着汗液混在一起。难得的一口凉。很想慢慢地吃完，但化的速度实在太快，我只好几口嚼了。建桥推了我一下，我瞪了他一眼："做么事哦?"建桥把手缩了回去说:"我们待会儿去街上要得啵?"我摇头说:"不去,我没钱。"建桥从口袋里掏出一把零钱:"我有噻。"我本来想问他钱从哪里来的,随即就想到了昨天女人留下的五十块钱。"你说那个女人还会来么?"建桥又把钱塞回口袋说:"鬼晓得!"我说:"要不等等?也许她今天还会来。我们一定要把她扣住。"建桥笑道:"是哪个鬼,昨天看到人,吓得直叫的?"我脚连连踢过去:"是哪个鬼,夜里被一张照片吓得不敢去屙尿?"

推车出门时,我还是忍不住左右张望一番。建桥催道:"不消看的,我已经看过了,她没来。"我们把自行车推到长江大堤上,水泥坝面,隔着鞋底,都感觉烫脚,白灿灿的阳光晃得眼睛生疼。江水已经漫到堤坝脚下了,透过防护林的空隙看去,茫茫一片,水波汗漫,对岸丘陵只露出浅浅一痕。远处,有人在叫我们的名字,循声看去,毛孩、建斌套着轮胎在防护林间玩水嬉闹。毛孩问我们要去哪里,我待要说,建桥按住我的手,转头打发了一句:"去看我细姐!"刚说完便催着我快骑车走。我悄声说:"做么事鬼哦!"建桥拍拍口袋:"你要是一说去网吧,他们肯定要跟着来。哪有这么多钱!"我想也是,便让建桥赶紧在后车座上坐好。建桥自己的车,秋红上次跟我去镇上找他时摔坏后,建桥跟秋芳娘吵着要再买一辆新的,秋芳娘不肯。建桥只好天天蹭我的车。上下学时,上一趟他骑车带我,下一趟我骑车带他。这次去镇上也一样，我们轮流换着骑，汗水满头满脸，坝上隔一段一个防汛棚，实在热得不行，我们就躲到棚里歇息。一坐下，负责防汛的大人们老爱过来问七问八，那个村儿的啊？叫什么啊？为什么要去镇上啊？我们烦不胜烦，只得又跑出去继续往前骑。

好容易到了镇上，建桥买了两瓶冰可乐，不到一分钟，我们咕噜咕噜一口气喝干。街上几无行人，大家都躲在房里躲避太阳。穿过建设街，到了人民路，展眼一看是服装市场。我说："要不要去看秋红姐？"建桥忙推我："快走快走！"我笑他胆小，他说："再不去，网吧里人都挤满了！"实在是骑不动了，我推着自行车，跟随建桥在大街小巷间穿行。忽然，一阵莫名的不安感袭上心头。我鼓足勇气往后看，两边楼群形成的峡谷，阳光只照到顶部，谷底脏腻的柏油路上只有一只猫趴在那里。我肯定是热糊涂了，继续跟着建桥往前走。又走过了几条街巷，那种不安感挥之不去，连建桥都察觉到了。他问我在看什么，我摇头说："不晓得。"建桥退后一步看我说："你又发神经咯！又想吓我！"我没有心情跟他斗嘴，催他快走。他虽然嘴上嘟囔，脚步明显加快了。

到了奔腾网吧，找一个地方锁好自行车，然后推门进去，凉爽的空气混着烟气扑面而来。有空调的地方真好。每一个电脑前面都围满了人。建桥说："我们去下一家。"我贪恋这里的冷气，不肯挪步："算咯。下一家肯定也是人挤人。不如在这里等着。"不肯走的另外一个原因，我没有说出口：在人多的地方，我觉得安心。旺盛的人气，能冲淡我的恐惧感。我总感觉脖子后面凉凉的，有个什么东西一直贴在那里，怎么也甩不掉。那些喧腾的人声，门外嘈杂的市井声，网管穿着拖鞋走路的啪嗒啪嗒声……都失去了尖锐的棱角，变得圆润了，疏远了，罩着我，裹着我，像是又一次进到了一个薄膜中，让我渐渐松弛下来。昭昭。昭昭。好像有人在很远的地方叫我。我想答应，可是我没有力气。昭昭。昭昭。有人穿透那层薄膜，把我拽起来。快走。快走。要去哪里。快走。快走。好了。好了。总算抢到了。

脸上突然一冰，我叫了一声："么子鬼哦！"抬眼一看，浮出建桥的脸。"你没得事吧？"他递过来一罐冰镇饮料问，"你是不是中暑了哦？脸色几白哩！"冰凉的液体进入我的体内，让我精神一振，那种恍惚感随之远去。我感觉累极了，瘫在椅子上直打嗝。建桥见我缓过来了，才放下心来，打开电脑说："你要玩么子游戏？我教你。"我摇摇手，他点头道："那你看电影好咯。"我说好。是一部港台片，黑帮火并，枪声大作，看得我索然无味。建桥那头忙得热火朝天，游戏界面上，跑动着装备精良的大侠。我很想让他教我玩，但他聚精会神的模样，容不得有人打扰。正无聊时，又能听得到蝉鸣了，穿透力极强，直达我的耳朵。吱呀。吱呀。吱呀吱呀吱呀。四处蝉鸣，连成一片，一浪一浪。有多少只在叫？一百只？一千只？也许有一万只吧。我想到在我们出生前，它们就如此鸣叫，一年又一年过去，到我们离开这个世界后，它们还会一如既往地鸣叫下去。有我，没我，对它们，对这个世界，都没任何差别。想到此，心中一阵惆怅。再看建桥，他一边喊着"×！×！"一边灵活地移动着鼠标。他不会在意蝉鸣声的，他也不会在意明天该怎么办，当然也不会在意此刻径直向我们走过来的人。

四

那只手打在建桥头上，发出"啪"的一声。建桥恼火地叫了一声："么人啊？！"他扭过头时，脸上又挨了一耳光，但他没有还手，只是往后靠在桌子上，怯怯地喊了一声："细姐……"我也忙起身叫"秋红姐"。秋红横了我一眼："你为么子也在？"我低下头，觉得很羞愧，同时又有些莫名的兴奋。我想跟她解释一番，可她已经拽起建桥的手往门口走，建桥挣扎道："让我把这局打完哎！"秋红恨恨地说："你不是答应过我不往网吧跑咯？你为么子还来？"说话的同时，往我这边看了一眼，我心一跳，跟了上去。建桥说："我不敢咯！"秋红又狠狠往建桥头上打："你不敢！你不敢！你真是气死我咯！"网吧里的人都往我们这边看，收银台的小哥说："莫在这里闹哎……"秋红眼神甩了过去："要你管！"那小哥缩了回去。刚一出门，热气轰一声砸在我们身上，蝉鸣声震耳欲聋。我们贴着墙站好，秋红久久地盯着我们，也不说话。汗水流到眼睛里，一阵刺痛。阳光像是熨斗一般贴着我们的皮肤压过去。

　　我们被押送到服装市场，青姨迎了过来："哎哟，脸都晒成猴屁股咯！"说着要端水给我们喝，秋红说："青姨，莫惯他们！让他们渴着！"青姨斜瞥了秋红一眼，笑道："那么行嘞！这么热的天气，要中暑的。"秋红声音嘶哑，眼睛泛着泪光："中暑是他们活该！"青姨不好再说什么，转身往楼上去了。我们站在店铺门口，电风扇时不时送来凉爽的风。隔壁店电视放着古装片。偶有天风穿过市场过道，各色裙子扬起，像是一群无形的人在跳舞。我又一次觉得脖子后有一双眼睛盯着我们。不安感像是丝瓜藤一般，沿着我的脚指头攀爬到我的头顶。我好想转头去看一眼，可是秋红死死盯着我们，我不敢动一下。不知过了多久，时间都仿佛停滞了。蝉都叫累了，顾客也不来了，电视也关了，秋红坐在椅子上，拿着一本高中数学书看。看样子她笃定自己一定能上高中吧。建桥弱弱地说了一声："细姐……我想屙尿……"秋红没理会。建桥又说了一次，秋红瞪他一眼："管我么子事！"建桥尝试往屋外走了一步："那我去厕所咯。"秋红没有喝止她。建桥朝我抛了一个眼神。我们同时往门外走去。秋红在后面补了一句："你们要是敢跑，莫怪我不客气。"

往市场公厕走的路上，我四处张望。建桥问我在找什么，我说："我总觉得有人在看着我们。"建桥不耐烦地打了一下我的胳膊："我真是受够了！你不吓我一下，是不是过不得？"我说："我没有要吓你！我真的觉得有人在跟着我们。"建桥眼珠子左右晃了一下，往我前后左右扫了一圈，又把眼神落在我身上："你有么子凭据？"我摇头说没有。他气恨地快步走向前说："受够咯！我姐是个精神病，你也是个精神病！"我紧跟上他。我不想一个人待着。建桥一边走，一边自言自语："究竟是么人告诉我细姐的？太蹊跷咯！"我说："是啊，很蹊跷！"建桥吓得叫起来，回头看是我："你搞么子鬼噢！走路连个声音都没得。"上完厕所出来，我说："待会儿回去，问一下秋红姐是么人告诉她的不就行咯。"建桥摇头说："她本来就生我的气，肯定不会说的。再说我也怕问她的。要不你问吧。"我忙摇手："我也不敢。她凶起来跟个母老虎似的。"

我们回去时，秋红正在挂衣服。青姨切好了一盆西瓜，放在收银台上，让我们去拿。秋红立马问："洗手了没得？"我们把手缩了回去。青姨笑："没得这么多讲究！赶紧吃。"我们还是不敢拿，青姨没办法，拿起西瓜一一塞到我们手上。秋红又说："还不说谢谢！"我们小声说了一声谢谢。青姨叹了一口气，感叹道："秋红，他们几怕你的！"秋红瞅了我们一眼，绷着脸说："怕个鬼哦！要是真怕我，还会跑到街上来上网？要不是那个人告诉我，我还以为他们在屋里好好做作业嘞！"我忙问："哪个人？"秋红横我一眼，"好好吃你的瓜！哪个人不重要，重要的是你们上网的事情，我一定要回去说的。"建桥把瓜皮扔到垃圾篓，叫道："细姐哎！我真不敢咯，我求你咯……"秋红不等他说完，突然走过去，摸建桥的口袋，掏出一叠零钱问："这钱从哪里来的？"建桥小声说："大姐给的压岁钱……"秋红猛地拍一下建桥头："撒谎！上次你上网，那压岁钱我就没收咯。说！这次你是哪里偷的钱？"建桥这一下不干了，他跳起来说："我没有偷钱！昭昭可以证明！"我连忙点头。秋红说："你们是一起偷的钱吧！"建桥脸都气红了，他叫道："是一个女人给我的钱！"秋红警觉起来："哪个女人？"建桥迟疑了一下，偷瞥了一眼我，又看自己的脚："我不认得……"

经过秋红的再三盘问，建桥在我的补充下，才把昨天那个女人的事情说清楚。秋红想了片刻，又让建桥详细描述一下那女人的长相。青姨在一旁，冷不丁地说："照这个形容，跟刚才来告诉你弟儿在上网的那个女人长相，还蛮符合的嘛。"我浑身不由地一哆嗦。这么说我的感觉是对的？那个女人一直在跟着我们？而且，就在此刻，那个女人可能就在市场的某个角落看着我们。这个想法，让我寒毛直竖。我不由地往店铺深处躲去。秋红注意到了，立马问："你在做么事？"建桥也看了我一眼，说："他今天一直都很神经！神神道道的。"我不敢说话，也不敢看门外，我的手和脚都在哆嗦。青姨注意到了我的脸色，问："你是不是不舒服？"我没有回应。青姨拿了一把椅子让我坐下，又把风扇调整好，对着我吹。但对我来说，根本不是热，而是冷，控制不住的颤栗的冷。

秋红叉着腰站在店铺门口，左看看，右看看，摇摇头，又转身进来，坐在椅子上托着腮，露出迷惘的神情。青姨拿一牙西瓜给她，她小口小口啃着。建桥大起胆来，又去拿了一块西瓜，吃一口偷眼看秋红，秋红没管他，他放心地大口吃起来。我问起那女人是怎么来店里说话的，青姨偏头想了一下说："我当时在收银台，秋红站在过道上招徕客人，那个女人就过来咯。"秋红接过话头："她走过来，问我是不是叫秋红。我说是的。她就说你弟儿——"秋红往建桥瞪了一眼，"建桥在奔腾网吧上网，你去管管……我当时一听到上网，气得不行，抬脚就走，也没想到问她为么子晓得我名字……"青姨淡淡地补了一句："那女人之前就来过几次的，你不记得了？"秋红惊讶地摇头。青姨点头说："一次是半个月前，她在店里转来转去，也不说买衣裳，也不说找么人，总之看看这里，看看那里，当时你，"青姨瞄了一眼秋红，"正在招呼客人。我那时候觉得奇怪，问她想要么子，她就买了一件水红色短袖衫。还有一次，"青姨抓了抓头，"嗯，上周三吧，哦，是的，那天我屋冬儿有点儿中暑，我去拿药回来，她就在店里，秋红你还跟她说过几句话的……"秋红摇摇头说："人太多咯，问路的人更多，我记不住。青姨，还是你记忆力好哦……"青姨笑道："做生意嘛，要记住每一个顾客的模样。要不是今天一说起来，我都没怎么留意这个女人。"秋红把吃完的瓜皮搁到垃圾篓，又往店铺门口看看："兴许她还会再来。"

在青姨家吃了晚饭，建桥想赖在那里看电视。秋红说："莫给脸不要脸，赶紧滚回去！"建桥扭捏地站起身来，青姨从厨房出来说："夜里在这里睡，都没得关系的。"秋红说："我老娘要是没看到他，肯定又要急得上火。"青姨想想，也就没有再坚持。临走时，给我们一人一瓶冰镇可乐，让我们在路上喝。走出服装市场时，我和建桥，不约而同地前后左右扫了一眼。走到奔腾网吧，建桥贪恋地往里看了一眼说："我明明还有一关就赢咯！"我催他说："你现在是个穷光蛋咯，天都断黑了，赶紧回吧！"我们又一次轮流换骑。太阳在防护林那头慢慢沉下去，霞光由粉红转深红，进而接近于黛青色。江水拍打堤脚，无数大人小孩在水里泡着。他们叫着，笑着，打闹着。建桥也很想跳进去玩，我没有同意。母亲肯定要骂我了，因为晚饭我没做。自从父亲去福建打工后，母亲干活总是很晚才回来，而我也总是做好晚饭等她。内疚感揪住我的心，让我无暇在堤坝上停留。

五

让人意外的是母亲并未责怪我，或者说，她的心思并不在我身上。她坐在灶台前默默地烧火，看样子是有心事。我也不敢叫她，蹲在一旁择韭菜。灶膛里的火舔着锅底，土豆汤咕噜咕噜响。花花跑了进来，在灶台前打转。几样菜都在桌上放好了，母亲这才说："去叫秋芳娘过来吃饭。"我连忙起身奔过去，到了云岭爷大门口，堂屋里黑灯瞎火，我喊了一声："秋芳娘！"回应我的却是建桥，他从前厢房里出来：

"么事？"我说起吃饭的事情，建桥冲里面喊道："妈！"秋芳娘没有回应。我走到前厢房门口，没有开灯，借着薄薄的暮光，我看到秋芳娘捏着照片坐在床上发呆。我不解地看了一眼建桥，建桥悄声说："我一回来她就这样。"他走过去，推了推秋芳娘的手："妈哎，吃饭咯！"秋芳娘说话毫无气力："你去吃。我不饿。"建桥垂下手，沮丧地靠在床边，说："昭昭你回去吧，我也不饿。"见他们如此，我只好回来了。

母亲听完我的讲述后，随即起身奔过去，我和花花跟在后头。灯打开的那一刹那，光一下子在前厢房炸开。秋芳娘没有动弹，建桥捂起眼睛叫道："眼睛要瞎咯！"母亲径直走过去，拽起秋芳娘的手说："你还有个儿，还有个女儿，你么能这样嘞？"秋芳娘弱弱地挣扎："我真不饿哎。"母亲不听，一直把秋芳娘拉出了门："你饿不饿，都得吃饭！事儿来了，不怕事儿。你现在这个样，么说得过去？！"到了灶屋，母亲把秋芳娘按在饭桌前，又让我盛饭，放在秋芳娘面前："好歹吃点儿。明天日子还是要过下去的。"我和建桥坐在一旁，不敢作声地吃我们的饭。秋芳娘慢慢地拿起筷子，夹起一点儿米饭，还未到嘴，手一哆嗦，米饭掉在地上，随即被花花舔掉了。秋芳娘又一次夹起米饭，这次可算送到嘴里了，她一点儿一点儿地咀嚼着，眼睛对着前方虚无的一点，慢慢水汽涨了上来，凝结成泪，从眼眶滑落出来。母亲没有说话，递给她手帕。

晚上依旧是母亲和秋芳娘睡在阳台上的大床，我和建桥躺在竹床上。可是谁也没有说话，萤火虫飞上来时，建桥也没有去追。远处庆阳爷家的阳台上，正放着电视，时不时有笑声传来。搁在平时，我跟建桥肯定跑过去蹭着看。但现在，听着大床那边没有任何声响，我们像是被厚重的石头给压住了，连翻身时竹床发出的吱嘎声都像是冒犯。建桥一直躺着看天，双手放在肚子上盘来盘去。一只蚊子总也不走，嗡嗡个不停，想打又打不着，真是叫人恼火。蚊子往建桥那边飞去，我胳膊肘碰碰他，让他去打。他突然起身，让我吓一跳。我以为他生气了，正想道歉，他却往大床那边走去，到了床边站住，大声说："妈，我下午去网吧上网咯。"我吃惊不小，回来之前我们就约定好谁也不提这件事的。秋芳娘要是知道了，肯定是一顿臭骂，没准还要打。但秋芳娘微弱地说了一声"好"，再无他话。建桥不满足，他接着说："我还花了二十多块钱！"秋芳娘"嗯"了一声。母亲此时插话道："建桥，你去跟昭昭玩，要得啵？你妈妈现在没得心情。"

　　建桥呆立了半晌，呜咽起来："妈，我害怕。你莫这样，要得啵？我几怕的！"我下了竹床，过来要把建桥拉回去，建桥不肯动。秋芳娘叹了一口气，坐起来，定定地看建桥，伸手抹掉他脸上的泪。建桥趁势攥住秋芳娘的手："究竟出么子事咯？能不能告诉我？你这样，我真的好怕！"秋芳娘摇摇头，说："没得么子事。我……说不清楚……"母亲坐起来说："昭昭，你带建桥下去转转。"建桥抗议道："我不要下去！我要我妈！"秋芳娘让建桥坐上床来，搂着他，拍着他的肩，摸着他的头。建桥依旧抽泣不止。我有点儿看不下去了，返身回到竹床上生闷气。过了大约十几分钟，只听得有脚步声传上来。我吓得坐起来，紧紧地盯着阳台门口，那声音越来越近。我想叫，母亲、秋芳娘、建桥好像都躺下睡着了。花花为什么也不叫？它平常时不是见到陌生人就会狂吠不已吗？

"我就猜你们肯定在阳台上。"秋红靠着阳台的门框笑道。大床上，母亲坐起来，像是见到救星一般招着手，声音里透着惊喜："这么晚了，你么回咯？"秋红走过去坐在母亲一旁说："我放心不下。老四姨爷开车送我回的。"母亲又问："老四人嘞，我去招待一下。"秋红忙说："他已经回去了。"母亲拿蒲扇给秋红扇风："在他店里做事还好啵？"秋红点头："青姨和老四姨爷对我都好。"正说着，秋芳娘和建桥都起身坐下，秋红仔细打量了一番他们，回头问母亲："他们出么子事咯？"母亲感慨了一声："你回来，我也松快一些。你妈，心里头有些不舒服。你妈不舒服，你弟儿就不舒服。"秋红瞪了一眼建桥说："你有么子不舒服哦？下午在网吧玩得不开心哦？"说着跟母亲换过来，坐在秋芳娘身边，搂着她问："妈哎，出么子事咯？"秋芳娘摇头说："没得事。没得事。过两天就好了。"建桥忙说："有事！有事！妈这两天老哭！"

秋红端详着秋芳娘，轻捏她的手："要不要叫爸爸回来？如果你不愿意说的话。"秋芳娘突然气恨地骂道："让他去死！我现在最不想看到的就是他。"母亲忙喝止道："秋芳，莫在伢儿面前说这个。"秋红看看母亲，又看看秋芳娘："究竟是么子事？"母亲说："秋芳哎，要不告诉伢儿算咯。"秋芳娘摇摇头说："我说不出口。现在伢儿还是不晓得为好。"母亲没有再说话。秋红还在追问："妈，你说哎！我都这么大咯。"建桥也跟着说："你说哎！你说哎！"秋芳娘近似于吼地叫道："好咯！莫烦我了！"她蓦地从床上跳下，快步往楼下跑。我们一时间都愣住了。秋红想去追，母亲拦住了说道："你妈现在不想说……莫为难她了。"秋红又一次坐下了问："是不是出了不好的事情？"母亲说："我们也说不准……只是一种感觉，而且你妈总觉得这个事情迟早要发生的……"秋红迷惑地看向母亲。母亲苦笑了一声说："你们现在这样生活蛮好的，有些事情不必晓得。晓得太多，你们可能会不开心。何必呢。"

秋红不放心秋芳娘一个人在家，带着建桥回去了。母亲让我到大床上来睡。一开始我们无话，各自想各自的事情。庆阳爷那边电视已经不放了，各家各户的灯也灭了，村庄陷入酣眠之中。我说："今天在镇上，总觉得有人在跟踪我们。"母亲迅速坐起来:"么子回事?"我把白天的事情讲了一遍,特别提到了那个女人跟秋红"报信"的事情。母亲靠近过来,让我详细地把青姨的话复述一遍。听完后,母亲陷入沉思之中。我忍不住问:"这个事情是不是很蹊跷?"母亲"嗯"地点头:"搞不清这个女人的来路……虽说秋芳娘总觉得是……"我忙问:"是么子?"母亲咽下后面的话,瞪我一眼:"你也不学好,跑到网吧去做么事?!"说着她下了床,我问她做什么,她说:"我去找秋红说几句话。"我起身也要去,母亲说:"你赶紧困醒!秋红回来肯定有事,我去问问看。"我极不情愿地躺了下来。一等母亲下了楼,我赶紧下床躲到栏杆下面隔着缝隙看。只见母亲把秋红叫出了门,她们站在稻场上说着话,但声音实在太小,我实在听不清。母亲说了什么话后,秋红连连点头。接着秋红就转身回屋了,母亲也往家里走。我迅速跑回床上去,过了不一会儿,母亲就上来了。我装作睡熟的模样,还故意发出小小的呼噜声。

母亲在我边上躺下来,她拿起蒲扇给我潦草地扇了几下风,又放下了。她叹气。她翻身。她咕哝。她又叹气。她又坐起来。她又躺下。我被弄得特别烦躁,但我还是继续睡,装作什么都不知道,这是我擅长的。在这个伪装的面孔下,我经常能窥探到大人毫不设防的秘密。母亲也许想找人说话,可我不是她合适的说话对象。父亲远在天边,哥哥在外地也很久没有回来了。母亲怀着这么一个秘密,无法入眠。她无法跟我们说，但她也许又很想说。我心里有自己都不想承认的复仇快感。是的，你不跟我们说，现在你被它折磨。这个秘密就像是恼人的蚊子一样，一直在头上嗡嗡叫，你就是打不死它。它灵活机敏，狡猾多诈。等你快要入眠时，它突然又在你腿上叮咬一口，提醒你它的存在。

恍惚间，母亲叫我起来，我问去哪里。母亲没有回答我，背转身往前走，我不由地跟在后面。我们走到了一片芦苇荡，长长的叶片割着我的脸，我喊疼。母亲依旧不回头。我想撵上去，可无论怎么加快步伐，她总是离我一段固定的距离。从江边吹来浓雾，极为湿冷，让我全身变得十分沉重。路特别湿滑，我一步一趔趄。抬头看时，母亲已经不见了踪影。芦苇荡也不见了。我走在一片空茫的雾气中。我感觉后面有人，可是我不敢回头。昭昭。有人叫我。声音在后面。昭昭。我想跑。于是我就跑。没有方向。我甩动双腿。可是我感觉不到速度。昭昭。昭昭。声音压迫我的耳朵。我撵掉。等雾气消散时。前方又出现了一个女人。那不是母亲。她引着我往前走。我想跑到前面去叫她。但我不知道名字。那个女人。我突然想起了。昭昭。声音是从她那里传来的。她停下来了，扭过头来。她的面孔模糊。可是她在叫我。昭昭。昭昭。

昭昭。昭昭。我睁开眼睛，建桥的脸悬在上空。我吓得把他推出去。"你一大清早又发神经咯！"建桥从地上爬起来，生气地拍拍屁股。阳光在我眼里炸开，我只得拿手挡住。我的嘴里像是出了血似的，又苦又涩。我下了床，往楼下走。建桥在后面叫："昭昭！昭昭！"我恼火地吼道："莫叫我！"到了堂屋，又到后厢房，又到前厢房，又跑到了稻场，没有人。我真是糊涂了。昭昭。昭昭。我抬头看去，建桥趴在阳台上喊我。我没理他，蹲在地上。这应该是真的了。我感受到了地面的坚实。花花跑过来舔我的手。我搂住了它，它又蹭我的脸。我几乎是感激地搂紧它。让它的身体贴着我。这是真的了。可是它挣扎地离开，奔到了前方的一双脚处。那脚上穿着的红鞋子干干净净。它走过来。昭昭。昭昭。我忙喊道："莫过来！莫过来！"

一只手碰到了我的头，我哆嗦了一下。"昭昭，你做么事鬼哦？"是秋红的声音。我抬头，她诧异的脸，浮在空中。我一起身，那脸飘远了。母亲从灶屋出来，喊道："昭昭，吃饭咯！"我说好。母亲又说："秋红，你也过来吃。"秋红扬扬手："不消的，我已经吃过咯。我要去镇上上班了。"母亲点头说："这么早没得车。"秋红笑笑："老四姨爷今天从市区运货，我跟他约好七点半等在垸路口，他接我走。"说着，她往大路上去，母亲在后面说："我说的事儿你……"秋红截断了话头："晓得，我跟青姨也说一声。"花花一直把秋红送到了池塘那边才转身回来，奔进了我家的灶屋，在我的脚下转来转去。我光脚蹭着它的背，扔菜给它吃。我那时才感觉魂灵回到我的身体里，世界开始有了明确的界限，碗、筷、墙壁、门外跑来跑去的建桥、在灶台边洗碗的母亲，都落实了它们的坚固感。渐渐的，门外的蝉鸣声又起，像是滚水翻腾时的水泡，一鼓一灭，一灭一鼓。又一个炎热的白天开始了。

六

　　连续三天高温天气，到了第四天夜里下了一场暴雨，第五天又是一个响晴天。秋芳娘也恢复了精神，招呼母亲一起去吕祖祠烧香。我和建桥也吵着要去。她们硬是不肯。母亲说："你们就负责看屋。万一要是有么人来了，你们骑车来叫我们。"建桥问："有么人会来？这几天，我们一直都在屋里头，都没得么人来。今天还不要我们出去！"秋芳娘叱责了一声："莫刁精！好好在屋里做作业。我看你哦，一页都没写！"建桥还要说话，母亲已经骑着自行车带秋芳娘走了。我们待在前厢房，勉强翻开暑假作业，可是谁也没有动一笔。毛孩跑过来问我们要不要去江边玩，建桥连说好。洪峰刚过，江水又往堤坝斜面上涨了不少。防汛棚里的大人们不要我们下水，因为听说隔壁村的已经有孩子淹死了。我们只好待在防汛棚里，看大人们打牌。

建斌进到防汛棚叫我们时，我已经昏沉沉睡了一觉，头上身上全是汗。他对建桥说："四处找你找不到。"建桥无精打采地问："做么事？"建斌上前拉他："你屋里来客人了。秋红姐也在家里，她让我找你回去。"建桥一听来了精神："是么人来了？"建斌摇头说，"我不认得。你自家回去看。"我们尽可能快地跑到建桥家去。刚一进堂屋，秋红就骂道："又去玩水！你不晓得死了人？"建桥说："我们没下水！没下水！"我愣住了：那个女人就坐在堂屋里。她对我笑了一下。我退后了一步。建桥也看到了她，惊讶得说不出话来。毛孩和建斌一边一个，靠在门框上，也在好奇地盯着她。她起身了，走过来，忽然从她手中多了一把奶糖，向我们每一个人递过去："都晒得好黑哦。"秋红在一旁客气地说："是哦，一天到黑老下水。几危险哩！"建桥突然问："是你告诉我细姐我在上网的？"那女人不好意思地点了一下头说："我有点儿多管闲事咯。"秋红横了建桥一眼："管得好。他们都不学好。"建桥噘嘴说："害得我一餐打哦！"

秋红让毛孩把他家的自行车借过来，让建桥去吕祖祠叫秋芳娘她们回来。建桥老大不肯，经不住秋红一顿骂，只得去了。我坐在门槛的石凳上，正好有阴凉，风时不时吹来。秋红陪着那女人坐在堂屋深处。昭昭。我听到秋红提到我的名字。我看过去，那女人正好看过来。对视的刹那，我尝试地笑了一下，没有成功。不过还好，她不再是虚无的一团了。她穿着紫红色泡泡袖短衫，碎花长裙，凉鞋里露出她抹了指甲油的脚指头，头发束起，露出光额头，眉眼之间有一种我尤为熟悉的神情。秋红说："不好意思，你等等啊，我妈就要回了。"她笑道："没得事。"她的方言说起来有点生硬别扭，声音却是软软的。她对屋里每一样事物都充满了兴趣，眼睛看看这里，又瞧瞧那里，扫到我这里，又冲我笑了一下。陈莉姐。我听到秋红如此叫她。在她的座椅边上，搁着一个浅红色提包。花花时不时跑过去嗅嗅。这次花花没有再叫，它在陈莉旁边躺下了。

半个小时过去了。陈莉显然有些坐立不安，她时不时搓搓手，又抹抹脸。秋红说："马上就回咯。"陈莉连连说好，眼睛时不时看向门外。秋红又问："我给你添点儿水？"陈莉没有回应。秋红只得又问了一遍，陈莉才回过神来说好。又过去了五分钟，花花突然起身，奔向门外。秋红起身笑道："肯定是回咯。"陈莉露出既激动又不安的神情，她站起身，抻抻衣摆，又掸了掸了裙子。先是建桥把车子停在门外，跑了进去："快给我水喝！我都快渴死了！"接着进来的是母亲，陈莉看了秋红一眼，秋红忙说："这是隔壁的花娘。"陈莉"哦"一声，眼睛还在等着。母亲回头说："秋芳哎，你进来，外面太阳这么毒……"我在门槛上向外看去，秋芳娘立在稻场了，缩着身子，她脚下盘着一团小小的影子。母亲只得过去拉她："进来哎。"秋芳娘说："我就进来。"虽然这样说，身子还没有动。花花在她脚边转。母亲松开手说："那你自家想好……毕竟事情还没确定。"秋芳娘连连点头："晓得晓得，我晓得。"

母亲进了屋，跟陈莉打招呼的同时，也假装不经意地打量了她一番："天好热。"陈莉点头，心不在焉地说："嗯……是热。"母亲又问秋红："你们么样来的？"秋红说："老四姨爷开车送我们来的。"母亲说好，又让陈莉坐下，催着建桥去我家拿落地风扇。刚坐下的陈莉，忽地站起来。秋芳娘迈过门槛，她目光没有往陈莉这边落，脚步略有迟疑地，碎碎地往前走了几步。秋红说："这是我妈。"秋芳娘这才抬头，往陈莉那边掠了一眼，又转向秋红说："给客人倒水了吧？"秋红说："倒咯倒咯。"秋芳娘又问："加茶叶了吧？"秋红回："屋里没得茶叶。"秋芳娘又说："那加点儿白糖。"秋红说："要得。"陈莉拦住秋红说："不消的，真的，我不渴。"她忽然神情极严肃地喊了一声："阿姨。"秋芳娘像是没听见，她忽然冲着秋红说："秋红，你快点儿去拿白糖！"秋红咕哝了一声，不情愿地转身去了前厢房。

大家都坐下了，一时间无话。蝉鸣声一直未歇，偶尔有人清嗓子，门外不知哪里传来微茫的车铃声。秋芳娘说："秋红，你带建桥他们出去玩一下。"建桥小声地抗议了一下："外面没得么子好玩的。"秋红过来拽起建桥的手往外走，走到门槛边的石凳处，她低头看我一眼，我也想把手伸过去让她拉住，但她没有这个意思，只是说："你也走。"我心里涌起莫名的幽怨，依旧赖在石凳上不动。秋红见我没有跟过来，侧身说："你是老母鸡抱蛋不挪窝是啵？"我这才懒懒地起身。母亲走到门口，叫住我："你去把井里的西瓜拿出来，切给秋红和建桥吃。"说着，关上了大门。我们站在稻场上，热气整个儿裹着身子，密不透风，甚至连呼吸都难。我说："走啊。"秋红没动，建桥也只好不动。

　　里面没有传出动静来。等着也无聊，我便问秋红："你是么样找到她的？"秋红说："就等咯。青姨说了，她既然来了几次，肯定还会再来。等了好几天，今天上午她又过来买衣裳。我就直接上去，跟她说话。"建桥插了一嘴："她说话好奇怪哦！"秋红点头道："她是江对岸的人，跟大姐待的江头镇隔得不远。她最近刚到镇上百货公司上班，离服装市场不远，就经常过来逛，尤其是喜欢青姨店里的衣裳。但我总觉得她是冲我来的……"我问为什么，秋红侧耳听屋里，还是没有动静，这才回答我的话："一种感觉，她眼睛总是往我身上看。有时候出门，总感觉她会跟着，虽然我并没有见到她。"我心里跳了一下，兴奋感隐隐升起。"所以今天她终于过来了，我就不会放她走。你妈，"秋红看我一眼，说，"一再跟我说，看到她，就让她到屋里来。我就问她愿不愿意过来，她立马就答应了……”秋红又往大门那里看，建桥突然冲我们眨眨眼，悄声走到前厢房的窗台前，我们也跟了过去。

窗户没有关，前厢房的房门刚才秋红拿白糖时也没有关，抬眼看去时，我们连大气都不敢喘。秋芳娘和母亲背对我们而坐，陈莉坐在她们对面，右手捏着水杯，也不喝，左手搭在腿上，眼睛往下看。秋芳娘说："要不再添点儿水？"陈莉抬头说不用。又一次安静了下来。花花趴在堂屋中央，它发现了我们，立马站起来摇起尾巴，建桥拿手做出"嘘"的动作，花花又听话地趴下，眼睛却时不时往我们这边瞟过来。我们紧张得要命，生怕那仨人注意到我们。还好，他们都各自低着头不说话。太阳太毒，我们几乎要被烤熟了。她们再不说话，我决定就不看了。又再熬了一会儿，还是没有动静。时间好像停滞了，每一秒如浓稠的胶液一般，黏在我们身上不动。我感觉到窒息。蝉鸣聒噪不已，闹得我头疼。全身像是被扎破了似的，到处在冒汗。我放弃了，转身时，建桥忽然抓住我的手，悄声说："她们说话了。"

再次趴在窗台上看时，陈莉正从包里掏出一个塑料袋，解开袋子，是叠起来的碎花布小棉被，看样子有些年头了。"这个你认得啵？"说着递过来。秋芳娘忙起身去接，她拿着小棉被，看看碎花被面，捏捏被脚，接着想起什么似的，把棉被翻过来，指着一处，抬眼看母亲："花姐，这有一块蓝布头……"母亲点头说:"嗯,你那时候从我那堆布头里拿的……"秋芳娘想说什么,又没说出口。她低头把小棉被,叠了一层,又叠一层,叠到方正的一小块,紧紧地攥着。"是不是你家的?"陈莉站起来,又问了一次。秋芳娘点了一下头。陈莉咬了一下嘴唇,坐下来,又像是被烫了一下似的,迅疾站了起来,又像是想不起做什么事情,左右无措地张看。她刚动了一下,碰倒了放在脚边的水杯。她弯下腰想要去拿起水杯,可是身子像是一下子失去了气力,软在那里。

秋芳娘把棉被搁在椅子上,走过去,手想碰碰陈莉的背,可她又害怕似的缩了回去:"细妹儿哎,真是你啊?"陈莉抬头看了秋芳娘一眼,躲开了。她吃力地站起来,又看秋芳娘一眼,快步地去椅子上拿起棉被,塞到包里,往外走。秋芳娘慌得拉她:"你莫走啊!"陈莉吼了一声:"莫碰我!"秋芳娘吓得一哆嗦,松开了手。母亲跑上前去,拉住陈莉:"姐儿哎,你等一下好不好?"陈莉抽出手来,推开大门,跑到稻场了。我们贴着墙,不敢说话。陈莉并没有往大路上去,反而是蹲了下来,埋着头,肩头一抖一抖。花花跑出门,在陈莉身边打转。母亲跟了出来,扶起陈莉说:"姐儿哎,回屋说话要得啵?"陈莉小声地说:"我缓一下。"母亲说好。秋芳娘立在门槛外,喊母亲把蒲扇拿过去,而她自己却不敢上前。她看着母亲给陈莉扇风,嘴里咕哝着什么。

两分钟过去后，陈莉立起身来，母亲想扶住她，她说不用，自己往门口走去。她看到了我们，尝试着想笑笑，嘴巴只能抿了抿。跟在后头的母亲瞪了我们一眼，头往我家那头扬了一下。我们磨蹭着动了身，走到屋门口的位置时，陈莉也到了秋芳娘面前。秋芳娘猛地搂住陈莉，身子往下滑，看样子是想跪下来："细妹儿哎……我对不住你！"我们都吓住了，陈莉也是，她极力想扶住秋芳娘："阿姨，你莫这样……阿姨……"她露出尴尬又慌乱的神情，扭头看向我们。母亲和秋红都跑了过去，想扶住秋芳娘。秋芳娘双手钳住陈莉的手臂，头贴在她的胸口："我一醒过来，他们就把你抱走了……我没得一天心下不想到你……真对不住……对不住啊……"母亲和秋红两人一人一边搀着秋芳娘。母亲说："我们进去说，外头太热了。"秋红说："我们也想进去。"母亲想了一下说："唉，算咯。进吧。"

秋芳娘想伸手去摸陈莉的脸，陈莉本能地躲了一下。秋芳娘怯怯地缩了回来，手也松开了，说："我不配……对不住……我不配……"她转身想回屋，身子蓦地软了下去。母亲见不对劲儿，冲着秋红说："肯定是中暑了。"大家慌忙把秋芳娘扶到竹床上躺下，解开上衣最上面的两粒扣子，秋红去拿水，建桥拿扇子，我跑回家去拿落地风扇。一番忙乱，秋芳娘才慢慢地睁开眼睛，她眼睛呆呆地看着我们，直到落到陈莉那里，手又一下子紧紧地攥住对方的手，嘴巴张了张，说不出话来。陈莉没有把手抽开："阿姨，莫说咯。你歇息一下。"秋芳娘摇头，还是要说，声音一粒一粒艰难地吐了出来："对……不……住……"陈莉忽然之间控制不住地抽泣起来。母亲过来抚着陈莉的背说："你莫怪你妈。"陈莉摇头说："我不晓得要怪么人……我为了找到亲生父母，花了好多年。"母亲连连点头说："你妈为了找你，也是不晓得问了几多人……你妈生你大姐贵红时，你有个叫仁秋的爷爷，就要送走。你爸爸说第二胎应该会是个儿，所以就留下了。到了生你，还是个女儿，上人就不高兴咯。生你的第三天，你妈妈白天起来干活，还要带你，实在太累了，就去睡了一觉。等你妈醒过来的时候，你已经被抱走送人了。你妈那时候每天都哭，问了好多人，没得人告诉她你被送到哪里去了……"

陈莉不说话，她垂着头，一只手任由着秋芳娘攥着。我和建桥贴墙站着，几乎是目瞪口呆说不出话来。站在母亲一旁的秋红忽地问："我是不是也要打算送人？"她绷着脸，双手剪在背后。母亲跟秋芳娘对视了一眼后，秋芳娘闭上了眼睛。母亲"嗯"了一声，不安地挪挪身子，才说："你妈生了你，每天都不敢睡觉。她就把你放在自己边上，守着你……就是怕像你二姐那样……"她瞥了一眼陈莉，"你生出来的第四天夜里，大概是凌晨两三点的时候，我在屋里就听到你屋这边的声响，赶紧跑过来看。你爷和你爸，还有……"秋芳娘突然说："莫提他们咯……"秋红哽了一下："我爸也在?"母亲默然不语。秋红暴躁起来："花娘，你说哎! 你说哎!"母亲不放心地看了一眼秋芳娘："论理不该跟你说这些的……何必呢，都过去咯。"秋红坚持道："我要晓得!"声音之大，我们都吓了一跳。

母亲长吁一口气，接着说："当时我就是在这里——"母亲指着前厢房门口，"你一个叔爷把你抱着，你妈拦腰抱住你叔爷不让他走，你爷爷就在堂屋骂你妈生不出儿来……我要过来劝，你爷爷就说我不该多管闲事。你妈当时说要是把你送走，她就去跳江、喝农药……"说着，母亲弯腰去撩起秋芳娘额头上的刘海，"你看到你妈额头上这块疤没有? 就是你妈自家往墙上撞……当时流了好多血……"秋芳娘声音小小地说："莫说咯……莫说咯……都没得么子好说的……"母亲继续说："你爷爷怕闹出人命来……你就留了下来……直到你弟儿建桥生出来，你妈的日子才好过一些。"大家的目光一时都投向建桥，建桥埋着头，脚一下又一下踢着墙。秋红又追问了一声："我爸全程就没说么子话?"母亲噎住了，低头想了一下："我不记得了……"秋芳娘忽然坐起身来："你爸爸这个活贼!"母亲拦住说："秋芳哎，莫说了。"秋芳娘硬要说下去："我不管他了! 我忍了这么多年。"她眼睛看看陈莉，又看看秋红："老二送走，他不跟我说。我问他送到哪里，他装糊涂说不晓得。老三要送，他躲在后厢房，不吭声。你说我怄气不怄气?!"说到这里，秋芳娘像是呼吸不上来，大口喘着气，母亲和陈莉让她躺下来。秋芳娘不肯躺，她激动地往下说："我恨死你爸咯！我也恨死那个仁秋老头儿咯！我恨得要死！我原本顾忌你们晚辈晓得这些事不好，现在我顾不得咯，我就是恨！恨得骨头疼！"

大家一时又陷入沉默之中。花花在稻场上叫起来，紧接着门外传来"冰棍儿——冰棍儿"的叫卖声。建桥忽然说："我想吃冰棍儿！"秋红叱责道："都么子时候了！"建桥往门外走，我说："你哪里的钱?"建桥迟疑地停下来。陈莉从口袋里掏出十块钱，起身递过来说："多买几根。"秋芳娘忙起身说："莫娇惯他！建桥，你回来！"陈莉坚持把钱塞到建桥手中："快点儿去！"建桥捏着钱，立马跑了出门。堂屋的空气终于松动了。秋芳娘说："都十四岁了，还和细伢儿一样，不懂事。"陈莉又回来坐下："我看细弟儿就蛮好。只要莫太贪玩就行。"说着她抬头瞥了我一眼，笑了一下。秋红说："跟个活蛇似的，有个缝儿就钻，有个空儿就去耍。你说他，他还犟嘴！"陈莉点头，细细端详着秋红："你也是半个大人咯。"秋红脸蓦地红了，说："哪里有……就是看不得他那个样儿……"母亲搂住秋红，说："几好的读书苗子。肯定能上一中！"秋红嗔道："花娘，你莫乱说。通知书都没到。"

母亲笑："我平常时绝不说假话，你要是没考上，我头剁了给你当凳儿坐。"大家都笑了起来。

七

　　去村口的肉铺买了两斤肉，再去王十八的养鸡场买了一只鸡和一袋鸡蛋，又去胡凤家鱼塘买了两条草鱼……东西都是建桥拎着坐在后头，我负责骑车。我问建桥多了一个姐开不开心，建桥说："又多了一个管我的人！"我笑道："是哦，还没进门，就不要你上网。"到了云岭爷家，接过我们买来的食材，母亲和秋芳娘进到灶屋忙活起来。我跟建桥负责剥大蒜，秋红负责切土豆，母亲去井边洗菜。陈莉想过来一起帮忙，秋芳娘忙说："细妹儿，你好好歇咯。"陈莉说不用，她走去给灶里添柴火。锅里的鱼汤咕噜噜冒泡。陈莉若有所思，抬头问了一声："我原来叫么子名字？"秋芳娘愣了一下，想了想，抱歉地摇头："还没来得及给你取名字，你就给抱走了……"陈莉说了一声"哦"，声音哽了一下。秋芳娘锅铲在鱼汤里搅动了几下，搁了点儿葱花，"原本你爸……叔叔想把第二个生的，叫建桥，只要生出的是伢儿。"我胳膊肘撞了一下建桥。建桥嚷起来："我一点儿都不喜欢'建桥'这个名字！"陈莉斜瞥了一眼建桥，笑了一声："我在江头镇也有一个跟建桥差不多大的弟儿。"

秋芳娘这才小心翼翼地问："你在那边还好啵？"陈莉把棉花秆折断，塞进灶膛里，火光在她脸上跳闪："爸爸前几年得了癌症去世了，妈在江头那边种地，我现在在镇上上班供我弟儿读书。"陈莉一边烧着火一边讲着她那边的事情。她的养父母都是农民，起初没有孩子，正好看到小学铁门上挂了一个弃婴没人要，他们就带回了家。这个弃婴就是陈莉。养父母对她很疼爱，虽然后来有亲生儿子，对她的态度也从未变过。读初中时，她跟同学吵架，那同学说她是个抱养来的野种，她气得要死，跑回去问养父母。养父母这才告诉了她的身世，并把当年那个篮子和里面的小棉被给她看。陈莉那时候就决心要找到自己的亲生父母，要问问他们为什么不要她。秋芳娘听到此，双手杵在灶台上，又一次落泪。陈莉默然了半晌，说："菜熟了，我去拿个盘子。"

剥完大蒜后，我往建桥脸上抹了一下。建桥也不示弱，反抹我一下。正打闹着，秋红过来把大蒜拿走："你们真是无聊！"建桥嘻嘻笑道："你现在变成老三了！"秋红横了她一眼："你真是个爸爸疼爷爷爱的儿种哦！"建桥脸沉了下来："又不是我故意的。"秋红顿了顿，摇摇头："不怪你。"说着转身把大蒜递给秋芳娘。建桥叫了一声："二姐！"我推了他一下："你还真是叫得快！"建桥没理我，又叫了一声："二姐！"陈莉这才反应过来，看向建桥："你叫我？"建桥连连点头："二姐，你是么样找到我们的？"陈莉看了一眼秋芳娘说："其实，我已经见过贵红姐，也见过叔叔了……"秋芳娘讶异地问："你们么会碰到一块儿去咯？"建桥跳起来，也问："看到我外甥了吧？我现在是舅舅哦！"陈莉点头说："看到了，白白胖胖，几可爱……盖在他身上的花棉被是你做的吧？"她看向秋芳娘，"我有一回在贵红姐那里买东西，看到小睡轿里有那床小棉被，就问贵红姐是么人做的，她说是她妈送过来的。"秋芳娘不好意思地笑了一下："太老气咯，贵红都看不上！"

　　陈莉因为在镇上上班，等放假的时候就会坐长江轮渡回江头镇。每次回家，总得买点儿零食带回家给弟弟吃。上了江头镇码头，贵红姐的小超市是第一家，所以她常会去那里买东西。一来二去就熟了，那次见到那小棉被，感觉跟自己的那床很像，心里一下子触动了。再看贵红姐，感觉她的长相跟自己也有相似的地方，便存了心思，每回回家都要过来买买东西聊聊天。聊了几次，她也逐渐摸清楚了贵红家里情况，知道有个妹妹叫秋红，中考结束了，现在在镇上服装市场打点儿小工，贵红还特意留了地址，反正她工作的百货大楼离服装市场近，去买衣服也方便；也知道了还有小弟叫建桥，很调皮，爱玩闹。最后，她顺嘴一问是哪个垸的，贵红姐也告诉了。知道了这些后，再回来上班，只要空闲，她就会去服装市场那边转转，远远地看看秋红，有时候装作买东西的样子过来，跟秋红也会说两句话，再看看秋红的长相，跟自己也有相像之处，她更觉得有可能是一家人。到了前段时间，她终于忍不住，跑到垸里来看看，正好碰到了建桥，还有我。那时候，她很想等到秋芳娘回来，可是心里又觉得害怕，很担心自己想多了。一旦确定不是，找了这么多年的希望落空，自己会更难接受。前几天她准备再去服装市场，在大门口看到建桥和我推着自行车往前走，她就一路跟了过去。直到后来看到我们进了网吧。这一点，建桥和她那边的弟儿一个样，在网吧里一玩起来就疯了心。所以，她就回到服装市场告诉秋红。

秋红把炒好的青椒炒肉往饭桌上端，放好后，又催着建桥去端其他的菜："建桥那个上网的钱，还是你给的呢！"建桥说："还有三十块钱，都被你没收了！"秋红作势要打："哦，我不打你一顿算好的。"秋芳娘手拿锅铲，看看陈莉说："你莫太娇惯他！他有几多钱就能花几多钱！"建桥跺起脚来："明明钱最后都被你们没收咯。都说我！"他生气地往门外走，母亲正好进来，提着一篮子洗好的菜："做么子鬼哦，建桥！"建桥说："不要你管！你们都不要管我！"他走到稻场上，花花爬过来蹭着他的腿。等他再进来时，菜都已经好了，满满一大桌，花花兴奋地在桌子下转来转去，啃着建桥扔下来的骨头。除开建桥吃得香，我们大家其实胃口都不怎么好，说话也不多。秋芳娘不断地给陈莉夹菜，那碗里都堆成了小山，但陈莉吃得不多，她不断地说："阿姨，我够了。真的够了，阿姨。"建桥在桌子那头喊道："二姐！二姐！你莫叫阿姨，叫妈咯！"秋芳娘忙喝着："这么多菜塞不住你的嘴?!"其他人没有说话，感觉大家都在等着。陈莉夹起碗里的一块肉，低头慢慢嚼着，吞咽时候噎到了，连连咳嗽起来。秋芳娘起身说："锅里有汤，你喝一点儿。"母亲说："我去端。"秋芳娘忙说："我去我去。"

吃完饭后，陈莉要帮着收拾，秋芳娘和母亲都不让。陈莉把秋红和建桥叫到一边，说了一些话。我因为是个外人，没好意思蹭过去，便到稻场上逗花花玩。大路上干完活的叔伯婶娘们陆续地经过。昭昭。昭昭。昭昭。他们走过去一个，叫一声我的名字。我一一答应着。吃饭了啵? 吃了。吃了么子啊? 吃了肉。肉好吃啵? 几好吃。昭昭。昭昭。又有人叫我，一转身却是陈莉。我也跟着建桥叫了一声二姐。她过来，往我手里塞了十块钱："莫告诉你妈。"我不要。她已经走开了。等秋芳娘和母亲收拾好灶屋出来，陈莉要回去了。晚上她还有一份工要做。秋芳娘拉住她的手不放："歇一夜哎。"陈莉还是坚持要回。没有办法，秋芳娘打包好一堆饭菜让陈莉带回去，平常时可以热着吃。趁着陈莉转身跟母亲说话时，秋芳娘又拿出一个鼓鼓的红包，塞到她的提包里。

　　我们一行人把陈莉往垸口的省道送，在那里有公交车到镇上。陈莉一再回头说："不用送咯。真不用送。"秋芳娘拉着她的手说："没得事。再送送。再送送。"来到了公交牌下，我们一时间都没有说话。秋芳娘挽着陈莉的手臂不放。建桥时不时往前头看看，过了几分钟，他喊道："车来咯！来咯！"等车子停在我们面前，陈莉说："我走咯。"秋芳娘"嗯嗯"两声，说不出来话。陈莉上车时，忽然转身小声叫了一声："妈。"秋芳娘愣了一下，车门已经关上了。陈莉坐在最后面，埋着头没看我们。车子往镇子的方向开去，开到王家园拐了一个弯，看不见了。又等了两三分钟，秋红说："我们也回吧。"秋芳娘喃喃说道："我还没来得及答应。"我们一行人又往垸里走去。母亲和秋红，一边一个，半扶着秋芳娘。建桥跟我走在后头。"我又有钱咯。"建桥偷偷贴过来说，我问有多少，他摇摇头说："保密。二姐给我的比细姐多，我瞄到咯。"我白了他一眼："你小心再去上网被捉到！"建桥啧啧嘴："我去市区上网，二姐和细姐都捉不到哩！"我没再理他，甩掉他往前走。天色渐晚，暑气不散，母鸡站在柴垛上咯咯咯地叫，蝉鸣声一波一波拍打过来，风中有了各家灶屋飘来的饭菜香味。晚上看来又要睡阳台了。

东
流
水

一

　　建桥非要拉我到他家后厢房去看新鲜，我本来是拒绝的。毕竟语文暑假作业还有三篇作文没有写，等到初二学期开学老师一检查，又要罚我们在教室门口站。建桥一把抽走笔，扔到桌上："快走快走！香梅奶家来了个几好看的女伢儿！"我又把笔拿起来："我不去。"建桥又把我的作业本掠走说："到我家做！快走快走！"我又气又急，追他追不上，只能骂："夏——建——桥——你——吃鸡屎！"建桥边跑边扭头笑回："要得要得！你快来！"到了他家的后厢房，可算抓到他了，正准备敲他几个栗子，他"嘘"的一声，指指窗外说："你等一下打不迟，你过来看噻！"我收回手，跟着他走到窗边。建桥让我头别像公鸡似的伸那么高，要像他那样缩着脖子，偷偷看就好。我白了他一眼，脖子还是不争气地缩下去。建桥悄声说："她们来了没多久。我就说香梅奶这么抠的一个人，今早为么子又是买鸡又是买肉的，原来是等她们。"

香梅奶家的稻场上热闹得很，门口那块围着七八个婶娘。我胳膊肘碰碰建桥："你妈在那儿。"秋芳娘正靠着门框，对着里面说话。建桥也碰碰我："你妈也在啊！"母亲此时从屋里拿着一小包东西笑着出来。陆陆续续地，刚来的婶娘们进去，进去的婶娘们跟我母亲一样笑着出来，与此同时，手中都拿着一小包东西。建桥探头想看仔细："莫非香梅奶在发钱？"我摇摇头："么可能？！香梅奶过年，我们去拜，都只给一把蚕豆。"出来的婶娘们也不散，就围在门口，有一个陌生的女人从屋里拿出两条长凳放在稻场上，大家便坐在那里。那女人看样子三十多岁的模样，团团脸，头发到了脖颈处烫了波浪卷，纯白色翻领长衣，白色腰带配浅紫色连衣裙，走起路来，裙摆飘飘，衬得婶娘们的装扮分外地土。她笑意盈盈在婶娘们之间走来走去，不断地递上瓜子给大家嗑。婶娘们跟她说着什么话，隔着玻璃听不清，但她笑得露出整齐的牙齿来，可见跟大家都是很熟的。香梅奶始终在灶屋烧火，有时探出头来，咕哝了一句什么，随即又缩回去。而我忽然想到了一个问题："你说那个好看的女伢儿在哪里？"建桥挠挠头说："之前还看到了，现在估计在屋里没出来。"

等了半晌，也没见到建桥说的那女孩。婶娘们聊了一会儿，都各自散了，留下了一地瓜子壳。几只麻雀落了下来，在地上东啄啄西啄啄，紧接着立马弹开，香梅奶拿着笤帚出来了。那女人杵在门槛上，跟香梅奶说话。香梅奶没有回应她，一点点扫地上的瓜子壳。那女人走过来，想去拿香梅奶手上的笤帚。香梅奶躲了一下，随即把笤帚扔到地上，径直往灶屋走去了。那女人呆立在那里，过了好一会儿，拿起扫帚，把剩余的垃圾归置在一起。正当我们看得无聊时，门突然开了，秋芳娘头探进来："你们鬼头鬼脑做么事？"建桥忙问："妈，她是么人？"秋芳娘瞥了一眼窗外："香梅奶女儿回来探亲，你们得叫她彩霞姑。"建桥又问："我么不认得？过年也没见到她啊！"秋芳娘把手里的一小包东西递过来："这是脆果儿，你们拿着吃吧……她嫁到天津去了，你们自然看不到。"建桥接过小袋子，迫不及待地打开说："是麻花！我在电视上看到过。"秋芳娘笑道："那是天津的叫法儿，你彩霞姑一人给了一包。"我从袋子里拿出一根来，细细长长，绞扭成一条，像是女孩子的发辫，上面撒了些许白芝麻，吃了一口，很是香甜酥脆。我才吃了一根，建桥已经连吃了三根，我还要时，建桥捂住袋口："你妈也拿了，我的你都吃完了！"我"嚓"的一声："你有种以后莫吃我的东西。"

正闹着，后门响了。秋芳娘跑去开门，进来的是香梅奶。她是来借酒精的。秋芳娘扭头让建桥去前厢房拿，自己陪着香梅奶说话。"……嫌我碗筷不干净，洗了好多遍，现在还说要拿酒精消消毒！你说气人不气人？！"香梅奶说话时，脸上下垂的皱纹一直在抖，秋芳娘让她坐下说："现在是城里人咯，是要讲究些。"香梅奶猛地拍手："哦，我吃了几十年没吃死，她来第一天，就嫌恶我咯？"秋芳娘不好说话，头往前厢房看："建桥，你找到了吧？"建桥拿着酒精瓶跑了出来说："只剩半瓶了。"香梅奶接过瓶子："可以咯，是个意思。唯愿这个祖宗莫再折磨我咯。"说着又往后门走去了，走了几步，又转身过来说："又要难为你了。你这里有玻璃杯啵？我屋里专门喝水的茶杯，那祖宗瞧不上。"秋芳娘又让建桥去拿玻璃杯。等建桥拿的间隙，秋芳娘笑问道："彩霞现在这么讲究咯？"香梅奶愣了一下，摇摇头说："我说的不是彩霞！……是那个小祖宗，我外孙女——珍珍！"

那个我们应该叫彩霞姑的女人也从后门进来了，招呼了秋芳娘一声后，又瞥见了我们："芳姐真福气！都有两个伢儿了！模样也好！"秋芳娘笑得直拍巴掌："我只有一个了，那个黑黑巴巴的，是我屋建桥，一天到黑，钻头觅缝的，只晓得玩！"建桥不满地抗议道："我今天明明在昭昭家里做了作业！"秋芳娘啧啧嘴："咿呀，几了不起哦，我是不是买个鞭炮放?！……那个文文静静、长长瘦瘦的，是花姐屋里的，叫昭昭。"建桥嘻嘻笑起来："我妈说昭昭是个老母鸡！"秋芳娘瞪了建桥一眼："莫瞎说！人家昭昭几喜欢看书，我才说人家是老母鸡孵鸡蛋，天天缩在屋里头。你要是昭昭一半好哦，我能多活一百岁！"彩霞姑又问我们多大了，听秋芳娘说十四岁，说："跟我珍珍一样大，就是月份可能不一样，珍珍就是这个月的生日……你们以后多找她玩，要不要得？"秋芳娘忙说："他们两个乡下伢儿，晓得个么子，珍珍肯定看不上！"彩霞姑连连摆手："珍珍连鸡有几只脚都分不清，她才需要学习哩。"说着，她又特意看了我一眼："珍珍也爱看书，以后你们多交流。"我一时间有些慌乱，不知道回应她什么好。

彩霞姑这时才对着一直等在一旁的香梅奶嗔怪道："妈哎，你还真借！"说着接过香梅奶手中的酒精瓶和玻璃杯。香梅奶叹了口气："不借能么样嘞？她总不能不吃饭不喝水吧？"彩霞姑把东西放在堂屋的条桌上，说："我刚才已经批评她了，这里不比天津，不能想么样就么样。"香梅奶觑了一眼后门："她不会又在哭吧？"彩霞姑也一同看去："让她哭。我就不信她能扛几天！"香梅奶不安地搓手，想想又重新从条桌上拿起酒精和玻璃杯，说："算咯，毕竟是细姐儿，哭坏了，我这个做家婆的心里过不去。"彩霞姑要去帮着拿，香梅奶拒绝了，说："住几天，你还是带她回去好咯。我管不住她的。我们说的话，她都听不懂哩！"彩霞姑冲我们点头致意后，跟在香梅奶后头往后门走："妈嘞，我也是没得办法……你晓得我不到万一，也不会为难你。"香梅奶咕哝了一声："你有办法的时候，倒是从来没想到过我。"

　　彩霞姑走到后面的稻场上，眼见着香梅奶进到了灶屋，又在稻场上立了半响。从大路上经过的人，跟她打招呼，她热情地回应了一番，等人一走，她又沉默了下来。她有时候往我们窗户这边方向走来，露出紧绷的脸颊和微皱的眉头；有时候又往大路方向走去，手叉在腰上，脚踢一只塑料袋。我喜欢看她的裙子，风吹来时，像是一只倒扣的浅紫色喇叭花在轻舞。建桥把窗子打开了，趴在窗台上，喃喃地说："她为么子还不出来呢?"我问谁，他扫了我一眼，又继续看过去："珍珍呐!"正说着，忽然听到一声吼叫："珍珍，你再哭，我今夜就回去!"我们都吓了一跳，还以为是学校老师来了，因为说的是普通话。抬头看去，彩霞姑已经冲进了屋里，那哭声断断续续地传过来。我和建桥面面相觑，等了半天，只有香梅奶从灶屋出来，站在稻场上"咯咯咯咯"地叫唤，马上从柴垛边奔出七八只母鸡过来啄食。

二

　　夜里，母亲照旧在二楼阳台上搭了个大床，而我还是睡在旁边的竹床上。江风徐徐吹来，手臂上有丝丝的凉意。建桥在他家的稻场上喊我的名字，我起身趴到栏杆上问他："做么事？"他站在自家的竹床上说："你过来睡嘛！"我说不要，他又说："我有好东西，你不来会后悔的。"我扭身又回到我的竹床上，懒得理他。昭昭——昭昭——昭昭——建桥一声又一声呼唤我，我翻转身装听不见。母亲说："你答应一声哎。"我说不要："他哦，就是不敢一个人睡，非要拉我一起。清早一起来，都要把我挤下去咯！"母亲笑笑没说话，不一会儿从楼梯口那里传来了急促的脚步声，不用猜，就知道是建桥来了。他招呼了母亲一声后，迅疾钻到我这边来，"让开让开！你都一个人把竹床占满了！"我偏不让："这本来就是我的！"建桥嚷起来："哦，我脆果儿都让你吃完咯，你不晓得回报一下我！"母亲接话道："我屋里还有，你想吃去拿。"建桥一边说不要了，一边硬是给自己挤了半边空位出来，躺下后，"咿呀"一声："好多星！"说着推推我："你看，这些星星像不像米粒？让香梅奶那些鸡一粒一粒啄，啄上五百年，怕是也啄不完！"我没理他，继续装作睡觉。

睡得迷迷糊糊之间，一声尖叫像一把利剪一般，把我的眼睛裁开。建桥已经坐了起来，母亲也起身了。我和建桥几乎是同时跳下床，奔到阳台栏杆旁。母亲也跟了过来。建桥小声地说："有人在哭。"母亲探头看过去，"大半夜的，是哪家吵架咯？"哭声断断续续地传来，循声找去，在香梅奶稻场上有个小人蹲在那里，一束手电筒的光在地面上兀自亮着。建桥拉着我要下去，母亲拦住了："莫管闲事！"我们只好待在原地。香梅奶家的大门开了，彩霞姑和香梅奶赶出来，围在那个小人两旁。那哭声越发响亮："我要走！我要走！"是个女孩的声音，说着一口标准的普通话。彩霞姑低声劝慰着什么，听不太清。香梅奶在一旁说："是不是一个人上厕所怕哦？！"那小人突然起身，喊道："里面好多虫在地上爬！太可怕了！"香梅奶笑了起来："那是蛆嘛，没得么子嘞。"那个女孩对彩霞姑说："我要回天津！我不要在这里待下去了。"彩霞姑把她往屋里带："明天再说好不好？"香梅奶在后面还是笑个不停："就是蛆嘛，大热天的，茅厕缸里不都是这个。"彩霞姑转身，不耐烦地说："妈，你莫说咯！恶心死了。有没有桶，让珍珍先用着。"

　　建桥本来一直憋着笑，一等她们都进了屋，立马笑开了："就是蛆嘛！"他学着香梅奶的口吻，刚一说完，我们都笑了起来。母亲说："当年下乡知青，第一次上茅厕，吓得都往外跑。城里人哪里见过这个哦！"建桥又捏着嗓子学了一句："我要回天津！我不要在这里待下去了。"我们正笑着，秋芳娘摇着蒲扇上到阳台来："建桥，你又在说么子鬼话！"建桥继续捏着嗓子用普通话说："啊，亲爱的妈妈，这是普通话，你会说普通话吗？"秋芳娘蒲扇砸了过去："说你个头壳！好好说话！"建桥灵活地躲开，蒲扇掉在地上，被母亲捡起来。我和建桥又一次躺在竹床上，听着嘈嘈杂杂虫鸣声，和着风吹树叶的沙沙声。秋芳娘和母亲躺在大床上说的话，零碎地传来。她们说起了彩霞姑，十来年没有回家，这次突然回来，老公还不在身旁，只带了个女儿，想想就很蹊跷。又说起香梅奶，平常时说说笑笑的，这几天脸色不好看，估计是出了什么事情……建桥突然凑到耳旁说："就是蛆嘛！"我恼恨地把边上一推："莫吵我！"等建桥再次老实地闭嘴，大床那边却不说话了。

又一次惊醒时，心脏跳得特别快，像是从一场噩梦中逃了出来。一刹那间，这个世界安静极了。天上繁星闪着冷冽的光，地上虫鸣收歇，露水濡湿了我的衣服。我以为是幻觉，正准备躺下，那促使我醒来的声音又一次响起。细碎的哭声，夹杂着责骂声，断断续续地撞过来。建桥睡得可香，把我们共同盖的被单全给裹走了，真想踹他一脚。母亲和秋芳娘不见了。我再次走到阳台栏杆那里看过去，香梅奶稻场上立着四个人，她们全都压低声音说着话。借着微弱的星光，我勉强能分辨出是母亲、秋芳娘、彩霞姑和香梅奶。

彩霞姑说普通话的声音从一堆土话中超拔而出："只是老鼠，不是鬼！你怕什么呢?！大半夜的，你闹得大家都睡不好觉。"一个娇小的人，是珍珍，她从四个人的包围中逃出来，站在了柴垛边，声音发颤："我不要在这里了。妈妈，我们回去吧。回去吧！"哭声又起。

　　母亲和秋芳娘想走过去安慰，珍珍躲开了。彩霞姑立在原地不动："你不知道现在家里的情况了吗？你怎么还这么任性呢？"珍珍依旧在说："我们回去吧。回去吧！"彩霞姑突然走过去，拽着珍珍往大路上去："好好好，你走！我不拦你！"香梅奶急得在后面拉彩霞姑："莫跟细姐儿怄气咯。哎哟……"母亲和秋芳娘也过来劝。彩霞姑不理，到了大路上，她推了一下珍珍："你走啊！"珍珍不停地抽泣，没有动。彩霞姑从口袋里掏出什么东西来，塞到珍珍口袋，又推了她一次说："路费给你，你走啊！"珍珍这次真的往前走了。秋芳娘和母亲上前去拉，珍珍甩掉她们的手："走开！走开！"但没有用，她还是被死死地拽住了。彩霞姑此时反倒是蹲在地上哭起来，香梅奶摸着她的头："都是做么子鬼哦，一个个要死要活的！"

　　等母亲和秋芳娘再次上到阳台时，我在竹床上躺好假装睡着了。她们拨开蚊帐，钻了进去。母亲感慨了一声："莫看珍珍细细个个，几大力气！我感觉都拉不住她咯。"秋芳娘笑了一声说："她皮肤几好，白白嫩嫩，城里细姐儿长得好。"母亲也笑："留给你建桥做媳妇儿，要得啵？"秋芳娘哎哟了一声："我屋建桥怕是说不到媳妇儿咯，黑黑巴巴，又矮又淘气！你家昭昭才是个好人才。"母亲啧啧嘴说："人家大城市上的人，眼光里哪里容得下我们？从来都是姐儿往城里嫁，哪里有往乡下跑的？！人家虽说年龄小，今天嫌弃这里有蛆有老鼠，明天又会嫌弃这里又脏又龌龊，连带瞧我们不起哩。你看她连自家家婆都不叫的……"建桥一个翻身，竹床随即吱嘎了一声。大床那边秋芳娘声音传来："我屋建桥哦，怕是要打光棍！一天到黑没心没肺地玩。有时候看他睡个觉，也是没心没肺，真是着急！"母亲说："你真是没事瞎操心。人家睡个好觉，你也上火！"渐渐地，她们话越来越小，淹没在虫鸣声中。不一会儿，传来错落的鼾声。

声音再起时，我不耐烦地翻了身。声音追着过来。昭昭。醒醒。醒醒。昭昭。有人捏我的耳垂，我用手打过去，扑了个空。等我睁开眼时，毫无例外的又是建桥那张脸。我恼火地骂道："你找死哦！"建桥跳起来，往栏杆那边跑说："你快来看！可以看到珍珍了！"我的好奇心顿起，随即起身跟去。清晨的阳光在黑瓦屋顶上铺开，大朵白云从垸口竹林边升腾上去。香梅奶从灶屋出来，又一次站在稻场上一边撒米粒，一边"咯咯咯咯"地叫唤，母鸡们忙不迭地抢奔过去，有一只芦花鸡跌倒了，迅速爬起来扑打着翅膀撵上。灶屋水井旁，珍珍站着刷牙，而彩霞姑在她身后拿一把梳子正给她梳头。她们有说有笑，昨晚那一幕，仿佛没有发生似的。这是我第一次清楚明白地看清珍珍的模样：细尖的脸庞，淡淡的眉眼，浓密的头发被彩霞姑梳到后头结成两条辫子，水红色无袖上衣，露出了两条细白的胳膊，天蓝色细格子荷叶边裙子直到脚踝……建桥说："比我细姐好看！"我撇撇嘴："我要告诉秋红姐。"建桥反常地没有回击我，目光依旧停留在珍珍身上："比班上那些女生都好看！她们都好土！"这个连我也不得不承认。珍珍连刷牙都是好看的，那么细致地上下移动牙刷，从外到里不放过一处。不像我们随便往口腔里胡乱刷两下就算完了。

　　如果不是秋芳娘站在自家稻场叫唤的话，我们能一直看下去。秋芳娘手上拿着锅铲，指着阳台喊："夏——建——桥，你再不下来，你就去吃屎！"建桥急得拍了一下栏杆："我晓得咯！你莫喊了……"但是已经迟了，珍珍那边已经抬头往我们这边看了，我们都没来得及躲。秋芳娘又喊："赶紧下来，菜都冷了。"建桥不情不愿地转身离开阳台，下楼去了。我再往珍珍那边看，她已经进了屋。下楼到灶屋，母亲正在炒菜，见我来便说："正好想叫你，你把这个送到香梅奶那儿去。"我一看是刚做好的薯粉丸子，还散发着热气，母亲见我迟疑，又说："让彩霞姑和珍珍尝尝家乡的特色菜，这个珍珍肯定是没吃过的。"我嘴上不情愿，心里却欢喜得很。我端着盘子，斜穿过大路，到了屋门口，叫了一声香梅奶，堂屋里传来声音："昭昭哎，进来。"小饭桌搁在堂屋靠前厢房的一侧，香梅奶和彩霞姑相对而坐，就着昨天的剩鱼剩肉正吃着。

我把薯粉丸子搁在饭桌中央，转达了母亲的意思，彩霞姑连连说："咿呀，我真是好多年没吃过了，做梦都想吃。"我说："我妈说珍珍一定没吃过。"彩霞姑点头说："是噢是噢……珍珍！珍珍！"珍珍从后厢房磨蹭着走出来，手中拿着一包方便面。我忍不住问香梅奶："珍珍不吃饭？"香梅奶斜瞅了一眼珍珍，摇摇头说："人家吃不惯我做的饭，我有么子办法嘞？"等珍珍走近，彩霞姑一把把她拽过来："你昭昭哥哥送来的薯粉丸子，是他妈妈做的家乡菜，你吃一点儿试试看嘛。"珍珍想转身离开，彩霞姑不放："你不要辜负人家的好意。"珍珍挣扎地叫道："又不是我要吃的！"彩霞姑把筷子往她手中塞："你不要这么不懂事，人家好心好意送来……你看昭昭哥哥一头的汗……"珍珍的眼睛往我身上扫了一下，随即闪开。她终究是挣脱开了，跑到后厢房，关上了房门。香梅奶气恨地说："彩霞儿哎，你好好管管这个小祖宗哦。我是管不落地的。"彩霞姑捡起掉在地上的筷子，冲我歉意地一笑说："几难为情……你回去代我谢谢你妈哈。"我点头转身离开，到了稻场上，听见彩霞姑拍打房门的声音："珍——珍——你有种就不吃一粒米，饿死活该！"

三

　　起初我以为只是风吹门响，从前厢房探头往堂屋看了一眼，并无人影。我继续写我的作业。风扇送出的风都是热的，握着圆珠笔的手指头黏黏湿湿。脖子处忽然掠过一阵呼吸的气息："昭昭的字真好看。"我吓得一哆嗦，扭头看去，一张女人的笑脸往后退了一些。是彩霞姑。她一边嘴角有个浅浅的酒窝，漾着笑意。我想说话，可是说不出。她的目光笼罩着我，久久地，不挪开，这让我不安。"你妈呢？"她问话时，头微微侧向一边，像是要更好地看我。笔头戳着我的手掌心，窗帘随着风扇送过来的风，一鼓一荡。"你妈嘞？"这次她换成土话来问，"我是来还盘子的。"她左手扬了扬我昨天送过去装薯粉丸子的小菜盘。"不晓得。"我勉强说出三个字。她说好，却没有走，目光往我桌上扫去："听说你特别爱看书，是的啵？"

　　她脚上穿着浅绿色凉鞋，一边缀着一朵五瓣塑料红花，深蓝色牛仔裤裹着细细的脚踝。我屋里珍珍也爱看书，我平常给她买的世界名著，她都几爱的。她的脚靠近我了，一阵温热的香气袭来。我往后躲了一下。你这里还有《红楼梦》，现在读是不是早咯？咿呀，这本是么子书，你现在看得懂啵？她鹅黄色的上衣贴着桌边，手指掠过我桌上问秋红姐借来的几本书。昭昭，你这本书借给珍珍看，好不好？她一个人在屋里孤单，没得书看。昭昭。你多去找珍珍玩好不好？莫看她现在脾气不好，等适应了，就很好了。昭昭。昭昭。看来昭昭很内向嘛。昭昭，这本借给她，你说得要得啵？

"要得，要得。"说话的却是母亲。我抬头时，她已经进房间了，接过了彩霞姑递过来的盘子。"几好吃的，我和珍珍都吃完咯。"彩霞姑笑道。我充满狐疑地瞥了一眼彩霞姑，她没看我，手中却捏着一本我和建桥在镇上新华书店买的《巴黎圣母院》。建桥一页都没看。母亲也笑："昭昭不爱叫人，你莫见怪。"说着朝我瞪了一眼。珍珍天天不吃饭，瘦得跟猴儿似的。珍珍跟家婆处不来，也不爱叫人，几烦人咯。珍珍可能要在这里读初二，说不定跟昭昭一个班。珍珍不愿意也得愿意，我跟她爸在天津出了一些事情，没得办法哦。珍珍哪晓得日子几难过，她只晓得跟我怄气，我也要气死咯。珍珍，都不叫我妈妈了。珍珍。珍珍。珍珍。我默念着这个名字，偷眼看窗外，香梅奶家的大门像是一个黑色洞穴，珍珍就困在里面。我想起我在阳台上，她投在我身上的眼神，不带任何情感，那么快地削刮过去，让我莫名地心生怯意。我很希望建桥此时能过来，这样他就能跟我一起承担这份胆怯。但他现在应该跟毛孩、建斌到江里游泳去了。

正当我凝神地看那大门时，仿佛是受到我的召唤一般，珍珍竟然从门里钻了出来。我的眼睛像是被烫了一下，本能地想躲开，转念一想，在这个角度她是看不到我的。她穿一件深紫色连衣裙，站在稻场上，耀眼的阳光浇下来，她拿手遮住了眼睛，往左边看看，又往右边看看，感觉是无法决定往哪边去。她突然表情痛苦地蹲下，一只母鸡探头探脑地蹭过来。她又突然站起来，母鸡扭身跑开。现在，她手捂着肚子来回走动，像是揣着一个炭火盆，拿着不是，放下也不是，脸上浮现出焦躁的神情。过了一两分钟，她终于停下了，往柴垛的方向跑去，原来是要去茅厕。不到片刻，她冲了出来，又一次站在稻场上，蹲了下来。妈。她气息微弱地喊了一声。彩霞姑正在跟母亲热烈地讨论出门打工的事情，因为母亲提到父亲不久前刚去了福建。妈。妈。妈。妈！妈！声音越来越大。我说："彩霞姑，珍珍叫你。"正跟母亲说话的彩霞姑这才反应过来，听了一耳朵，跟母亲说了一声不好意思，慌忙跑出去。母亲也吓一跳，跟着出去了。

我很惊奇一个女孩的哭喊声，可以如此锐利，像是刀片在玻璃上划拉。彩霞姑右手上还拿着我的书，左手去摸珍珍的头："你要不用桶？"珍珍喊叫起来："我不要！桶里有虫子在爬！"彩霞姑叹了一口气："那该怎么办呢？

这里没有马桶啊。"珍珍按着肚子,一连跺脚:"我受不了了。"香梅奶从灶屋那边探出头说:"桶今早我去池塘洗干净咯。"珍珍依旧不肯。母亲过去跟彩霞姑说:"那去棉花地里算咯。反正现在天气热,地里没得人。"看着彩霞姑带着珍珍往垸边地里走去,母亲对着正坐在灶屋门口择菜的香梅奶说:"晚上做么子菜呀?"香梅奶啧了一下嘴:"做么子菜,都不如人家的意。过年的菜都拿出来咯,也奈何人家不吃。"母亲过去蹲下帮着一起择:"那她这两天吃么子?"香梅奶扬起头说:"方便面,还有么子面包,还有么子火腿肠,全是彩霞从街上买回来的。"母亲摇摇头:"那有么子吃头?!"香梅奶也摇头:"我不懂。她妈管不了她,我更管不了。"

晚饭后,彩霞姑送来一个大西瓜,母亲推了几次推不掉,只好接下,搁在水桶里冰着。临走时,彩霞姑悄悄贴着母亲耳朵里说了好些话,母亲听完后连连点头:"这个你放心,我肯定会照应的。"彩霞姑这才往外走,看到我时停下笑笑:"昭昭,你那书,珍珍几喜欢看。以后,你们相互之间多交流,要得啵?"我愣住了,不知怎么回答。母亲忙说:"要得,要得,你放心,昭昭心下有数的。"彩霞姑又冲我笑笑,走出门去。等到我洗完澡去阳台上,母亲已经把西瓜切好端上来了。吃了两块后,建桥上来了,不等我请,他就开吃起来。我敲他脑壳:"么人叫你拿的?!"建桥边吃边问:"是不是彩霞姑送的?"我说是啊,他接着说:"她给我屋里也送了,还给周围的几家都送了。"我惊讶地问:"为么子嘞?"睡在大床上的母亲突然接了话:"珍珍你们以后多照应些。一个细姐儿,人生地不熟的,想起来也可怜。你们听到吧?"我和建桥对视了一眼。"你们听没听到?"母亲又问了一遍。我们只好说了一声晓得。

照应什么呢?一头雾水。我们跟珍珍至今一句话都还没有说过,她也从来没有出来玩过。秋红姐现在还在镇上青姨那里,如果她回来了,会不会跟珍珍有话说呢?我不知道。与此同时,我也松了一口气:我不知道如何跟女孩说话,就连建桥这么皮的,跟班上女孩一说话也结巴。我很想问问母亲,便小声叫了一声"妈",母亲没有回应。她睡熟了。建桥也睡死了。我只好闭上眼睛睡觉。毕竟夜色深沉,连虫鸣声都没有了。妈。妈。小粒的声音在我耳朵里跳。妈。妈。我睁开眼睛,发现并不是自己在叫。天不知不觉已经微微亮了,母亲不在大床上了。妈。妈。声音把我拎起来,牵到栏杆边。珍珍站在大路上,还是穿着她的深紫色连衣裙,头发散乱。妈。她往长江大堤的方向看去。妈。她又往建桥家稻场上扫了一眼。妈——她声音夹带着哭腔——妈——她哭出了声。香梅奶找了过来。珍珍哦。珍珍哦。回去哎。妈!妈!她往通往垸口的方向疾走。香梅奶想去捉住她,被她躲掉。你妈回去几天就回来。妈——妈——她跑了起来，到了池塘边上，母亲、秋芳娘还有其他正在洗衣服的婶娘堵了上来。她的手被大家捉住。珍珍哎。珍珍。你妈过几天就回。你莫哭。她挣扎着要突围。走开！走开！她标准的普通话淹没在土话中。香梅奶追了过来。珍珍哦。你要懂事。珍珍被大家推着往回走。

珍珍蹲在稻场上，埋着头。她不说话。她不哭了。她也不喊了。婶娘们围成圈，她们的手抚摸着她的头，她的背。她不动弹。突然间，她站起来，大家吓一跳。珍珍。有人小心地叫了一声。珍珍不看她们，转身往大门口的方向去。大家小心翼翼地跟着。她进了屋。母亲跟了进去，不一会儿，又出来："珍珍把房门锁了。叫她她不应。"香梅奶拍拍手说："没得办法！彩霞不是趁她睡着走，根本走不脱！"是啊。是啊。大家应和着。"过两天，就适应咯。细伢儿，适应得快。"秋芳娘说了一句。是啊。是啊。大家又应和着。大家在稻场等了几分钟，相互之间说了些话，又一起往池塘那边走。唯有香梅奶独自留在稻场上，拿起笤帚扫地，扫扫往屋里看看。太阳一点点在天边露出头来，纤薄的云丝染上了金色，阳光从田野那头大步走来，沿着一排排黑瓦屋顶跳去。香梅奶又一次"咯咯咯咯"起来，母鸡们又该啄食了。

四

　　"一天一夜。一天一夜不出门。一天一夜不吃不喝，"香梅奶坐在我家灶屋里跟母亲说，"我敲门叫她，她不应。我担心她想不开，趴在门缝看，她就躺在床上也没做么事……我生怕出个么子意外。一天一夜，我就守在门外，眼都没闭一下！"说完，香梅奶打了一个长长的呵欠。正在和我一起剥大蒜的母亲，扭头看了一眼灶台那头水是不是开了："那她总要出来屙屎屙尿的吧?!"香梅奶撇撇嘴说："她房里有桶的，我每天去倒到茅厕，洗得几干净！她既然不出来，肯定是要用咯。"我听得耳根发烧，想起身躲开。香梅奶摇着蒲扇叹气："彩霞倒是走得撇脱！你说珍珍要是出事，不又要怪到我头上咯？想想几怄气！"母亲把剥好的蒜瓣搁到碗里："你莫急。她肯定熬不住。人哪里是钢铁做的？肯定要出来喝水吃饭的，你等等看……另外一个，是不是你说土话，人家听不懂哦？"香梅奶一拍手："那我就没得办法了。"母亲目光落在我身上："昭昭，要不你陪香梅奶去试一下。"我想也没想就说不要。香梅奶立起身来，像是抓到救命稻草似的说："我来就是为了这个。昭昭哦，你去帮我劝劝。你们都是同年生人，肯定相互听得懂。要得啵?"母亲忙回：

"要得。要得。"她劈手夺过我手中的大蒜，连连催我："快去快去。"我极不情愿地站起来，香梅奶过来拉我的手说："还是昭昭懂事。"我说："我先洗个手。"母亲不耐烦地说："洗么子手！救人要紧！"香梅奶也说："到我屋里洗。"不容分说地，我的手被她紧紧攥住往外去。

出门时，我希望碰到建桥，这样的话，我们一起会好很多。但我想起建桥去镇上秋红那里玩去了。天气阴沉，又闷又热，建桥家的花花趴在稻场上吐着舌头喘气。大人们多已经出门到地里去了，如果不是香梅奶来家里坐半天，母亲估计也早就去湖田锄草了。香梅奶始终攥着我的手，生怕我跑了似的。她枯瘦苍老的皮肤和我细白的皮肤形成了鲜明的对比。她走路时，全身都是颤巍巍的，眼睛里始终湿润润的，总像是含着泪。她只到我胸口高，因为背有些驼，低头看得到她稀疏的头发勉强盘了一个小小的发髻，脖颈处的皮肤松弛有斑。"昭昭哦，要难为你了。"她偏过头，歉然地说。没得事。没得事。我重复道。她想快一点儿，可是脚探出去，只是一个小碎步。她身上散发出柴火的气味，穿的黑色麻布长袖外套上沾着碎叶。昭昭哦，我一个老嬷儿，自家也晓得讨人嫌，年轻人不喜欢。不会不会，我们都几喜欢你。昭昭哦，我不晓得么样跟珍珍说话的，她跟我说话，我也听不大懂。我来我来，我帮你翻译。昭昭哦，你未来肯定能找个好媳妇儿，性格几好。昭昭哦，怕丑了呀。莫怕丑，奶奶几喜欢你哩。昭昭哦，你敲敲门试试。珍珍。珍珍。昭昭来了。

没有回应。香梅奶又敲了敲门。"珍珍。"这是我第一次叫出她的名字，声音飘在空中，像气泡一般，随即破掉了。我又喊了一声："珍珍。"香梅奶搓着手咕哝："还没睡醒？"我尝试推了一下门，门随之就开了。我们都吓了一跳。房间弥漫了一股尿骚味，我瞥见了床尾那个盖上了盖子的木桶，有点迟疑是否要进去。香梅奶走到床边："珍珍！珍珍！人嘞？"床上从枕头到床罩，一看都是簇新的，还铺上了凉席，估摸着是香梅奶在她们回来时更换好的。但床上并没有人，只有凌乱的毯子，人像是刚刚离开的样子。地上还有方便面袋子和水瓶，看样子这一天一夜她也是有吃有喝的。枕头边放着我那本《巴黎圣母院》，应该是翻看过，书的一半处夹着书签。香梅奶弯腰往床底瞄了一眼，又往床尾探看："珍珍，你莫躲起来，要得啵？珍珍哦，你莫淘气。"我也跟着在房间里找。门背后，桌子底下，甚至天花板上。"坏了！她行李箱不见咯。"香梅奶一说完，急忙往堂屋走。我跟了出来："她是趁你不在，偷偷跑了？"香梅奶没有回我，她急急地走到稻场上，左右张看，又往大路上去。珍珍。珍珍。她走到池塘边上，人们早就下地了，看不到人影。珍珍。珍珍。她想走快，可又走不快，走了几步，人矮了下去。我忙上前扶住她。她喘得厉害："昭昭哦……你快去追要得啵？她肯定没走远……珍珍哎……作孽哦……你快去……"我说好，不管香梅奶如何催，我还是先把她背到我家去，母亲还在灶屋，有个照应。

自行车在大路上，尽其所能地快。奔到垸口的省道上，公交站台那边等的人中，没有珍珍。我问了一下路边理发店的王师傅，他说没看到。又去问农药店的焦娥娘，她想了一下："二十几分钟前，是有个细姐儿拖着箱子过来。我当时留意了一下，她上了去街上的公交车。"我又一次来到省道上。已经过去近半个小时，公交车估计到了刘家铺。我身上没有钱，只能骑车去赶了。过了百米港，又过吕祖祠，沿着王家坪方向，抄近路穿过李源垸，到城区边缘时，我已经是汗流浃背了。公交终点站就在堤坝下面，人头涌动，找了半天，根本不见珍珍的踪迹。沿着正街一路搜寻下去，到了长途客运站，我找个地方把自行车锁好，进到售票厅，一眼就看到了坐在那里的珍珍。我躲在一根柱子后面，偷偷观察她。我很担心自己的出现，会吓到她。

偌大的厅里，只有零星的几个人，显得她分外突出，她那一身紫色连衣裙依旧没换，现在看起来又脏又皱，脚上的白色凉鞋也显得灰扑扑的，一个暖黄色小拉杆箱竖在她身旁。她身后坐着一个肥胖的中年男人，一边抽着烟一边眯着眼打量她。但她毫无察觉，仰着脸，看向虚空的一点，脚一下一下踢脏腻的地面。大厅外面，车流拥堵，喇叭声此起彼伏。附近商场传来热闹的歌声。现在她的头发纠结成一团，我特别留意她的手上，没有车票。她身后的男人把烟头扔掉，慢慢地靠了过去。我紧张得想喊出声。她低下头，搓自己的胳膊，又抓了抓脸，还打了一个喷嚏。那男人离她只隔了两米远了，不能再等了。我冲了出来，跑过去，一只手抓住她胳膊，一只手拽起拉杆箱，径直往门外走。到了站前广场上，我扭头往大厅瞟了一眼，那男人好像并不知道发生了什么事情，径直往车站卫生间走去。看来是我反应过度了。

我偷眼去看珍珍，她正瞪着我，身体往后退了一步，说："你……你怎么回事？"我像是哑巴一样，张了口，却出不了声音。她从我手中夺过箱子，又要往候车大厅走。我又伸手抓住她的胳膊："你家婆……嗯，你外婆等你回去！"珍珍掸掉我的手，警惕地盯着我看："我不回。"我局促地立在那里说："她很着急的。"说普通话时，我感觉像一只讨人厌的老鼠，正对一只凶悍的猫讨饶。珍珍手搭在拉杆上，低眉思索了一番，又看了一眼我："你身上带钱了吗？"我摇头说没有带。她露出失望的神情："那你有钱吗？"我想了一下，说："我在家里有二十块钱，过年我亲戚给我的压岁钱。"她噘了一下嘴："太少了。"我忍不住问了一句："你要钱做么事？"她微微一愣："你在说什么？"我这才反应过来："你要钱做什么？"她淡淡地回："回家啊……但我现在钱不够。"她回头看了一眼候车大厅上方的显示屏，说："如果我坐一个小时后那班客车，今天就可以到武汉，然后再买火车票回

160

天津……"我徒劳地说了一句:"可是你外婆会很着急。"她没有理会我,目光停留在广场来来回回走动的人群之上。我尝试地问她:"要不先回去吧?"她不置可否。

我怯怯地伸手去碰她的拉杆箱,她居然松开了手,让我拖过去。我把箱子往停车的地方拉,她跟在后头。莫名的兴奋感,像一只雀跃的小狗一般,在我心里蹦跶。到了停车处,她叫了一声:"昭昭。"我心猛地一跳。她知道我的名字。我等她接着往下说,她却低下头去。我问:"怎么了?"她小声地说:"你能不能跟你妈妈要两百块钱?我……到时候一定会还给你。"我脑子里立马搜寻母亲平常藏钱的地方,是在她睡觉的枕头下面,还是在五斗柜里,或者是在楼上某个米缸里?"你也别为难……毕竟这也不是小钱。"她又补了一句。我忙说没有。她想了想:"算了,你不要为难了。我自己想办法吧。"我情急之下说:"你相信我!"她讶异地反问:"相信你什么?"我又一次退缩了下来。我要她相信我什么呢?我连自己是不是能办到都没有信心。她蓦然一笑,"你别为难自己了。"我嘴硬地说没有。她又一笑,这让我越发难堪且恼火,因为这笑里包含着宽容的意味。

起初我推着车,她拉着行李箱。后来我让她把箱子搁在我后车座上,这样她走路也省力。她迟疑了一下,照办了。箱子搁好后,她怕掉下,始终拿一只手扶着。我说没事。她问真没事?我说真没事。走了五六米,车轮碰到一个水泥疙瘩，箱子差点抖了下来，幸好珍珍及时扶住。我窘迫地说抱歉。她说没事。可能是看出我脸红了。她又说真没事。你走你的。她走路轻盈如云，几乎没有声音。我忍不住回头去确认她是不是还在。她捉住了我的眼神："怎么了？"我慌忙转回头去："没事儿。"走到公交车站，我问她要不要坐车回去，她问我怎么办，我说骑车。她摸了一下左边的口袋，又去摸右边的，没有掏出钱来："咦？我明明放在这里的呀。"她挨个摸了一遍，还是没有，再说话时声音里有了哭腔："我想应该是被偷了。"我让她别着急，再打开行李箱找找，结果还是没有。她丧气地垂着手。我安慰她说："反正钱也不够回天津的……"她烦躁地叫了起来："你不要说话了！"我闭上了嘴，只见她蹲下去埋头哭起来。我一时间手足无措，周围的行人也纷纷看过来。

五

"你们这儿的人太坏了。"她说的时候，手还扶着行李箱。我推车的速度放得很慢，幸好是个阴天，走在长江大堤上，偶尔还有风。洪峰刚过，江水涨到堤坝下面。搁在平时，我此刻肯定套个轮胎跟建桥下去游泳了，虽然大人们不允许。"太坏了！"她又补了一句。我舔了一下发干的嘴唇："也不是所有的人都坏……"她没等我说完："就是坏！"我不知道如何回应她，感觉这份坏里也有我的一份责任似的。我很想骑上车往回赶，但她没办法抱着行李箱坐在后车座上。我们只能走完这十几公里的路。长江大堤蜿蜒往前，没完没了。蝉鸣声四处涌来，没完没了。我们之间的沉默，也没完没了。我几次想挑起话题来聊，比如说看到长江对岸的那边的房子了么，那是江头镇，上了码头走几步就能看到建桥大姐贵红开的店铺，还有帮贵红看店的建桥爸爸云岭爷；再比如说我们现在走过的地方是百米港，我和建桥经常过来钓鱼捉龙虾，有一次钓了一条三斤重的胖头鱼，真是太好玩了……这些事情她会感兴趣吗？我不知道。当然我也很想问问她在天津是怎么生活的，怎么上学的，天津大吗？街道跟我们城区一样宽吗？你平时会看什么书？……可我不敢贸然去问，不知道哪一句就会惹到她。沉默从一种稀薄的气息，渐渐凝固成硬物质，卡在我们中间。

"停一下。"我停住了，回头看她。她没再说话，左右环视了一下。"走吧。"我们又继续往前走。过了大概五分钟。我们又一次停下。这次她终于说话了："坝下面那边是不是一个学校？"我探头一看是刘家铺小学，便说是。她说："我们去看一眼吧。"我迟疑了一下："要不我们还是抓紧时间回去吧，这路我们才走了一小半……"她语气中透着焦躁："你不去我去了！"正说着，她已经沿着堤坝斜坡冲了下去。我心里真有些冒火，可是没办法，还是要追过去。她比我先到了校门口，跟看门的大爷说了几句什么话，大爷就放她进去了。等我到那里时，早不见她的踪影。大爷饶有兴趣地打量我，我没敢上前问他，只好等在外面。透过校门，能看到空旷的校园有几个男孩在打篮球，一只喜鹊立在雪松上休憩；学校外面的荷塘上，一对黑头鸭在荷叶之间游动，红莲花随风轻摇。我把车停好，坐在荷塘边的柳树下，身上的汗渐渐收住了，蝉噪声中，有一种说不出的宁静。

醒来时，嘴巴里干得很。起身看四周，珍珍坐在另外一棵柳树下打盹。我不知道自己怎么就睡着了，也不知道睡了多久。砰。砰。砰。校园里那群男孩还在打篮球。远处传来狗吠声，听久了，很像一个老头儿在咳嗽。我偷眼再去看珍珍，她已经收拾过了，扎了一个马尾辫，脸应该也洗过了，双手搭在腿上，神色比之前在车站轻松了好多。我这才明白过来她是去学校卫生间方便去了。我又一次坐下，一群蚂蚁抬着一条青虫从我脚下爬过；金龟子全身披着淡蓝灰色闪光薄粉，在草叶上停留片刻，腾一下飞走了；小鲫鱼在荷叶下吐出一个个小水泡；一只蚊子嗡嗡，蹲在荷叶上的青蛙猛地向上一蹿，舌头一翻，又落在地上，蚊子不见了……昭昭。昭昭。我侧头看去，珍珍已经站在我边上了。我忙站起来："睡好了？"她难得笑了一下："我是不是睡了很久？"我说还好。她又一笑，说："你睡着了，还打呼！"我脸一下发热起来。她在看我。我扭身往停车的方向走，依旧能感受到她目光的力量压迫过来。我推动车子，回头看一眼箱子，她的手已经扶在上面了，但我没敢抬头看她。

　　有一种默契在我们之间形成了：我推车时，她一边扶箱子，一边暗暗帮我使劲儿往前送；我觉得有些累了，她跟我换过来，一开始我不肯，她一再坚持，我只好跟她换了。我们走路的步伐也渐趋一致了。什么时候慢，什么时候快，什么时候绕开一个坑，不用说话，都会自动调整过来。我甚至想唱歌，但我忍住了。她偶尔哼唱着什么，声音也很小，不让我听清楚。卡西莫多。我听到一个人名。艾丝美拉达。又听到一个人名。我忍不住问她在哼什么，她笑道：《巴黎圣母院》，你借我的那本书，我很喜欢。"我也笑起来："我也喜欢。"她问我："那你喜欢书中的谁？"我回："卡西莫多。"她"嗯"了一声说："我也喜欢。"我们都好爱卡西莫多，好恨副主教克罗德，艾丝美拉达死的时候，都哭得稀里哗啦。卡西莫多。我念着这个名字。艾丝美拉达。她跟着说这个名字。像是玩一个游戏似的。车轮每转动一次。卡西莫多。再转动一次。艾丝美拉达。卡西莫多。艾丝美拉达。卡西莫多。艾丝美拉达。有时候我故意推慢一点。卡——西——莫多。等到她念时。我故意推得更慢。艾——艾——丝——丝——我突然推快。美拉达！哎哎哎。你故意的，是不是。是不是。我忍住笑，她在背后拍了我一下："你不能耍赖！"

不知道走了多长时间，我们的脚都磨起了泡，还是看不到我们垸的影子。远远的，看到一个人往我们这边移动。快到一百米的地方，那人开始叫我的名字。珍珍说："那是建桥吧？"我一看，还真是。到了跟前，建桥停下了车，一只脚点在地上说："真是吓死我咯，还以为你们掉在江里头，被江猪吃了嘞！"我横了他一眼："你不要乱讲话，好不好？！"建桥愣了一下，突然嘻嘻笑起来："好啊，你说你们做什么去了呀？好不好玩啊？开不开心啊？"他说时眉头跳跳，而且还是用普通话问我，我这才反应过来我刚才跟他用的也是普通话，之前一直在跟珍珍说话，没调换过来。建桥像是窥破了什么秘密似的，看看我，又瞥了一眼珍珍，嘴角含一抹坏笑。这让我很来气："你跑来做么事？"他这才"哎呀"一声："我都忘咯。珍珍一天找不到，你不是出来找她么，结果等这么久，你连个影子都没得。香梅奶急得都住院了，现在在村卫生所打吊针。"我把事情跟珍珍说了一下，珍珍也慌了。

建桥去堤坝下面掰了几根芦苇上来，踩扁扭绞成绳后，把行李箱绑在自行车后座；而珍珍，就坐在我的后车座上。建桥说一声"走了"，过不了一会儿，就把我们甩出好远。我很想追上去，但又顾忌坐在后面的珍珍，她的手无处可放，我要是骑快了，她肯定会摔下来。建桥在前头喊道："昭昭！你莫这么磨叽！快点儿啊！雨要落下了。"我说晓得，可是还是不敢骑快。"没事儿的，你尽管骑吧！"珍珍说的时候，两手拊着我的衣服后摆。我说："你要是觉得快了，就跟我说一声。"她说好。我加快了骑车的速度，与此同时，我也留意着后面的反应。我的衣服后摆始终是掀起来的，能感受到风贴着皮肤走，有时候骑得急了，她的手指碰到背了，又立即闪开。我忽然很担心露出我的内裤，那样就真的很尴尬了。可是我顾不得这么多了，因为雨点开始打了下来。阴沉了一天后，暴雨要来了。

六

算我们幸运，到卫生所时，雨还没有下大，雷声倒是不断。我们把自行车停在大厅，跑到病房时，母亲和秋芳娘坐在长椅上纳鞋底。建桥拿手当扇子，气喘吁吁地喊道："热死咯，热死咯。"秋芳娘忙喝住："孽畜，细点儿声！"我们这才注意到病床上躺着正在挂水的香梅奶，人还没有醒过来。我看了一眼珍珍，她没有动，双手剪到后面，眼睛在病床那边掠了一下，又低下头去。母亲悄声说："昭昭，你这是么子回事？找个人找一天？！香梅奶急得都晕倒了。"我没有说话，心里又委屈又难过，眼泪不争气地涌了上来。珍珍瞥了我一眼，伸出手来，又缩了回去说："阿姨，怪我。"母亲起身把她拉过来，细细打量了一番，像是确认有无受伤："没得事就好。"建桥过来碰碰我说："你没得事吧？"我闷闷地说："莫碰我！"建桥偏过头看我的脸："你哭了？"我气恼地把他推开，转身跑出了房门，到了卫生所门口，倾盆而下的暴雨挡住了我。

携带雨气的风灌了进来，雨脚在水泥台阶上踩踏出一片脆响。路上没有带伞的行人，一路狂奔。路两旁的酱叶树在大风中如发了疯的人似的，树枝左右狂舞。我哭过了一阵，心情舒畅了很多，反倒生出一丝不好意来。我没有返回病房，靠在门框上。雨势减小，此时珍珍出来了。我侧过脸去，不想让她看到我哭过的样子。她停在离我半米远的地方，小声说："对不起。"我假装是撩头发，伸手抹了一下脸，确认她看不出来后才转头问："你外婆没事吧？"她"嗯"了一声："医生说今晚还要打几瓶吊针，等情况稳定了，就可以回家了。现在人还没醒……"正说着，母亲和建桥出来了。我又侧过脸去。建桥跑过来，对着我脸看："你哭了！"我说："死开！"建桥嘻嘻一笑说："你噢！我跟你妈说了，是她误会你了。"母亲过来了，看我一眼："你啊，真是经不住说。"说着看门外："雨下停了，赶紧回去。看样子，待会儿还有大雨。"建桥问："那你和我妈嘞？"母亲回："等香梅奶打完针，我们再回去。"珍珍也模模糊糊听懂了一些，说："我也要留下来。"母亲拍拍她的肩头："你跟他们回去。让你昭昭哥做饭吃，你们肯定一天都没吃么子。"

土豆。空心菜。还有两个洋葱，一个瓠子。我忙着洗菜、刨皮，建桥负责烧火煮饭。母亲说得没错，雨又一次下了起来，淅淅沥沥敲打窗棂。珍珍拿笤帚扫我剥下来的洋葱皮，我说："你就坐在那里玩好了。"她笑问："我玩什么？"见我噎住了，又是一笑，把笤帚归置一边，蹲下来剥起了大蒜。建桥平日话那么多的人，现在却安静地坐在灶台边，不断地往灶膛里塞麦草。我想他还是害羞了。火舔着锅底，棉花秆发出噼啪声，窗外雨水从瓦顶上倾泻而下。建桥突然说："漏水咯。"回头看，果然在灶台后头，雨水渗透下来，我忙拿盆接着。不一会儿，在灶屋右边的一处又漏水，我找桶接着；逐渐的，又有两三处漏水……珍珍笑出了声，连带建桥也笑了起来。叮。咣。哐。砰。不同的接水器具，与落水激发出不同的声音。叮。啱。喹。砰。叮。啱。喹。砰。等我们耳朵听熟了。前一秒，我说："叮。"立马某处发出"叮"声；说"砰"，一处"砰"回应我。建桥和珍珍都给吸引住了，他们紧盯着哪一颗水珠子要掉下时，立马抢着学，"啱！叮！砰！叮叮！"之前的拘谨一下子没有了，珍珍笑得大声时，拍起了手。

炒了三样菜，煮了一碗汤。米饭熟得正好。我把菜端到饭桌上，珍珍摆碗筷，建桥把盛好的饭端过来，"咿呀"一声："珍珍，你么……"他顿了一下，改成普通话说："你不是不吃我们这儿的饭菜吗？"珍珍把汤勺搁到碗里，脸微微一红说："那是跟我妈怄气，故意那样跟她对着干。"建桥把饭搁到桌上："原来你也这样啊，我也经常跟我妈斗气。"说着瞥了我一眼："你看今天，昭昭跟他妈怄气，都气哭了是不是？！"我拿起一双筷子打过去："你找死！"建桥躲开，跳到一边去说："你在女伢儿面前，能温柔点儿啵？"珍珍低下头，小声说："昭昭是被冤枉了，是我不好。"我忙说没事，瞪了建桥一眼。闹完后，我们三个人坐下来吃饭。真没想到珍珍饭量如此之大，连吃了三大碗米饭，还喝了一碗汤，我和建桥都吓到了。珍珍放下碗筷，打了一个饱嗝，见到我们惊讶的表情，她有些不好意思了："好几天没有好好吃饭了，真的饿死我了。以后我再也不吃方便面了！"

吃完饭后，珍珍抢着把碗筷锅瓢都给洗了。天也慢慢黑了下来，母亲和秋芳娘她们还没有回，看样子一时半会儿也回不了。我给她们预留了饭菜。珍珍走到灶屋门口，确认了一下雨势说："那我回去了。"建桥说："不要回去，我们一起玩啊！"我也说："你一个人在屋里，也无聊。还不如留在我家，等香梅奶回来了，再走也不迟。"珍珍想了想，说了一声好。我们到了堂屋，我和建桥坐在竹床上，珍珍找了竹椅，在另一边坐下。一开始大家都没有说话。外面雷声滚滚，间杂着闪电。雨鞭抽打着黑夜，闪电一次又一次炸亮整个屋子。停电了，建桥找来煤油灯点上，搁到条桌上。灯影幢幢，每一次闪电来时，都把我们三个的影子投射到墙上。再一次雷声炸响，珍珍吓得叫了一声。我说："你过来跟我们一起吧。"珍珍犹豫了一下，雷声再一次响起，她吓得一哆嗦，迅疾跑了过来，坐在我们旁边。我还能听到她急促的呼吸声。建桥说："老鼠都吓到咯。"果然，听得到老鼠在楼上的逃窜声。珍珍急忙打断："你别说了！我有点儿怕！"建桥不以为然地说："那怕什么呀，我们都在呢！"我瞪了建桥一眼："是么人被老鼠咬了一口，吓得尿湿裤子了？"建桥打了过来："你再说，我把你那些见不得人的事儿都给珍珍说！"珍珍立马接道："什么见不得人的事儿，我要知道。"建桥哈哈一笑："那说起来，一天一夜都不够。"

闪电逐渐没有了，雷声也小了下来，雨依旧下个不停。堂屋也是四处漏水，我们找盆子去接。盆子不够，建桥站在那里用手接:"哦,苍天啊,赐予我力量吧!"水从他手指间流下,"够了够了,苍天啊,你赐予得太多了!"我和珍珍笑得前仰后合。珍珍提议说:"要不我们读书吧!"建桥抗议道:"啊,好不容易放假了,还要看书啊!"珍珍说:"不,是真正地读出来。昭昭,你这里不是还有小说吗?我们去找一本来,轮流读。"见我和建桥面面相觑,珍珍起身说:"试一试嘛。"我去房间把那一堆书搬了过来,建桥提议读金庸的《射雕英雄传》,这是一本盗版书,字排得特别密特别小。我们都同意了。每个人读一章,先是珍珍,后是我,最后是建桥。堂屋太空旷,我们又一次到了灶屋,煤油灯搁在饭桌中央,轮到谁读,灯就往谁那边推一点儿。

珍珍一旦朗诵起来,就跟换了一个人似的。她表情严肃,吐字清晰,且带着拖腔,声响脆亮,让我想起在庆阳爷家里看电视时那正襟危坐的播音员。一开始建桥又是抓脚上的伤疤,又是抠鼻子,但后来跟我一样,沉浸到故事当中去,眼睛紧紧盯着珍珍。昏黄的灯光下,珍珍的脸深邃了很多,她的眼睛光亮有神,读完一句,略微顿一下,也不急着往下赶,我们也不敢催,生怕漏下一个字。窗外时有雷电,我们都已经不在乎了;雨水从窗户的缝隙渗透进来,我们也不在乎了。我们趴在桌子上,手都枕麻了,但又有什么关系呢?突然间,珍珍抬起头笑道:"好了,该你读了。"她目光投向我,我吓一跳说:"我……没你……读得好……"她把书递过来："你试试看嘛。"建桥"啊"了一下也说："珍珍，还是喜欢听你的！"我连忙附和道："对啊对啊，我们普通话都不标准。你接着读吧。"珍珍叹了一口气，把书收回来："好吧。那我继续。"我们高兴地鼓起掌来。

　　不知道过了多久，珍珍嗓子都读哑了。我让她歇息一下，明天再读。我们又一次到了堂屋，坐在竹床上。建桥还沉浸在故事当中，他突然推了我一下："我是郭靖，降龙十八掌！"我反推他一下："滚，我才是郭靖！"建桥忽然指向珍珍说："你是唯一的女孩，那你就是黄蓉了！"珍珍摇头："我不要做黄蓉……"建桥惊讶道："为什么？"珍珍不语。我忙拍建桥的头："你傻啊，郭靖跟黄蓉是一对儿。刚才你还抢着说自己是郭靖……"建桥"呀"了一声："我没想到嘛。"说着，像是为了化解尴尬似的，他跳下竹床，打开大门，湿润的风猛地灌进来，我骂道："你找死哦，平白无故开门做么子？"建桥立马关上门，操着不流利的普通话喊道："啊，我们的妈妈看来今夜回不来了。"他返回竹床，撇头看了一眼珍珍："你想你妈吗？"珍珍冷冷地回："不想。"建桥讶异地问："你妈妈很漂亮！人也很好。"珍珍转过身去说："不想不想，就是不想！"建桥继续追问："为什么呀？"珍珍说："把我一个人丢在这里，自己跑了，我凭什么要想？"建桥点头说是："要是我妈这样，我会恨死她的！……那你爸爸呢？"珍珍突然站起来："关你什么事！问那么多问题干什么?!"说着，她跑到灶屋去了。我和建桥都吓得不敢说话，也不敢过去。

屋里安静极了，似乎连风声、雨声、雷声都远去了，我们躺在竹床上，呼吸声极小。灶屋那头没有任何声响，我开始有点担心起来，推推建桥："你把人家惹恼了，你去看看情况。"建桥小声说："我不敢过去，她现在肯定生我的气，你去嘛。"来来回回推了半天，我们一起下了竹床，拿起煤油灯，往灶屋走。借着微弱的灯光，我们看到珍珍就坐在饭桌前，缩着身子。我胳膊肘碰碰建桥，建桥走向前去："嗯……珍珍……对不住……"珍珍没有说话，也没有动弹一下。建桥求助的眼神看向我，我只好也上前去："珍珍……"珍珍没有转身，手指在桌面上摩挲："我自己也不知道为什么突然就发起了脾气……"她扭头看了我们一眼，试着笑了一下，"我也不好意思过去找你们。"建桥松了一口气："我们也不好意思。"说着坐在珍珍对面，我把煤油灯放在桌子中央，自己也坐下来。

沉默了一会儿，珍珍慢慢说："老实讲，我爸爸现在有点儿麻烦事情，不知道躲到什么地方去了。我都好久没看到他了。我妈妈怕我有危险，就带我到外婆这边来。我不想来，我舍不得天津，那边有我的学校，我的同学，还有我的家。但是我妈妈非要我来。现在她自己却跑了……"建桥忙问："你知道她去哪儿了吗?"珍珍摇头："我问外婆，外婆说的话太难懂了，我听了好半天才弄明白她是说我妈到了一个地方后，自然会打电话给我。"我默算了一下："这已经有两三天了吧。"建桥眼睛一亮："她是不是去国外啦?"我和珍珍都懒得理他，他撇撇嘴说："她要是真不要你了怎么办? 我们谁也不知道她在哪里啊!"我狠拍了一下建桥："你这个乌鸦嘴!"珍珍愣了半晌，才说："那我就自己回天津。"建桥问："哪里来的钱?"珍珍手在空中挥打了一下："建桥! 你真的很烦人。"建桥吐吐舌头，拿手打自己的脸颊："我又说错话咯。"我翻了他一个白眼，对珍珍说："我们都想想办法好了。"

　　说话也说累了，也没有什么可玩了，实在是熬不住，我和建桥决定睡竹床，珍珍睡前厢房。母亲她们回到家，都已经是后半夜的事情了。第二天起来时，母亲已经做好了早饭，红薯粥，洋葱炒鸡蛋，清炒豆芽，我们三个吃得可香了。母亲另外备好了一份，去了香梅奶家。不一会儿，秋芳娘过来吃。我们这才知道母亲和秋芳娘轮流照顾，香梅奶人虽没事，但身体很虚弱，需要躺在床上静养。吃好饭后，秋芳娘嘱咐了几句就走了，我们三个，一个负责收拾饭桌，一个负责洗碗筷，一个负责扫地。诸事忙毕，出门一看，小雨霏霏，我们踩着泥泞的土路去到香梅奶家。母亲和秋芳娘坐在前厢房，继续纳她们的鞋底;香梅奶半躺在床上，脸色苍白，嘴唇发乌，手一直在发抖，床畔的小桌上搁着半碗未吃完的粥。珍珍过去喊了一声"外婆"，香梅奶有点儿意外，细细打量了她一番："你换下的衣裳在哪儿？留着我洗。"珍珍听完我的翻译，说："我自己洗。"母亲接话道："我已经洗咯。"香梅奶歉意地说："真是太麻烦你们咯。"秋芳娘笑："有么子麻烦，都是隔壁屋的！"香梅奶还想说话，没了力气，又一次闭上眼睛，似乎连呼吸都很困难。母亲看了我一眼："珍珍，能跟你们玩到一起咯？"见我点头，她接着说："你们去玩吧。这边我们照看就行咯。"

怕吵到香梅奶，我们又一次回来我家。建桥提议继续读《射雕英雄传》，这次换到我来读。一开始，我念得磕磕巴巴，建桥老抗议，珍珍阻拦他："读多了就没问题了。"她的话给了我信心，越读到后面，我感觉自己越沉浸其中，他们也一样。听的同时，手上也不能闲着，建桥把一小筐花生端上来，一粒粒剥着。建桥这个欠打的，剥剥吃吃，没少让我瞪，还是不收手。到了中午，我们一起开始做饭，建桥还是负责煮饭，珍珍负责洗菜择菜，我负责炒菜。做好后，送到香梅奶那边，她们都深感惊奇，连夸好吃。我们再次回来，轮到建桥来读。他好多字都不认识，读读就停下来问珍珍是什么字，珍珍总是耐心地回答。我说我也认得，但他一次也不问。除此之外，他读的效果其实不错，绘声绘色，眉飞色舞，每换一个角色，他就换一种腔调和语气。这点我和珍珍都好生佩服。

　　这样持续了两天，香梅奶总算恢复过来了，能下地慢慢走路。母亲和秋芳娘嘱咐我们好好照应，雨天过后，地里的农活有得忙了。天气再一次热起来，我们坐在香梅奶家的堂屋，吃着冰棍。香梅奶买给我们吃的，她自己却舍不得吃一口。我们接着读书，香梅奶坐在后门口摇着蒲扇，有人经过时，她会兴致高昂地喊一声："他们在念书嘞！几好听。"不过一旦有人好奇地探头进来，我们又都闭上嘴巴，相互瞪着不说话。非得等人走开，我们一下子笑开。到了做饭时间，我们也不让香梅奶动手，她就负责吃好喝好就行了。晚上，我们到我家阳台上，等着萤火虫飞上来，看银河横穿天际，数一粒一粒星子。玩累了，珍珍跟母亲睡在大床上，我和建桥还是睡竹床。母亲操着蹩脚的普通话，半开玩笑地问："珍珍，你要不要留在坑里哦？你看这里是不是蛮好？"珍珍顿了一下，说："我妈还没有打电话。"母亲摇着蒲扇，给她扇风："论理是该打电话过来了……我把庆阳家的电话抄给她了。"珍珍察觉到什么似的："我妈妈跟你说了什么吗？"母亲想了片刻，说："哎，大人的事情有时候很难说得清楚。"珍珍咬住话头："她究竟跟你说什么了？"母亲把她额头的刘海撩了一下，又摸摸她的脸说："还是等你妈自己跟你说比较好。"珍珍没有再追问下去了，躺了一会儿后下了床，趴在栏杆上，脚一下一下踢着水泥柱子。

七

钱的事情，始终梗在我心里。我手头有二十块钱，还是舅舅给我的压岁钱；建桥那边，一有点儿零花钱，就跑到镇上网吧花掉了，所以指望不上。趁着母亲白天出去干活的时间，我去她床上翻了一遍，枕头底下、被套里面、床板与床柱之间……都一无所获；我又去五斗柜，细细地找寻，只有七块两毛钱；又去衣橱里看，每一件衣服的口袋摸了一下，要么只有收据单，要么只有几枚硬币，正在我打算放弃时，从父亲的黑色大衣里摸出了三百块钱。这真是叫我又欣喜又害怕，有一瞬间我想把钱放回去，但我没有。是簇新的人民币，摸在手上硬铮铮的，我赶紧把翻乱的衣服整理一下，合上衣橱门，心跳得厉害。走到堂屋，阳光猛烈地拍过来，我有一点儿眩晕感。钱本来放在短裤口袋里，我担心汗濡湿了，又拿出来夹在一本书里，但建桥肯定会乱翻一通，最终我决定把钱放在我的书包里，这样就万无一失了。

他们还不来。我看了一眼建桥家，屋门紧闭；又瞥了一眼香梅奶家里，也是屋门紧闭。论理每天这个时候，他们都该到我家里集合。现在他们一并消失了。真是奇怪。我回到桌前，对着暑假作业，一个字都写不出。汗水顺着我的脸颊淌下，蝉鸣声如滚沸的开水倾泻，薄薄的短袖汗湿后紧贴背脊。一丝难以言说的妒忌感悄然升起：他们是不是一起玩去了？他们为什么不叫我？为什么要撇下我？……我又探头看了一下他们的屋门，还是没有开，像是两张沉默的嘴唇。我很想冲过去，撬开它们，可是我为什么要跑过去自讨没趣呢？我又气鼓鼓地坐下。我突然觉得自己很好笑：冒着被妈妈臭骂的风险，去拿，不对，是去偷三百块，他们，不，而珍珍，并不在乎。我很想立马把钱放回原处。但我没有动：我肯定是多想了，他们也许各自都有事情，等等看再说……打开风扇，凉风送来，过了几分钟，我心里渐渐平静了下来。

从窗口探进一枝白荷花，在我面前晃动，我伸手去抓，却抓了个空。一枝红荷花又探进来，与此同时窗外传来扑哧扑哧的笑声。我猫着身子，悄悄出了前厢房，穿过堂屋，跑到外面一看，果然是建桥和珍珍两个缩在窗户下，两人手上一人一枝荷花。见我站在面前，他们都吓一跳，同时又相互看对方一眼，笑得更大声。我的心像是猛地被手揪住。他们叫着昭昭。我不理，转身进去，锁上房门，关上窗户，拉上窗帘，扑在床上，拿枕头盖住脑袋。真是莫名其妙，我骂着自己。无来由的气恨，还有眼泪。那种被抛弃的感受，久久不去。他们先是敲窗户，后来又敲门。昭昭。你生气了？昭昭。你怎么了？昭昭。我带珍珍去学校上厕所去了，看你写作业，就没喊你。昭昭。你开开门好吗？枕头下又闷又热，我一把掀开，坐了起来。阳光从窗帘一条细缝中切了进来，斜劈到墙上。房间里幽暗如井，风扇摇摆着小小的头，拖曳一抹热风。我怎么会这样呢？我自己也不懂。好久好久，外面没了声音。他们都走了吗？我先是悄悄走到门旁，外面没有动静，这才一点点打开门，透过缝隙，堂屋里空荡荡的。他们真的不在了，我心里一下子空落落的。回头一看，两枝荷花插在门把手上。

我又把自己锁在房里。我不要去找他们。我也不要管他们去做什么。但我耳朵里随时都在捕捉脚步声。也许他们还会来找我？荷花的清香，是我非常爱闻的。建桥一直都知道我最喜欢的就是荷花，这两枝肯定是送给我的。一阵懊恼又涌了上来。那珍珍呢？她现在跟建桥这么亲近了吗？我怎么一点儿都没有察觉出来……昭昭。昭昭。我从沉闷的睡梦中挣扎着醒来。昭昭！有人在大声叫我。我心里一阵雀跃，连忙下床开门，一看是母亲。"你把自家锁在房里做么事啊？"母亲打量了我一番，我颓丧地说："不做么事。困醒。"母亲又问："你粥为么子还没煮？"我这才彻底清醒，每天这个时候我应该把中午的粥熬好才是，可是今天我完全忘记了。我忙说现在就去煮，母亲摇摇头："不用了。我已经煮上了。"我羞愧地不敢看她。来到灶屋，母亲坐在灶前，我坐在台阶上剥大蒜。母亲问："那两个嘞？"我没好气地说："不晓得！"母亲这才注意到我的不愉快，小心地问："你们闹矛盾了？"我哑着声回："没有。"母亲没有再说话了。

午休时间，前门后门敞开，等一阵好风吹过。母亲拿小板凳坐在前门补我的球鞋，而我百无聊赖地瘫在竹床上。秋芳娘声音传来："昭昭，你没去哦？"我撑起上半身问："去哪儿？"秋芳娘拿着蒲扇坐在母亲旁边："建桥说要到秋红那里玩，珍珍也去了……没叫你？"我忙说："我晓得……天太热咯，我不想去。"秋芳娘说好，就跟母亲说悄悄话去了。我又一次躺下来，一阵刺痛感久久不去。我不要再见到他们了。我暗暗发誓。他们干什么，跟我也没有任何关系。他们爱干吗干吗。竹床粘湿，风也不来，我起身说了一句："我去楼上了。"我也不管母亲如何回应，一口气上到二楼，趴在竹床上。眼泪又一次不争气地涌出来。我真是讨厌自己。讨厌死了！母亲在楼下问："昭昭，吃冰棍啵？"我没敢回应，我怕自己的声音会泄露自己的秘密。母亲又问了一遍，我还是张不开口。她很快就上来了，我侧着身子背着她。她问："你是为么子心情不好？午饭忘做，我也没怪你啊。"我说："跟你没得关系。"母亲又问："那你是怄么子气？"我烦躁地挥了一下手："你下去哎！让我一个人待着。"母亲的下楼声远了，卖冰棍儿的叫卖声远了，一切都离我远去。我像是一条被海浪拍打在岸上的鱼，徒劳地在热浪中甩动尾巴。

再次下楼时，母亲已经走了。我站在稻场上，放眼望去，大家都出了门，屋门紧锁。我往长江大堤上走去，两侧地面的棉花都被太阳晒得发蔫，水港的草丛中趴着一只小龙虾，要是建桥在的话，肯定跑去抓了。远处的瓜棚，有方爷躺在席子上，耳边搁着收音机，黄梅戏的曲调随风颤悠悠地飘过来。爬上大堤，进到防汛棚，夏安哥、云方爷，跟着隔壁垸的两个人坐在竹床上打牌。我看了一会儿牌，觉得好无聊，棚外的水泥坝面在阳光照耀下白得晃眼。防护林间，毛孩、建斌在涨上来的江水里嬉戏打闹，他们叫我下水，我水性不是很好，就拒绝了。两个多小时过去，夏安哥赢了八十多块钱，大家都嚷嚷着不打了。毛孩穿着裤衩站在棚口，指着左边的方向说："那是建桥吧？"站他旁边的建斌眯着眼睛看了一会儿说："是他哎！后面还带了个女的！"话音刚落，我和那些打牌的都凑到门口去看：建桥骑着他大姐贵红给他新买的自行车，正稳健地往我们这边骑过来；珍珍斜背一个白色布包，侧坐在后车座上，手揪住建桥衣服的一角。离我们这边还有几十米远的地方，自行车停下，珍珍跳了下来。建桥跟她说着什么话，她摇摇头。

等建桥推车走近，夏安哥"咿呀"一声："建桥，这是你对象？"大家哄地一笑。建桥斜瞥了一眼走在一旁的珍珍，红着脸说："莫瞎说！这是香梅奶的外孙女。"夏安哥啧啧嘴："那几好哩！前后屋，都不消跑动的。"珍珍警惕地扫了一眼大家，在我身上顿了一下，最后停在建桥脸上："他们在说什么?"建桥不好意思地说:"别管他们!他们好无聊。"云方爷招招手说:"脸都晒红了,进来歇一会儿。"建桥看样子并不想进去,但架不住毛孩和建斌的起哄,只好把自行车停在棚外。珍珍跟着进来时,刚才还在说笑的大家,一下子都有些拘谨。建桥找了个椅子让珍珍坐下,又看了我一眼:"昭昭,你么在这里?"我顶了一句:"我为么子不能在这里?"建桥愣了一下,珍珍在后面说:"昭昭,他想叫你一起去的,是我说你在做作业,不能打扰你。"我扭头不看他们:"你们去哪里跟我有什么关系?"等了片刻,建桥过来碰碰我:"你莫生气噻。"我躲开:"我哪里生气咯?"建桥嘻嘻一笑,拿过珍珍递过来的布包,掏出一本书来:"珍珍在新华书店挑的,估计你会喜欢。"我硬着脖子不去看:"我不看。"建桥把书举在我眼前,是青少年版的《西游记》:"晚上可以读这本。"我头扭到哪里,书就跟到哪里。我手挥打过去:"烦死你了!"建桥把书塞到我手里,跑开了。

毛孩、建斌拉建桥下水玩,建桥忸怩了半天,不肯脱掉上衣。坐在一旁抽烟的夏安哥笑道:"在女伢儿面前,怕丑!"建桥大声喊:"你瞎说!"夏安哥说:"那你脱啊。"建桥坐在竹床上没动,毛孩过来,把他上衣掀起来,建桥慌忙把衣服往下拉:"你找死!"珍珍坐在椅子上,没有看他这边,像是跟她完全没有关系。建桥终究拗不过毛孩和建斌,还是去下水了,走之前把上衣塞到我手里,悄声说:"兜里有东西，你莫弄掉了。"也不管我答不答应，就跑开了。夏安哥他们又开始打牌了，注意力不再放在珍珍身上。我挪过去坐在珍珍后面，她回头看了我一眼，我扬了扬书，她点头一笑，又看向前方。建桥在江水中娴熟地游动，毛孩和建斌躲在后面要扒他内裤，他飞快地游出好远。珍珍的眼睛一直在跟着建桥，身子微抖，感觉是在不出声地笑。我本来想跟她说话的，此时也没有了兴致。

她后脖颈汗津津的，散发凌乱，耳垂肉肉的，太阳穴上方的头发有一只草莓发夹。她端正的坐姿里蕴含着一股劲儿，不像我们这样松垮，始终是紧绷着的，让我依稀看到了彩霞姑的身影。与婶娘们说话时，彩霞姑嘴里笑着说着，可是气质是飘在高处的，从未与大家贴近。"你在看什么？"她突然回头问我，我不由得往后仰："在想事情。"珍珍调整了椅子的方向，正对着我。我有点儿不安地往左右看。"你今天是不是不高兴？"珍珍问我时，眼睛一直盯牢我，见我没有说话，她抿嘴想了片刻说："今天建桥是去帮我忙了。"我问什么忙，她指了一下我手上建桥的上衣："你掏出来看看。"我伸手去口袋里摸了一下，是两百块："这钱哪里来的？"珍珍侧脸瞥了一眼江面："是他向秋红姐借的。"我讶异地问："是你让他借的吗？"珍珍点头："我会还的。"我差点儿说出我今天偷钱的事情，但我忍住了。刺痛感又涌上来，同时，还有害怕。她的眼神里，有盘算，有比较，还有一种……大人的世故？我不知道是不是自己反应过度，心里很乱，顿了半晌，我脱口问了一句："你这么想回去吗？"她惊讶地睁大眼睛，像是看陌生人似的看我说："我家不在这儿啊。"我笑了一声："我都快忘了。"珍珍继续看我："你想说什么？"我起身往棚外走："回家挺好的。"珍珍追问："这不是你想说的吧？"我没有再回应她，一个人闷闷地回到家后，趁母亲不在，赶紧把三百块钱放回了原处。

夜里，珍珍还是像往常一样，过来跟着母亲睡，香梅奶家太闷热了，蚊子也多，咬得她全身都是包。母亲拿花露水给她擦拭，我说我身上也有蚊子咬的包，母亲说："自家擦！"建桥在旁边嗤嗤笑："你是个老米壳，不得人爱咯！"可是建桥自己也没好多少，秋芳娘上阳台来，给珍珍梳头发扎辫子，建桥也要梳头，被秋芳娘一顿好骂："梳你个头壳！你那几根稀朗头毛，有么子梳的?!"坐在床上，建桥捏着嗓子学我母亲的声音说："昭昭呀，来来来，我给你擦包包！哦哟，这么多呀！妈妈好疼你哟！"我骂他神经病，他又换学他母亲的声音："昭昭呀，你也来给我梳毛毛。我呀，毛毛虽然少，但你也要一根一根给我梳！"大家都笑开了。秋芳娘要下床打他，建桥跳到一边说："哎哟，我儿可怜哩！妈妈不疼爸爸不爱，我是个可怜的孤儿啊！"等闹够了，母亲、秋芳娘和珍珍在大床上睡下了。建桥和我也在竹床上躺平。想着白天的事情，我一直睡不着，不停地翻身。建桥悄声问："你做么事鬼？"我说我想屙尿，建桥说他也想。我们一起下了楼，走到角落里撒尿。撒完后，我想上楼，建桥拉住我："借钱的事情，珍珍跟你说了吧？"见我"嗯"了一声，他悄声说："明天趁大人不在，我们去街上给珍珍买车票。"我问："你们两个商量好咯？"建桥看我的脸色，谨慎地说："现在不是找你商量嘛？"我不置可否，往楼上去。建桥在后面追着小声问："你去不去？"我说："明天再说。"

八

长江大堤到了橘园，拐了一个弯。站在这个弯口望过去，没有防护林的遮挡，视野非常开阔。江水浑浊浩荡，向东逶迤而去。对岸的丘陵和群山呈青黛色，清晰地镶嵌在碧空的边缘。建桥指着对岸的一排建筑说："我姐就在那里开店，我爸帮她照看。"我说："贵红姐的孩子应该会走路了吧？"建桥兴奋地说："是啊，石亮儿可爱哩！明年肯定会叫我舅舅咯。"珍珍没有插话，她深呼吸，叹了一口气。我问她怎么了。她说："看到江水，心里怪惆怅的。"建桥探头问："你惆怅什么？"珍珍伸手从右划到左："你看这江水，一个劲儿地往东流，流啊流，谁也拦不住，流了不知道有多远，终于流到大海里去了，海多大啊，那江水就消失在海水里了，永远也找不见了……"建桥笑起来："你想得好远。"珍珍瞪了他一眼："你不是还要到月球上去吗，那不是更远？"建桥点头说："我还想去火星呢！那不是一回事儿。你是真要走了。"珍珍顿了一下，像是在自言自语："也不知道走不走得成。"

过了一会儿，建桥忽然笑了一声："走不成也挺好啊。"说时瞥了我一眼，珍珍也顺着瞥了我一眼："迟早要走的……你们以后还不是要离开这里。"建桥看着江水发了一会儿呆："离开这里，去哪儿呢？"说着，他撞撞我："昭昭，你想过要去哪里？"我也一时茫然："北京？我不知道。感觉还有很久很久。"珍珍摇头说："哪里久？再过五年，考了大学，不就出去了？都是要走的。"话一说完，我们一时间都沉默下来。江中心的一条驳船，几乎静止似的停在那里。过了一会儿，珍珍把目光投向我："你在想什么呢？"我还没说话，建桥就抢道："昭昭就是这样，时不时魂儿就飘远了，你都不知道他在想什么。"

休息够了，我们继续往前骑，而且要快。母亲他们早上一出门，我们就推车出来了。必须赶到她们中午回来之前，就把车票买好，否则事情败露，我们都没有好果子吃。车票就买三天后的，这几天正好可以悄悄准备一下。出门前，我又偷偷拿上那三百块，但没有告诉他们。又一次经过刘家铺小学，上次珍珍在这里上过厕所，我想提醒她一下，但建桥在，我没有说话。珍珍骑着建桥的车，而建桥骑着我的车带着我，待会儿换我带他。本来我们想珍珍坐我们的车就好，她坚持要自己骑，我们只好作罢。珍珍骑车，脚需要努力探着，才能够到脚踏板。但她骑车的姿势非常笃定，连头都不回。建桥在后面气喘吁吁跟得好辛苦，后来实在跟不上，速度就慢了下来。我咕哝了一句："有个成语说的几好。"建桥问是什么，我说："归心似箭。"建桥笑出声："还真是！我骑马估计都追不上她！"又骑了一段路，我问建桥："她要是走了，你会想她啵？"建桥没有立即回答，反问了我一句："你呢？"我想了一下："你觉得她会在乎我们吗？"建桥扭头奇怪地扫了我一眼："你在想么子哦？我们不是玩得很好嘛。"我打了一下建桥的腰间："你是真不懂？"建桥说："我是真不懂。你脑子里的奇怪想法哦，我经常搞不懂。"

又一次到了客运站，我们把车子停好，进到大厅。售票窗口只有六个人在排队。建桥把两百块递给珍珍："三天后的票，肯定是有的。"珍珍接过钱后，排队去了。而我的三百块钱，我想着待会儿再给她，毕竟到了武汉后，她还得买火车票。我和建桥等在原地无聊，正准备找个长椅坐下，珍珍又转回来了。我们问她为什么不买票了，珍珍露出茫然的神情："我想了想，不知道要去哪里。"建桥问："不是回天津吗？"珍珍低下头说："我也不知道我妈妈现在在不在天津。"建桥又问："那你爸呢？"珍珍摇头："不知道他躲到哪里去了。我妈找了他很久，还有很多人在找我爸。"建桥梗住了，我接着问："你有爷爷奶奶吧？"珍珍点头说："他们在黑龙江，我只去过一次他们那里，也在乡下。我没有他们的联系方式。"建桥挠挠头："那现在怎么办？"我扫了一眼大厅，在左边小卖铺那里有计费电话："珍珍，你先往家里打个电话试试看。"

珍珍先打了天津家里的座机，响了很久，没有人接；又往她爸爸的公司打电话，还是没有人接；想了想，她又往她妈妈的好朋友那里打电话，电话通了，那头说好久没有她妈妈的消息了……电话放下后，珍珍手久久贴在话筒上。建桥说："要不我们先回去吧。"珍珍说等等，又尝试拨打了几个电话号码，要么没有人接，要么有人接了，也不知道她爸爸妈妈的下落。我们走到车前广场上，珍珍往东头走，建桥忙说："走错了，车子在西头。"珍珍又往西头走，她急急地往前奔着，我们加快步伐跟上。"珍珍，走过了！车子就在这里。"建桥又喊，珍珍停住了，没有动。我小心地走过去喊了她一声，她突然说："你们别过来。"我退了回去，跟建桥并排站在离她两三米远的地方。她除了全身紧绷、肩头微微抖动之外，几乎是像雕塑一般木立在那里。过了几分钟后，她转身过来，脸上看不出有什么表情，看到我们还在，淡淡地说了一声："我们回去吧。"

到了垸里后，时间尚早，大人们都还没有回来。我提议说继续读《射雕英雄传》，珍珍说："你们读吧，我有点儿不舒服，先回去休息一下。"我们问她哪里不舒服，珍珍语气透露出烦躁来："你们别管了。我休息好了，再来找你们。"也不等我们回话，她径直回到香梅奶家里，关上大门之前又冲我们喊了一声："我会找你们的。在这之前，你们别过来。"我们"好"还没说完，大门已经关上了。我和建桥先是在我家的竹床上躺着，相互之间也懒得说话；后来一看到了时间，我和建桥都去自家灶屋熬粥。我再次把钱放回原处。中午照例是喝完粥，秋芳娘到我家乘凉，和母亲闲聊；建桥跟我在房间做作业。她们问起珍珍，我们就说不知道。到了下午大人去地里，建桥和我又一次去了防汛棚玩。夏安哥问建桥："你女朋友嘞?"建桥没理会，脱了上衣就去游泳了。我坐在棚里心不在焉地看大家打牌。一晃到了下午，我和建桥又回去做了晚饭。大家把饭桌搬到稻场上，母亲和秋芳娘端着碗相互串着吃，我和建桥都不动，饭也都只吃了一点。

香梅奶慢慢地走过来，母亲问她吃没吃饭，她说："没得胃口，冷开水泡米饭，就打发略。"母亲让我赶紧去盛饭给她，她连连摇手："不消的，我吃不下。"说着在我们桌边坐下。秋芳娘远远地问："珍珍也跟着吃?"香梅奶看了我一眼："细姐儿今天不晓得搞么子鬼，一直瘫在床上。中时饭不吃，说不饿；刚才我要做饭，问她吃么子，她又说不饿，我就懒得做饭了。"母亲问："是不是中暑了?"香梅奶摇摇头："我摸了她额头，是正常的。"母亲也看了我一眼："珍珍今天没找你玩?"我偷眼望了一下建桥那边，他埋头不知道在做什么："没有。她可能是心情不好吧。"母亲狐疑地打量我："你是不是欺负人家了?"我声音大了起来："我没有!"母亲咕哝了一声："没有就没有，喊这么大声做么事?"说着把碗筷放下说："我去看看她……唯愿没得么子事。"香梅奶也起身，颤巍巍地跟在母亲后头。

母亲再回来时，秋芳娘过来问情况。母亲说："鬼女子，把房门锁了。我们说了半天，她也不回应。"秋芳娘把目光落在我身上："昭昭，你去看看?"我犹豫了一下，说："你们莫管她。"母亲问："为么子?"我起身，躲开她的目光，"她自家会好的。"到了晚上，母亲和秋芳娘在大床上躺着，建桥没有来，我在竹床上剪指甲。母亲突然起身下床，秋芳娘问她怎么了，她说："我还是放心不下。珍珍这一天不吃不喝的，想起来不是个事儿。"秋芳娘随即也下了床，跟她一起去。不出所料，过不了一会儿，她们又都回来了。珍珍依旧不肯开门。母亲坐在床畔，跟秋芳娘说："你要不叫建桥过来一下？"秋芳娘说好，走到阳台栏杆边，一连声喊建桥过来。等建桥磨蹭着上来，和我并排坐在竹床上了，母亲才严肃地问话："你们是不是有么子事瞒着我们？"我立马说没有，建桥没有说话。母亲迅疾把目标集中在建桥身上："珍珍这样不吃不喝会出人命的，我必须说清楚……建桥，你说一下你们三人出了么子事？"建桥求救似的瞥了我一眼，我不敢看他，他只好低下头，默然了半晌，才说："珍珍回不去了。"

在母亲的连连追问下，建桥断断续续地把今天的事情说了个大概。秋芳娘拿蒲扇敲了一下建桥的头："你哦，尽做傻事！"建桥捂着头："我们只想帮她回家。"母亲说："这里就是她的家。她还要去哪里？"我被母亲语气中的漠然激怒了："这里哪里是她家，她妈妈，她爸爸，都不在这里！"母亲冷冷地横了我一眼："你晓得个么事？大人的事情，说了你也不懂！"我回了过去："我们不是细伢儿了！她爸妈这样不管她，你说她伤不伤心？"母亲和秋芳娘对视了一下，眼神垂落下来。建桥试探着问："花娘，你们有她妈妈的联系方式啵？"母亲搓搓手："有一个，她临走之前，特意写下来的，说要是出么子事就打那个电话。也不晓得能不能联系上。"建桥兴奋地说："那赶紧打电话联系一下嘛。"而我还在一股怒气之中："什么妈妈啊，自己偷偷跑了不说，连个电话都不晓得打回来……"母亲打断了我的话："你晓得么事?！她妈处境几不好，她也是没得办法。"

我起身走开，走到阳台栏杆处生闷气。往香梅奶屋那头看，有一粒灯光，在灶屋亮着。一想到香梅奶也许正在想着法子做点什么给珍珍吃，心里一阵疼，同时又觉得珍珍太过任性。但她不能任性吗？我反问自己。她此刻躺在床上，在想些什么呢？她连个想骂的人都找不到，不是吗？她能想出什么法子来呢？……她想不到，我也想不到。母亲和秋芳娘下楼去找那张写有电话号码的纸条去了，建桥站到我旁边来。有一阵子，我们都没有说话。夜风吹来，江堤上偶尔车辆驶过，不知哪里的狗吠声响起，勾得建桥家的花花也跟着叫起来。建桥嘘了一口气："真不晓得我们做得对不对哦？"我趴在栏杆上，颓然地说："我也不晓得。"母亲在楼下喊我们，等我们下来到了堂屋，母亲手拿一张纸条说："我们去你庆阳爷家里打电话，你和建桥去劝劝珍珍。"秋芳娘插了一嘴："实在不行，把房门撬开都行。任凭她那样，非得使点儿蛮劲。"

母亲和秋芳娘沿着大路走远后，建桥问："我们真要去？珍珍既然都说了……"我推了一下建桥的背："不管咯。都这么久了，不能再让她这样下去了……香梅奶受不了了。"我们斜穿大路，到了香梅奶家。从灶屋那头传来咕噜咕噜的烧水声，探头望去，一盏煤油灯搁在灶台边，香梅奶坐在椅子上，人小小的，驼着背，两只手握在一起，搭在细瘦的大腿上。我叫了一声，她颤颤地起身："难为你和建桥了。"说着想要过来，我忙说不用，她又颤颤地坐下，手和脸控制不住地摇摆。建桥先跑到后厢房敲门："珍珍。"里面没有回应，建桥又趴在门缝窥探："珍珍哦，我妈和昭昭妈去联系你妈咯，你要不起来等你妈电话？"还是没有回应。我又上前说了半天，还是一样的结果。我们搬了一条凳子在门口坐下，你一言我一语地说个不停，不管珍珍回不回应。香梅奶端来两杯水给我们，一喝，还是放了白糖的。看着我们喝完后，香梅奶看看我，又看看建桥，微微一笑："真是想不到，你们都长这么大咯。当年我抱在手上，一边一个，小得跟细猴似的。"说着又看了一眼房门："珍珍生的时候，她妈都没告诉我。我当时是不同意这门亲事的，她妈跟我怄气，到了珍珍三四岁的时候，我才晓得。哎哟，现在闹成这个样子，她妈就是不听我当初的劝……"我们还想再听，香梅奶像是才意识到似的说："我跟你们说这些做么子……"建桥央求道："你说噻！我们想晓得。"香梅奶刮了一下建桥的脸："你噢！大人的事儿，哪里说得清楚。你好好念书就是咯。"

月光照了进来，起初只是在大门口亮了一小块，渐渐地往堂屋里探进来。香梅奶又送来炒熟的花生，又问我们喝不喝水，我们劝她早点儿歇息。她说好，端了一把椅子坐在大门口，月光随即像是轻柔的纱披在她身上。建桥打手电筒，我念《射雕英雄传》。建桥故意很大声地说："黄蓉真是聪明！你说是不是，昭昭？"我大声地回应说是啊。洪七公吃得好香。是啊，好香好香。降龙十八掌跟九阴白骨爪，哪个更厉害？各有各的厉害吧……我念完了一章，换成我打手电筒，建桥接着念。香梅奶忽然起身，对着门外问："么样了？"母亲和秋芳娘出现在门口，母亲往堂屋里看了一眼，用蹩脚的普通话故意大声地说："彩霞说明天晚上打电话回，让我们等着。"香梅奶问："真的啊？"秋芳娘向她使了一个眼色，同时也操着普通话回："真的真的！彩霞说要好好跟珍珍说说话。"建桥立马敲房门说："珍珍，你听到没有？你赶紧起来！"

我们同时安静了下来，屏息等待。不一会儿，建桥兴奋地说："听到响了！"很快房门就打开了，珍珍头发蓬乱，嘴唇上起泡，脸色也苍白，走了两步，身子一软，我忙去扶住。母亲和秋芳娘赶了进来，把她搀到竹床上，香梅奶端水过来给她喝。缓了一下，珍珍盯向母亲："真的联系上她了？"见母亲说是，又问："她为什么今晚不跟我说话？"母亲愣了一下，秋芳娘忙回答道："今晚她有点儿事情，明天准备好了跟你通电话。"珍珍一脸怀疑地看着我们。母亲问："你饿不饿？我屋里还有吃的。"珍珍摇头："有点儿想吐。"母亲摸摸她的头，又捏了一下她身上的衣服说："先洗个澡，再好好吃个饭，好不好？"珍珍虚弱地没有回话。母亲也不等她回应，招呼我和建桥赶紧回家做饭；香梅奶这边水是开的，正好可以洗澡；秋芳娘回家里去拿香皂和洗头液。等洗好了澡，勉强吃了一点儿饭后，母亲和秋芳娘带珍珍到我家阳台上睡觉。我和建桥被赶到楼下睡了。

早上，珍珍在我家吃的早餐，母亲下了一碗肉丝面，还煎了一个荷包蛋。我也想要，母亲没理我。珍珍要把荷包蛋给我，母亲说："你吃你吃，他就是馋嘴！"珍珍冲我笑了一下。母亲给她梳了头发，扎了两条小辫，人显得格外清爽，身上穿的玫红色泡泡袖连衣裙，是秋红过去的旧衣服。秋芳娘不一会儿来了，站在灶屋门口等着，母亲说："昭昭，你待会儿把碗洗了，跟珍珍好好念书。晓得啵?！"我怄她气，没理会。母亲匆匆解下围裙，去到外面跟秋芳娘低声说了几句，就一起往大路上走了。珍珍把荷包蛋搁到我碗里说："你吃吧，我不爱吃。"我又把蛋夹回去："我是开玩笑的。"珍珍又要夹过来时，我们身后有了笑声："你们这样有完没完?"不用回头，就知道是建桥。珍珍把蛋伸向建桥："你吃。"建桥走过来，靠在一边墙上："我不吃，你是给昭昭的。"珍珍有些犯难了，筷子停在半空中。我白了建桥一眼："珍珍，别理他。你赶紧吃了，要凉了。"

母亲回来后，嘱咐了我两句，就扛着锄头跟秋芳娘下地去了，眼睛始终没有往珍珍那边看。我们三个本来要一起读书的，建桥说话老是阴阳怪气，珍珍兴致也不高，目光漂移不定。好不容易熬到了中午，吃过午饭，母亲和秋芳娘又聚在一起说了几句悄悄话，不一会儿，跟早上一样出了门。建桥站在灶屋门口看她们走远，回头跟我们说："你不觉得她们今天怪怪的么？"珍珍问怪在哪里，建桥说："她们好像要办什么事情。"我因为生建桥上午的气，没有理他，心里同样觉得奇怪。到了下午，珍珍明显坐立不安，她在堂屋里坐不住，一会儿到后门口靠着，一会儿蹲在前门口，一会儿跑到二楼，还不准我们跟着。脾气也大，建桥说了句什么话，她就发火让他闭嘴。建桥沮丧地躺在竹床上，过了两个小时，珍珍过来道歉，建桥翻过身背对着她。我忍不住说："珍珍，很快就到晚上了。你不要急嘛。"珍珍说："我急什么？！"我被噎住了，没有再说话。珍珍又一次转身上了二楼。

好不容易熬到了天黑，香梅奶来叫珍珍回家吃晚饭，珍珍说不饿。母亲说："你先跟你家婆回去，电话来了我去叫你。"珍珍坐在竹床上不动："谁说我在等电话？"母亲愣了一下，柔声说："好，你先回去好歹吃一点儿。"珍珍没奈何，起身跟香梅奶回去了。几分钟后，秋芳娘一站到灶屋门口，母亲二话不说，就跟着她走了。建桥随即过来，看了我一眼，不用说话，就知道我们有共同的疑惑。我们搬了个长凳，坐在稻场上，各家各户灶屋都亮着灯，吃完饭的人们拿着蒲扇坐在了家门口。蝙蝠在天上飞，远处竹林有几个小孩在追逐打闹，月光又一次洒了下来。珍珍过来了，我们让出长凳的一截，她坐了下来，还没问话，建桥就说："她们出去了，还没回。"珍珍说："我又没等她们。"建桥笑了一声："好，那就不急了。"珍珍起身："我急什么？"我捅了一下建桥，让珍珍坐下："别理他！"珍珍再次坐下。建桥哼了一句："月亮在白莲花般的云朵里穿行——"我说："跑调跑到江头镇了！"建桥不理，继续哼："晚风吹来一阵阵快乐的歌声……"我也跟着哼了起来，因为忘了歌词，只能哼哼曲调。建桥笑了起来："可惜没有妈妈讲那过去的事情。"说时，看看珍珍，珍珍一直沉默不语。

大概过了一刻钟，母亲和秋芳娘回来了。我们三个一起站起来，母亲把目光投向珍珍，歉意地笑笑："珍珍，你妈明天一定会打电话回来的。今天她有些事情……"珍珍打断道："我妈妈是不是根本就没有接过电话？"母亲跟秋芳娘对视了一眼，没有回答。秋芳娘过来把手放在珍珍肩头："接过接过……明天肯定打。"珍珍坐下来："我知道了。"秋芳娘还要说什么，珍珍说："不用再说了，我没事。"母亲把秋芳娘拉到一旁，悄声说了几句，又转向珍珍说："是有个你妈的电话号码，我们从昨天到今天一直都在打，电话是通咯，只是没得人接。"说着，示意我翻译一下，珍珍显然是听懂了，一连点头："我知道了。"珍珍的反应出乎意料，母亲有点担忧地问："你要是难过就哭出来，我们也不该骗你。"珍珍说："我不难过，也不想哭。我已经想到了。"大家去到了阳台上，一切如旧。珍珍真的如她所说，一切都正常，该说话说话，该笑时笑，该打建桥时打建桥。我远远地打量她，她有些时候在发愣，但其他人一旦跟她说话，她立马调整了回来。我有些摸不透她了。

九

　　母亲从陈小武那里买了半斤猪肉回来，剁成肉馅，虾米泡发，又让我准备了姜末葱花，洗净切好韭菜；秋芳娘在一旁揉面团，没有擀面杖，拿酒精瓶擀好面皮，等到母亲这边馅料弄好，两人开始包起了饺子。我问她们是什么日子，毕竟饺子一年都吃不到几回。秋芳娘笑道："亏你天天跟珍珍玩，连她生日都不晓得。"三鲜饺子包好，建桥跑去叫珍珍和香梅奶过来吃。母亲还炖了一条鱼，炒了几盘肉菜，看得我直妒忌——毕竟我自己的生日，母亲都没有这么丰盛地准备过。香梅奶一再说麻烦母亲了，珍珍坐在我旁边，也显得很拘谨。饺子出锅了，母亲特别把最多的一碗给了珍珍，"也不晓得是不是你们北方的口味。"珍珍现在已经渐渐能听懂一些我们的土话了，她吃了一口，"嗯"了一声："很好吃。"母亲松了一口气，又招呼我起来，帮她去端菜。趁着只有两个人时，母亲给我二十块钱："你们一起玩的时候，多买点儿零食。"我深感意外，毕竟母亲特别讨厌我吃零食的。母亲好像看到我的疑惑似的，说："你没注意到？珍珍最近瘦了好多，脸都尖了。"我的确留意到了。香梅奶说起这十来天，珍珍都吃得很少，一碗饭能吃完一半就不错了。

　　我拿这二十块，买了方便面、辣条，还有小圆面包。我故意把这些零食放到竹床上，建桥吃得最多，珍珍几乎没有拿。《射雕英雄传》我们读完了，换了《西游记》来读。读书也多是我和建桥在读，轮到她时，她声音小得几乎听不见。跟她说话，她总是慢半拍才反应过来。建桥忍不住问："珍珍，你在想什么？"珍珍发愣，建桥又问了一遍后，她疑惑地看着建桥："什么？……哦，没想什么。"建桥尝试做了几个鬼脸，我夸张地笑起来，偷眼看珍珍，她也毫无反应。我们的兴致逐渐低落了下来。晚上照旧在阳台上睡，建桥跟我说起开学可能要住校的事情，他不想住，我也不想住。母亲和秋芳娘，一边一个，把珍珍夹在中间，正说着话，楼下有人喊："花姐！花姐！"母亲立马起身回应："来咯来咯。"她下床走到栏杆那里往下看："庆阳啊，么子事？"那人说了一番话后，母亲连说好。等那人走后，秋芳娘说："是彩霞电话？"母亲点头，说："彩霞说半个小时后再打过来，让珍珍和香梅奶都去接电话。"秋芳娘笑道："到了生日，终于记起来有个女儿咯。"

建桥被派去叫香梅奶。珍珍坐在那里，母亲让她准备一下，珍珍说："我不去。"母亲惊讶地问为什么，她没有解释，躺了下去。秋芳娘跟母亲对视一眼，用普通话说："珍珍，你妈肯定是打电话过来祝你生日快乐的。你要不去，她会难过的。"珍珍不吭声。五分钟过去了，秋芳娘和母亲一直在劝，珍珍就是不动。香梅奶被建桥搀扶上来，大口喘着气。建桥说："珍珍，你外婆在楼下等你好久了！"香梅奶坐在珍珍边上，手摸摸她的脚："细姐儿哎，去一趟吧。你就是对她有气，也可以在电话里骂她嘛。"建桥转述了一下话后，珍珍这才坐起来，眼眶里红红的。大家都松了一口气，七手八脚收拾好下楼，一起往庆阳爷家里去。走在坑里的泥路上，我和建桥一人打着一个手电筒，建桥时不时把手电筒往天上照去："看看看，天上让我凿开一个窟窿！"大家都沉默不语，建桥只好讪讪地收回手电筒。沿路狗吠声不断，乘凉的人在各家的阳台上说话，时不时有笑声传来。

电话还没打过来，庆阳爷让我们先坐在房间里等着，不一会儿，玉珍娘又端水给我们喝。大家都过意不去，玉珍娘笑道："这有个么子嘞！"她注意到离电话最远的珍珍："咿呀，这是彩霞女儿哦？长这么大了？！"坐在电话旁边的香梅奶说:"十四岁,今天进十五了。"玉珍娘啧啧嘴:"彩霞还是个姑娘家的时候,就几好看。生的女伢儿,也是几养眼!"珍珍显然心不在她们的说话上,她靠在门框上,头侧向堂屋,手指一个劲儿地叩门框。闲聊了几分钟,电话铃响。玉珍娘先接了电话,说了两句,递给香梅奶:"莫急莫急,你这样拿电话,哎,对对对,对着那头的话筒说话,彩霞就听得见咯。"香梅奶紧紧攥着电话,生怕给人家摔坏了,一时间她不知道如何把电话贴到耳朵旁,玉珍娘在一旁教她。好容易听到电话了,香梅奶声音特别大地喊:"好!我身体好!我脚不疼咯!好!你好吧?要得!要得!屋里都好!……今天给细姐儿过了生日……要得要得,好好好。"玉珍娘在一旁悄声说:"不用那么大声音,那边听得到。"香梅奶这才降低声音:"哦,珍珍啊,要得要得,我让她来接电话。"母亲催珍珍过去,珍珍不动。香梅奶捏着话筒,着急地说:"打电话要好多钱,你莫磨叽咯,快过来!"

终究拗不过众人的半推半劝,珍珍拿起电话"喂"了一声,接下来的时间只是在听,脸上毫无表情,间或回一下"嗯""好""知道";接着三四分钟,珍珍彻底没了声音,她的手死死捏着话筒,眼睛瞪着前方的一点。我们都不敢说话,连身子都不敢动一下。好像有一桩严重的事情正在发生,虽然不清楚是什么。"为什么?为什么?"珍珍突然大叫起来，"我不准！不准！"那头又说了什么，珍珍突然撂下电话，往门外跑去。母亲让我跟建桥赶紧去追她，自己去接了电话。珍珍跑得很快，我们在后面一边追一边喊她的名字。直到上了长江大堤，前头是漫上坝脚的江水，她才止步。我小心翼翼地叫了一声，她转身嫌恶地说："走开！走开！"建桥说："出什么事情了？"她喊道："关你什么事？你们走开！走开！"我们走远了一些，但又不能太远。她蹲在坝沿儿上，双手捂着头，时而手揪头发，时而把边上的草拔出来往江水上扔。

等了许久，防汛棚那头有人拿手电筒照过来："么人？做么事哦？"我一看是云方爷。珍珍突然站起身，猛地冲下水去。建桥喊了一声："不好！"一个箭步追了过去。珍珍已经奔到水中，一个劲儿地往前走，水渐渐没过她的腰间。等建桥游过去时，水快到她的肩头了。我在岸边急得直喊救人。云方爷赶了过来，把手电筒递给我，自己也下水了。借着手电筒的光，我看到建桥已经抓住了珍珍的胳膊，任珍珍如何地推他骂他，他都不松手。云方爷也游了过来，两人齐力把珍珍硬拖上了岸。不容珍珍挣扎，两人又把珍珍拉到防汛棚。珍珍还要闹，建桥吼了起来："你做什么啊？！你够了没有！坐下来！不准再闹了！"我从来没见过建桥生这么大的气，也没见过他这样吼过人。珍珍也吓住了，呆在那里，刚才迸发出的蛮力好像一下子泄掉了，萎成一团，小声地抽泣起来。

江风吹来，防汛棚顶的塑料布一起一伏，有鸟儿扑啦啦从防护林上空飞过。云方爷劝慰了许久，珍珍也渐渐不哭了，只是愣愣地看着棚外。建桥发过脾气后，自己也不适应，站在棚外发呆。我说："我们回去吧。香梅奶她们肯定等急了。"建桥进棚看了珍珍一眼，珍珍听话地站起来，跟着我们往外走。走到棚口，珍珍转身谢了云方爷，又补上一句："今晚的事情麻烦不要告诉别人。"云方爷答应了。我拿着云方爷给我的手电筒，下了堤坝，往垸里走。建桥走在前头，珍珍在中间，我殿后。到了菜地旁边的小路上，建桥终于忍不住问起出了什么事，珍珍小声地回："我妈后天就回来了。"我说："那很好啊。"珍珍摇摇头："她跟我爸离婚了……她这次回来，是要带我走。"建桥突然回头问："带你去哪里？"珍珍摇头，"我也不知道。"建桥顿了一下，问："那你想走吗？"见珍珍低头不语，他又说："你要是不想走的话，可以留下来啊，跟我们一起上学，一起读书，不是挺好的吗？"我也附和道："是啊是啊，你别走了吧。"珍珍说："这不是我能决定的。"

过了片刻，珍珍说："等我走后，我……"建桥突然转身过来说："书都没有读完呢，走什么走啊！你不能走！"我说："建桥，你真是疯了心。这个珍珍怎么决定得了？"建桥想说什么，一开口又噎住了，于是回转身去，急急地往前走。珍珍想去追，我拦住了："他就是这个脾气，你别管他。他一会儿就好了。"到了埫口，狗吠声又起。建桥立在柴垛边发愣，见到我们，默默地跟上来。珍珍走在中间，她看看我，又看看建桥："我外婆在这里啊，我肯定会经常回来的。"我们没有说话。珍珍又说："我爸有别的人了……我妈现在只有我……只有我了，我妈说。"我们"嗯"了一声。珍珍干笑了一下："这么多天，她终于想起来有个我了……我过去的那个家已经没有了。没有了。想起来就很害怕。"我很想抱一下珍珍，但是我忍住了。建桥看样子，也有同样的想法，但他也忍住了，他只是小声地说："实在不开心，你就回来，我们都在的。"珍珍沉默了片刻，说："我不知道。"走了一会儿，她叹了一口气："你们迟早也要离开这里的啊。过不了几年，你们也要各奔东西了吧。"我和建桥相互看了一眼，不知说什么好。

珍珍。珍珍。珍珍。远远地听到母亲和秋芳娘呼唤的声音。珍珍悄声说："刚才的事情，你们谁也不要跟她们说。"我和建桥说好。等了一会儿，珍珍又说："明天我们继续读《西游记》吧，好不好？"我和建桥又说好。一阵江风袭来，珍珍和建桥不约而同地发起抖来，他们身上的衣服都还在滴水，我说："你们赶紧回去把衣服换了。否则她们一看，就要问怎么回事。"他们说好。我们加快了脚步。手电筒在夜色中凿开一道光路，牵引着我们往前走。走着走着，我们的脚步声渐趋一致，就像是一个人在走似的。谁也没有再说话。

秋

风

起

一

　　我们的宿舍在一楼104室，进去时同学们已经基本上把床都占完了，只余下最里面靠窗的两张下铺没人要。我气恼地瞪了一眼建桥："叫你早点儿来，你非要磨叽。现在好咯，只剩下最糟糕的两个床了。"建桥探头一看，笑道："不错啊，咱们可以挨着睡了！"他抱着棉被和枕头兴冲冲地跑过去，占了倒数第二个下铺，然后冲我喊："昭昭，你喜欢睡里面，靠窗的位置就留给你了哈！"正在整理床铺的十几个人都把目光聚在我身上，我低头快快走到靠窗的那个下铺，把棉被床褥搁在床板上。建桥又说："我枕头巾忘带了！"我没理他，铺开床褥，再铺上深蓝色床单，这条我本来不喜欢的，但母亲认为藏醌醌，非要我带。建桥又说："我床单也忘带了。"我"哎呀"一声："你是做么事鬼哦？这个忘了，那个也忘了，你自家人为么子没忘？"建桥嘻嘻笑："你那个床单大，我们铺一个不就行了！"我说不行，他不管，非要把我已经掖进被褥里的床单拽出来，铺到他床上。这样一看，简直就是一张大床了。我说："这一周就这样了。下周放假你自家回去拿。"建桥连连点头："晓得晓得。"

铺完床后，我这才有空打量整个宿舍：十个木制床，分上下铺，两两并靠，正好可以睡下初二（三）班二十个男生。我打量了这些同学，有我和建桥原来初一（五）班的老同学，也有从原来初一其他班上分过来的新同学。我跟一些熟悉的同学打完招呼后，靠在床头心里恍恍的。毕竟初一我们每天晚上都是可以回家睡的，一到初二，学校规定必须全部住校，哪怕是家在学校附近的都不能回去。我和建桥都很不高兴，毕竟每天晚上下完晚自习，沿着省道往家里骑行的那一段路，是非常惬意的。我们可以比赛，看谁自行车骑得快；也可以唱歌、打闹；甚至有时候会偷偷溜到镇上去玩……这些都结束了。从初二开始，我们周末只放半天假，晚上还得上晚自习；饭也只能在食堂吃，除非家里愿意送饭过来，隔着校门递给你。但我母亲和秋芳娘，地里活儿很多，不会有时间来的。一股从厕所飘过来的尿骚味从窗户缝隙里钻进来——我知道男厕所就离我床铺不到十米远，有人选这个床睡才怪呢。

本来要找建桥说说话的，毕竟多一个人烦恼，总比一个人生闷气强。但建桥却已经跑到靠门口睡的吴兴华那里，聊得热火朝天。吴兴华原来是初一（三）班的班长，现在到了初二年级，他估计又会是班长吧。建桥说着说着笑拍他的肩，熟得不行的样子。他们什么时候那么熟了？后来睡在中间第四个上铺的老同学王俊，也过来跟他们说起话来，渐渐地大家都围拢过去了。他们这么快就熟了？我很是惊讶。很多同学我还叫不上名字，让我突然跟他们说话，我做不到。把被子垫在背后，往窗外看去，只有一堵两米高的水泥墙，墙顶插满了玻璃碴；墙下是一条污水沟，早上起床，大家会拿着牙刷牙膏在这里洗漱，然后把漱完口后的水吐到沟里……一想到此，我浑身觉得不舒服。我要在一片吐口水的声音中起床吗？还要吃食堂里猪食一样的饭菜？还要晚上睡在这么多陌生人当中？而这无疑就是我要面对的现实。我想哭的心都有了。但我不能哭，这些人肯定会嘲笑我的。但是建桥，明明昨天晚上睡在我家竹床上，还抱怨住校有多糟糕，自己有多不情愿，现在却在这群人中间如鱼得水，谈笑风生。他是怎么做到的？

我远远地透过人群看建桥，这个我熟得不能再熟的人，突然在这一刹那间让我生出了陌生感。他原本一团孩子气的脸庞长开了，有了棱角，偏黑的皮肤上东一个西一个青春痘，鼻唇之间冒出了薄薄一层胡子，而我的脸过于白净，胡子还不见踪影。大家都在听他说打游戏的事情，建桥眼睛里放光，手臂举上去劈下来，笑起来嘎嘎嘎，露出一口乱牙，大家也都嘎嘎嘎地跟着笑。他原本矮矮小小，现在手脚也长长了很多，快赶上我的个子了。由于整个暑假他经常泡在江水里游泳，肩膀两头显得宽了，身体也舒展修长了。

"么人在打游戏啊？"门口一黑，一位中年人走进来问。吴兴华站起来喊了一声："吕老师。"大家都随即站起来跟着喊。吕老师表情严肃，两手背在身后，眼睛打量每一个人，直到远远地往我这边扫了一眼才收回去。"么人在打游戏？"他又问了一遍。大家都收住手低下头，不敢说话。吕老师细细打量他们的脸，黑框眼镜背后的目光，如箭一般射出来，扎在了建桥的身上："是你哦？"建桥往后退了一下："我没有……"吕老师逼近了一步："我在外面听了好久咯，就你在那里说个没完。不是你，是么人？"建桥想尝试笑一声，缓和一下气氛，可是没有成功："老师，我……那是在放假期间……"吕老师不等他说话，厉声说："现在初二了，马上要初三了！你们不抓紧学习，搞这些玩物丧志的东西，我是不会饶过的！听到吧？"大家小声地回："听到了。"吕老师吼了一声："听到没有？"大家随即大声回："听到了！"吕老师眯眼打量建桥："你初一期末考试考得么样？"建桥挠了一下头回："我不记得了……"吕老师笑了一声："你们每一个人的成绩我都摸了底。各位心下要有数。莫怪我不提前告诉你们，在我的班上，是不允许三心二意的。"大家低头不语。

吕老师又检查了一番宿舍，被子叠得整不整齐，地面扫得干不干净，他都要批评一通。折腾了半个小时，他才离开。直到他穿过操场去到教学楼，大家才松了一口气。吴兴华吐了一下舌头："吕老师是我们班主任，大家晓得了吧？"很多人，包括我在内，才第一次知道。吴兴华又说："他才从镇中学过来的，是学校的教研主任。你们要小心哦，他的严厉在镇中学是出了名的，我哥原来就是他的学生，提起他就直说人间地狱。"大家的声音炸开了，有说真倒霉的，有说想调班的，有说严厉点儿也不错，建桥撇撇嘴说："怕个么子哦！我就不信他能把我么样！"王俊点点头："你哦，初一时哪科老师不惩罚你的？你哪一样没扛过来，是的啵？"建桥往我这边走："我不怕挨打，管么子老师，都奈何不了我。"吴兴华追过来一句："你还是要小心，我看吕老师已经盯上你了。"建桥靠在自己床上，嘴巴说："爱盯不盯！我怕个么子！"说完，眼皮垂下，神情明显沮丧了下来。我悄声问他："你害怕了？"他推了一下我："要你管！"说着躺下，把被子盖住了头。连我叫他去食堂吃午饭，他都没理。

二

　　下午第一堂课是班会，我们来到教学楼二楼最右边的
203 教室，吕老师已经等在讲台上了。大家聚在门口，一时
间不知道怎么入座。吕老师说："你们按照我在黑板上写的
位置去坐。"在他身后的黑板上，果然写着全班四十二个人
的名字：分为三组七排，每组十四个人。建桥悄声说："我
们没在一起。"我一看还真是：我位置在第二组第三排，而
建桥在第三组第六排，相隔甚远。大家都按照给定的位置坐
下了。跟我做同桌的，是原来初一（一）班的戴梦兰。我们
相视一笑。吕老师环视教室一周："大家对座位有么子意见，
可以提。"没有人说话，吕老师低下头看看讲桌上的课本，
准备给我们讲这学期的课程安排。"老师，我能不能调个座
位？"我还没回头，就已经知道是建桥了。吕老师抬起头，
眉头皱起，说："你有么子要求？"我们大家都看了过去。建
桥站起来，伸手指向我这边："我想跟夏昭昭做同桌。"大家
随即又把目光投向我这边。真是太尴尬了，我埋下头，连眼
睛都想闭上。

　　"这位同学很好嘛，来来来，你到讲台上来。"吕老
师的声音让我抬起头，建桥留在位置上，声音有点儿怯下

来："老师，我没有别的意思……我是说我初一就一直跟夏昭昭同桌……又是隔壁屋……"吕老师笑眯眯地招手："你过来嘛！有话在这里说，好不好？"建桥极不情愿地走上讲台，吕老师让他面向全班站好后，从讲桌上拿起一张纸上念："语文35分，数学21分，英语33分……这是么人的成绩啊，你说说？"他侧过脸来笑着看向建桥。建桥咬着嘴唇，没有说话。吕老师耐心地再问了一遍："你说说嘛，是谁的？"建桥小声地说："我的……"吕老师弯下腰，"你说么子？我听不见！"建桥垂下头没有回应。吕老师又拿起纸念："语文97分，数学84分，英语91分……"我心里猛地跳了一下：这是我的初一下学期期末考试的分数。吕老师念时看了一眼我，又瞥了一眼建桥："你说说这是么人的成绩？"建桥依旧没有回应。吕老师脸绷了起来："一个是你的，一个是夏昭昭的……我不管你们过去是么样的，现在在我班上，一切拿成绩说话，成绩好的坐前面，成绩不好的坐后面。每一次考完试，调整一遍座位。你要想跟夏昭昭坐同桌，可以，没得问题，你考得跟他差不多，我自然满足你。"说时，他又弯下腰冲着建桥笑道："好不好啊？夏建桥同学。"建桥始终没有抬头。

　　吕老师开始给我们讲班规，建桥始终杵在那里，双手反剪在背后，双脚并拢。吕老师似乎看不到他，拿着粉笔在黑板上吱呀吱呀写出一条条课堂纪律要点，又果不其然地任命了吴兴华为班长，每组组长也是成绩最好的几个担任，单科成绩最好的担任各科课代表，因为我语文单科第一，自然成了语文课代表。直到下课铃响，吕老师离开课堂，建桥还木在那里，像是一尊雕塑。我跑到讲台上拍拍他："他走了。"建桥躲了一下，头扭到一边。我又说："出去转转？"建桥理也没有理我，径直走向自己的座位趴下去，直到下一堂语文课，他都没抬起头来。教语文的孟老师拍拍桌子提醒他，他不耐烦地低吼了一声："晓得！"孟老师好脾气，没有跟他计较，只是让他站着，又继续讲课。我忍不住偷眼看他，而站着的他看着窗外。秋雨下来了，点点雨丝敲打玻璃窗。灰黑色云层横铺在天际，远处的棉花地像是一群做错事的孩子，沉默地垂着枝头。

说实话，能换一个女生做同桌，我心里还是很高兴的。初一两个学期，无论怎么换座位，建桥都要跟我坐在一起，我真是烦透了。他不爱听讲，不爱看书，老捣我的乱，又爱抄我作业。我冲他凶过多少次了，他总是嘻嘻一笑，不管不顾，赖上我了。现在好了，戴梦兰一看就是个脾气很好的女生，而且听课极为认真，做的笔记也工工整整，成绩跟我应该差不多，不算最好的，但也不差。偶尔我看她一眼，她能感知到，冲我笑笑，又偏过头去写字。她的手指白白胖胖，有浅浅的窝儿，不写字时托着圆圆的脸，眼睛因为近视稍微眯起，眼睫毛一闪一闪。我看着她心里就莫名地开心。可是我一转头偷眼看建桥，心里又泛起愧疚感。虽然不是我故意不做他同桌的，但他像是一个被抛弃的人，孤独地站在那里，这还是让我不好受。他始终没有看我，也不看黑板。

窗外的雨已经下大了，操场上有人把国旗收了起来。到了下午四点多，天已经阴沉得像是到了晚上，教室里突然开了灯，白亮亮一片。老师有事先出去了，让我们自习。起初教室里如扣了一顶锅，每个人都笼罩其中，不敢说话。渐渐地，响起了窸窣声，这里那里，前面后面，左边右边，凳子移动了，有人咳嗽了，书本掉地上了，开始有人说话了。我本来看着数学书，一道方程式题难住了我。忽然一阵洗发水的气息拂来。"昭昭，你这道题你会吗？"是戴梦兰问我。她的脸离我特别近，我不由得微微后躲。我看了一眼题目，说："会。"她看着我，眉眼间都是笑："那太好了，我试了几种方法都不行。"我找了一张草稿纸，给她讲这道题。她听得非常认真，右手手指压着纸的一头。她的手指甲剪得真干净。等这道题讲完，教室里已经如烧滚的热水，喧嚣不已。后排的同学你推我搡，课本扔来砸去，其中还有响亮的笑声，一听就是建桥的。我看过去时，他不知何时已经坐下了，椅子背靠桌位，身子趴在第七排邓林峰的桌上，一边说着什么一边拍着桌子大笑。我紧张地瞥了一眼走廊那边的窗户，还好没有老师。我们如果还是同桌的话，我绝对是不允许他这样的。他只要大声喧哗，我就会警告他。我就像是一条束缚他的缰绳，一旦我不在了，他就成了一匹无人控制的野马，在教室里横冲直撞。

我很想起身过去让他小点儿声，但我没有这个勇气。倒是坐在第二组第一排的吴兴华站了起来提醒大家注意，但效果不是很大，他只好摇摇头坐下。戴梦兰又来问我有没有什么小说看，我说家里有几本，她偏过头来看我："我晓得你爱看书。"我心猛地一跳："你么晓得？"她右手攥着圆珠笔，抵住下巴："你们垸的庆阳是我姨爷，玉珍是我姨娘。有时候你们到他家借电话打，我还看到过你。我去做客的时候，每回都要经过你家。我只要看到你时，你都是坐在稻场上，或者阳台上看书……"她仰头想了一下说："你有一回看《射雕英雄传》是吧？"见我点头，"还有一回是《巴黎圣母院》，对吧？"我又点头。她抿着嘴，想了想，又笑道："那时候我就很想跟你借书看。"我还在惊讶当中，没来得及回话。她又问我："你愿意借书给我看吗？"我正要回她，忽听得"咣"的一声，回头看去，吕老师已经站在建桥那边了，建桥倒在地上，他的椅子捏在吕老师的手里。"你笑得几开心哦，是不是？"吕老师低头笑道。建桥扶着腰，呻吟了一下，看来是摔疼了。"你再笑一个噻！"吕老师说话时，全教室的人都不敢发出声音。

每一个被点名的人，都站在讲台上，基本上都是后三排的。吕老师双手拄在讲桌上，眼睛缓慢地从左边扫到右边，从前面碾到后面，最后把眼神聚焦在吴兴华身上："你是班长，为么子不管一下纪律？"吴兴华怯怯地站起来："我……他们……不听我的……"吕老师猛拍了一下桌面："我在教室外面看得一清二楚，连你都在有说有笑！我看了有二十分钟，你根本没有停过！"吴兴华没有说话。"你们坐在位置上的人，我是给你们脸，今天不点你们的名字。莫我给你们脸，你们不要脸，到时候莫怪我翻脸！"我们都把头埋得低低的，恨不得消失到尘埃里去。"夏建桥，你站在前面来。大家都抬起头——"吕老师直到我们都抬起了头，建桥也站在讲桌旁边了，才说："你的事情，我已经听到不少老师说了，真是百闻不如一见呐……"吕老师又笑，"夏建桥，你不是几会笑哩？你再笑一个嘛……莫绷着脸，笑一个嘛……"建桥脸上淡淡地没有表情，眼睛里放空。吕老师右手伸过去，大拇指和食指按住建桥嘴唇两角往上推："你不是几会笑哩？我现在给你机会，让你笑个够。"建桥头往后仰，吕老师手追了过去，建桥举手扫到一边。我吓得心都缩紧了。吕老师收回手，甩了甩手，点头笑道："咿呀，厉害了啊，要得，要得。"

大家都回到了座位上，建桥只要能笑出声来，也同样可以回去，但他始终没有表情地木立在我们面前。吕老师又一次出去了，教室里鸦雀无声。我始终觉得背后悬着一双冰冷的眼睛，连动弹一下都心跳加速。戴梦兰在刷刷地写字，她的字迹一团团像是圆滚滚的小猫。她的课本干干净净的，连个折角和污渍都没有，不像我的早已脏污得不成样子。她绯红色长袖贴着我的桌边，脚上是一双刷得白亮的球鞋。哈。戴梦兰抬起头，发现我在看她，微微一笑。哈哈。我们同时往讲台上看。哈哈哈哈哈哈。大家都看了过去。是建桥在笑。他仰着头，张口大笑，手捂着肚子。吴兴华站起来说："夏建桥，你不要这样。"建桥手指着他笑得眼泪都出来了，吴兴华尴尬地说也不是，不说也不是。哈哈哈哈哈哈。哈哈哈哈哈哈哈。他笑得越来越大声，吕老师没有出现，建桥的笑声劈头盖脸地砸在每一个人的头上，没有人敢动弹，我也不敢动。

三

好不容易熬到下晚自习，已经是晚上十点半了。出了教室门口，一阵湿润的凉风扑面而来，我禁不住打了一个哆嗦。二楼楼梯口，拥着从各个班奔出的学生。我等在一侧，听着杂沓的脚步声，还有淅淅沥沥的雨声，转身回教室拿雨伞时，大家已经走得差不多了，建桥坐在自己的位置上左手叩打桌面。我走了过去问："你还不走？"建桥这才回过神来，懒懒地起身跟在我身后。楼梯已经空了，建桥拿着雨伞沿着铁栅栏一根根敲下去，发出当当声。我催促道："你快点儿！雨这么大，不好回去了。"到了一楼，教学楼门前一片积水，我把裤脚叠起，正准备往车棚跑，建桥在后面喊："你是疯了心是啵？！我们现在住宿舍！"我这才反应过来，不好意思地往教学楼走廊左边走去。建桥跟了过来。出了教学楼，雨点落在我们的伞面上，细细粒粒。我说："你不要这样了。"建桥偏过头来看我："不要怎样？"我迟疑了一下："反正就是不要这样了。"建桥没有说话，走了一截路，他才说："我不想念书了……"我打断了他的话头："那么能行？！"建桥冷冷一笑："为么子不行？"我烦躁地挥起左手："当然不行。"他没有说话，我也没了兴致。

我们刚一进宿舍，立马响起了鼓掌声。抬眼看去，全宿舍十几个同学都把目光落在建桥身上。王俊坐在床上，喊了一声："建桥，你几有种哦！"其他人也跟着说："吕老师你都敢反，几厉害！"靠在门边的王双、李刚星过来搂住建桥肩头："过来坐，过来坐。"建桥一脸懵相，他被那两人拉到宿舍中间的下铺坐下，随即上铺下铺的人都聚了过去。没有人留意我，我悄悄地走到自己床边，从床底下拿出开水瓶去开水房打水，回头看了一眼，建桥正被大家围着说话，看来是走不开。我把他的开水瓶也拿上了。此刻，母亲已经睡下了吧，她再也不用等我晚上回来了。想到此，心里一阵抽痛。教学楼完全熄了灯，如一只沉默的巨兽蹲伏在夜雨中。食堂边上的小卖铺还亮着灯，老板娘正趴在柜台上抬头看电视。我有一种想把开水瓶扔到地上骑车回去的冲动。我不想跟那些陌生的同学住在一起，也不想闻那些臭袜子臭鞋子的味道，更不想睡在那么窄的床上盖着能捏得出水的被褥。可是我的脚依旧一步步把我带到开水房。

还没走回宿舍门口，喧哗声就涌了过来。透过窗口，一眼便看到建桥站在人群之中，眉飞色舞地说着什么，大家哄地一笑；他说得就更带劲了，手指向天，又戳向地，嘴巴快速地一开一合，身子还扭了一下，像是在模仿某个人，随即他脸上挤出一个笑容，我心里一凛：他肯定模仿的是吕老师。我紧张地左右张看，查岗的老师还没来，各个宿舍都是一片喧腾，这才稍微放下心来。我又一次悄悄走到自己床边，把开水瓶放下，拖出洗脸盆。"给你脸你不要脸，到时候莫怪我不给脸！"建桥学着吕老师的说话腔调，那些同学鼓起掌来："学得太像了！再学一个孟老师吧！"建桥捏起了嗓子，尖声说："同学们呐，你上课要专心，要得啵？"说时，眼皮耷拉，嘴巴微张。大家又是一笑，连说像。水不是太烫，不用掺冷水，我洗了脸，把水倒到洗脚盆里泡脚。那些已经洗好脚的人，洗脚水都没倒，有些水洒到地面上，流到了我这里，像是一条蜿蜒的小河。

　　门外监管老师来了，催大家赶紧睡觉，马上就要熄灯了。大家一哄而散，各自回床。建桥这才走过来坐下，脱了鞋子和袜子，直接把脚往我洗脚盆里挤。我说："我给你打水了，你自家洗好咯。"他瞥一眼放在墙角的开水瓶，挥手道："太麻烦咯！"说完嘻嘻一笑，两只脚没入水中："不是很热。"我抬起脚拿毛巾擦干净。他又说："你帮我添点儿热水。"我白了他一眼："我又不是你仆人。"他拉住我的手说："哎哟，我求你了，我不是行动不方便么……"我没奈何，拿起开水瓶给盆里添了点儿热水。他"呦呦呦"地叫了几声："咿呀，舒服！"我没理他，回自己床上睡去了。灯熄灭了，人语声小了，雨声清晰了，寒气从窗户缝隙钻进来，一缕一缕在脖颈处盘绕。建桥躺下时，我问他："洗脚水倒吧？"建桥回："明天再倒咯。"说着伸手拽我的被子。我问他做什么，他小声说："我的被子太薄了，我们两床被子一起盖吧。"我护着自己的被子不让："你睡你的，我睡我的。"他不放手，硬是把我的被子拉过去一半，盖在自己身上，我要拽回去，他用身体死死压住被角，我怎么也拖不动："夏建桥，你真得人恼！"他笑出了声："平常时在屋里不是这样睡的？到了这里你干吗这么生分？"我怕其他同学听到我们的对话，只好作罢。

　　过了半晌，他"噗"的一声。我装睡着，没有理会。他推我："哎!"我往一边躲去,他手追过来,悄声道:"戴梦兰是不是对你有意思?"我一听,翻身过来:"你瞎说么子!"他"呵"的一声:"我看得几清楚!她跟你说话,脸都红咯,啧啧啧。"我捶了他一下:"你再乱说,我不会让你好过的。"他"呀呀"几声,又说:"你知道她是么人家的女儿啵?"我说不知,他叹口气,"你真是白吃这么多年的米甜粑了!那个每天骑着自行车到咱们垸里叫卖米甜粑的人,瘦瘦高高的,嗓子又亮又高的,你不起床买一个吃他就不走的那个人,就是她爸。我们叫他粑爷,你忘了?"他这么一说,我还真想起来了,戴梦兰眉眼之间的确跟那个男人有些像。建桥凑过来,贴着我耳边问:"吃了人家这么多年米甜粑了,也该做人家的女婿了!"我在被窝里踹了他一脚:"你没得一句正经话!"建桥笑得直拍胸口。从黑暗中传来吴兴华的声音:"不早咯,快点儿困醒吧。"我们没有再说话。周遭已经响起了错落的鼾声、磨牙声,还有放屁声。过了几分钟,建桥细细的鼾声也响了起来。我毫无睡意,大脑清醒得如同白昼,楼顶的落水砸在水泥地面时发出的声音,让我心惊。憋着一泡尿,很想去解决掉,但又要起身,又要开门,又要冲进雨里,又要跑到男厕所……想想真是太麻烦了,只好忍着。

再次睁开眼时,天依旧是黑的。我以为是尿憋醒的,可是我上铺也传出了动静,再看其他床铺,大家都坐了起来，开始一边打呵欠一边穿衣服。"动作搞快点儿！莫摊尸咯，都起来起来！"吕老师的声音传过来。寝室的灯突然亮了，我一时间睁不开眼。"七点钟在操场前面集合，么人要是迟到了，莫怪我不客气！"说完他从门口转身走开。等他一走远，大家纷纷发出抱怨声，吴兴华连连催促："只有半个小时的时间，大家抓紧！"建桥睡得跟个死猪似的，还在呼呼打鼾，我推了他好久，他才极不情愿地睁开眼："做么事鬼哦！"我说："你要是还想被吕老师批，你就尽管睡。"他打了一个长长的呵欠，还没动弹。上铺的人已经穿好衣服下来了，有些人端着脸盆去外面走廊洗脸刷牙。我管不了建桥了，匆忙穿上衣服。吴兴华又提醒了一次："还有十五分钟！"建桥这才磨蹭着起来，愣愣地看着忙乱的大家，像是才醒过神来，慌忙掀开被子，又是找裤子，又是找袜子，还埋怨我不早点儿叫他。我连白眼都懒得翻了，先跑到厕所小解，再回来端着脸盆出门洗漱。

吴兴华带领我们一路小跑到操场上，其他班的人已经差不多到齐了。我们按照个头高矮排成五列纵队。吕老师早就阴沉着脸，候在了一边。雨已经停了，天还是漆黑一片，操场上的大白炽灯亮起。校长站在升旗台上拿着喇叭讲话："从这个学期开始，每天早上沿着操场跑步五圈。身体是革命的本钱，没有一个好的身体，不可能有一个好的成绩……"讲了大约五分钟的话后，体育老师吹响了哨子，按照班级的顺序，从初一（一）班到初三（四）班，沿着操场开始跑动。脚步声一开始有些杂乱，跑过一圈后，渐趋一致。体育老师有节奏地吹响哨子，大家喊着口号："锻炼身体！好好学习！不怕吃苦，勇夺第一！"各个班级的班主任站在操场外面维持纪律。我一开始困得眼睛都睁不开，现在在湿冷的寒气中彻底清醒了过来，脚步机械地跟着大部队一抬一落，跑到第三圈，身体活动开了，有了热气，有了精神，跟着大家喊口号也大声了。正意犹未尽时，建桥在我前头说："真是无聊死了。"我低声说："莫乱说话！"建桥又说："大清早这不是折腾我们吗?！过去也不这么搞啊！"旁边的王俊插话："校长是新来的。新官上任三把火，这是第一把火。我们要实行军事化管理，你懂啵?！"我没管他们说的，身体沉浸在集体的律动之中。五圈结束了，我们该去教室上早自习了。

教我们语文的孟老师已经等在了教室，我们拿出课本开始背古诗词。戴梦兰还在喘气，两边脸颊红润润的。我小心地看了她一眼，她立马捕捉到了："做么事？我脸上有东西？"我连连摇头说没有。她又问："那你为么子笑？"我连忙说："我没有笑！"她笑了一声："逗你玩的。"我松了一口气，开始读起来。读着读着，又听到戴梦兰在笑。我斜瞥她一眼，她悄声说："你读书的声音，还蛮好听的。"我脸一热。"你接着读啊。"她又说。我感觉我读也不是，不读也不是，开始磕磕巴巴起来。眼睛始终不往戴梦兰那边看，而我的耳朵却一直在捕捉她的声响。我发现她在跟着我一起读。我故意读快，她也跟着读快；我又放慢，她也跟着放慢。我不读了。她随即问："为么子停下来？"我说："我读累了。"

这是假象，我告诉自己。我拼命地压制住一种涌动不安的兴奋感，还有惶恐，还有甜蜜，甚至还有一丝嫌恶，就像是一张过分热情的脸贴过来，我得推开一点才能呼吸。周遭的朗读声中，字与字没有了形状和间隔，变成了浪，一波一波鼓荡过来，我整个人一会儿被推到天上，一会儿又落到谷底。下课铃响了，她跟坐在后面的蒋玲玲挽着手走出门，我才磨蹭着起身。教室里没有人了，连建桥都不在。天放晴了。我下了楼，沿着教学楼前面的路慢慢走，路两侧的行道树有了秋意，远远看去那一树透着青的黄，非常养眼。拐到去食堂的路上，雨气散去，阳光穿过槐树树冠，斑斑驳驳。风吹起来，有些冷了，地面的落叶，发出簌簌的滑动声。

"夏昭昭，你做么事这么慢？"我转身看去，吕老师走在我后面。我心里一凛，忙说："我这就快点儿去。"正准备加快步伐，吕老师跟了上来，跟我并排走。他那一件软塌塌的灰黑色西服里面，穿了一件酒红色针织薄毛衣，白衬衫折口一圈黑腻，头发乱糟糟的，也没有收拾，能看得见头皮屑。不知道他是懒，还是没有空打理。我知道他住在宿舍楼最上面两层教师宿舍的某个单间。"你很冷?"他撇头看我,"看你在发抖。"他这么一说,我才发现自己真的是在发抖。风从夹道灌过来,只穿了短袖和薄外套的我禁不住,打了几个喷嚏。"你成绩还可以,但数学还得加强。"吕老师突然说,我"嗯"了一声。"英语基础是可以的,我问了一下你初一的英语老师,但还得在词汇量上提高。"他一说完,我心里特别讶异。他对我的重视,是我没料到的。快走到食堂时,他停下,认真地打量我说:"你加把油,重点高中是可以考上的。"我一时间不知如何回应,只好点头。他脚上的皮鞋灰扑扑的,似乎很久没有擦过了。"另外一个,我晓得夏建桥跟你是隔壁屋的,从小玩到大。不过现在学习是最重要的,你跟他之间,最好保持距离。晓得啵?"他说话时,语气非常严肃。我没有再点头了,愣在那里。他等了片刻,拍拍我肩头:"快去吃饭吧。"说完,他转身就往宿舍楼走去了。

刚到食堂门口,满眼都是坐着吃饭的人。打饭的窗口排起了长龙。昭昭。昭昭。我抬眼看去,食堂中间,建桥站起来向我招手。我走过去时,建桥旁边坐着我们宿舍的几个人扫了我一眼,又继续他们的话题。我坐在建桥对面,他一把把我饭盒拿过去,往里面拨饭菜:"等你排到,都该上课咯。"我问他:"你吃饭的时候,为么子不叫我?"建桥抬头看我,眨了眨眼睛,突然一笑,小声说:"我不想破坏你跟同桌的美好友谊……"我一筷子打过去："你瞎说么子!"建桥往后躲："她就坐在那里哦。"见我低下头吃饭，他又指了指："你不看一眼么?"我有些生气了："吃你的饭。"坐在旁边的同学找建桥说话，他们说着说着又笑个不停。我不知道他们在说些什么，也没有心情去听。吕老师的话直到此时才渐渐产生了威力：他调查了我的过去，还指出了我的未来，我毫无察觉地被一个人掂量了这么久。这个感觉，让我心生喜悦，又备感压迫。

菜已经凉了，饭也夹生，远不如家里的好，咽下去时有呕吐的冲动。建桥突然问："你觉得么样?"我吓一跳，抬眼看时，他，还有那一圈同学，都把目光聚焦在我身上。我问："么子?"建桥说："就我们刚才说的啊。"我说："我没听……"斜对面的王力说："莫管他，让他吃饭吧。"他们又一次热烈地讨论起来。我听了一耳朵，是在聊某个游戏里的角色谁更厉害，我没有玩过，就是想插嘴也插不进去。我一边吃一边冷眼看他们，他们说话时，散发出浓烈的欢乐气息，手激动地拍着桌面，眼睛放着光，嘴巴里快速地吐出一连串词语。那个世界我无法融入，也不想融入。他们也很少找我说话，甚至都不会主动看我一眼。饭我已经吃不下去，很想起身离开，但是又不想太过突兀。"昭昭，这个你么样看?"建桥又抛出一个问题来。他在鼓励我说话，甚至期盼我加入他们的谈话，但我不愿意配合他，甚至恼恨他非得让我成为众人注视的目标。我把筷子搁下说："我没得看法……我去洗碗了。"建桥忙说："我也去!"不管众人的挽留，他拿起饭盒跟我一起往外面盥洗台走。

"他们都在私下说你。"洗碗的时候，建桥提起了一句。水很冰手，盥洗台的滤网残留了很多饭渣。见我没有回应，建桥又接着说："他们说你很高傲，不理人。"我把饭盒里的水甩干净，扣上盖子："我没有不理人，我只是不晓得跟他们说么子。"建桥草草冲了一下饭盒，我嫌不干净，又拿去细细刷了一遍，递给他。"我跟他们说了，你其实不是他们想的那样。"建桥跟在我身后，往教室的方向走去。我回头说："他们爱么样想就么样想，我就是这样的人。"建桥默然片刻，跟我并排走："我觉得你还是适当跟他们打打交道，毕竟一个宿舍的人……"我反问一句："我要讨好他们?"建桥一愣，摇摇头："没得这个意思。"我没有说话。阳光洒下，散发出稀薄的暖意，风阴阴透过衣服，凉意顿生。建桥悄声说："吕老师。"我一抬头，便见吕老师夹着课本，走在前面。建桥又贴近笑道："他裤子上有一根线头，像不像猪尾巴?"我躲远了些，建桥想靠近，我也不知道自己为何加快了步伐，简直是想要逃走似的。建桥小声说："我们从那头绕着跑过去，会比他先到教室。"我回他："你先跑，我跟上。"建桥奇怪地看我一眼："为么子?"我不耐烦地催道："莫废话! 你赶紧的!"

四

　　周六上午的课结束后，我没有去食堂吃饭，反正马上可以回家了。我收拾好东西，背上书包，转身往后门口走时，瞥见建桥在跟几个男生说话。我在走廊上等了几分钟，他还没跟过来，我喊了一声："建桥！你走不走？"他从那群人中间跑了过来，打量我一番："你要回去？"我深感意外："你不回？"他迟疑了一下，撇头看看教室里那一帮人，说："你回去跟我妈说我……"他歪着头想了片刻："就说我去镇上买课外书，学习要用。"我反问他："你究竟要做么事？"他咧嘴笑道："不做么事，就是不想回去……"说着他往教室退去："对咯，你把我床底下的脏衣裳也一并带回去吧，难为你啦！"我还要说什么，他又跑回那一帮人当中去，兴高采烈地说起话来。我闷闷地回到宿舍，从床底下拖出塑料桶，这一周换洗下来的衣服全堆在里面。宿舍里没办法洗澡，只能拿毛巾就着脸盆里的水一边蘸水一边擦拭，换衣服也只能躲在被窝里进行。宿舍里有一些人不在意，光着屁股走来走去。衣服也没地方洗，只能堆在桶里周六拿回家去。建桥那一桶拉出来，散发出一股馊味。我又推了回去。管他呢，他自己不拿，为什么让我拿。我把衣服塞到塑料袋子里，快走到门口时，还是转身把建桥的衣服塞到另外一个塑料袋里。真是贱！我心里骂自己。

刚走到车棚时，有人叫我。车棚的一头，戴梦兰站在那里招手，在她前面的，是一个中年男人在开锁推车。我点头笑一下，算是致意。她走过来，笑问："你也回去?"见我说是，又是一笑："正好顺路。"那中年男人把车子推过来，正是建桥说过的经常来我们垸卖米甜粑的人，我差一点喊出"粑爷"这个诨号来，还好及时忍住了。他看样子已经不认得我了。这也难怪，毕竟我上初中之后就没有再吃米甜粑了，而且他每天要跑那么多村落，见那么多人，哪里记得我。戴梦兰介绍了一下我，说是夏垸哪一家的孩子，他"哦"的一声，提起我父亲来，原来他们一起打过小工的。我叫了他一声戴叔，他问起我父亲的近况，我说他出门打工去了。他又问了家里其他人的情况，我一一作答，他饶有兴味地上下细细打量我。戴梦兰似乎察觉到了我的不自在，连催道："爸，你查户口哦? 走吧!"

出校门，上省道。前面一溜自行车，都是急忙赶回家的学生，毕竟晚上还要回来上晚自习。我也很想快点儿骑回去，但戴叔就在我旁边骑着，我不好加速。戴梦兰搂着戴叔的腰，笑道："爸哎，你又胖咯!"戴叔哈哈一笑："你老娘说我可以生一个!"戴梦兰头贴在他背上："那你要加油哦!"一说完，他们一起笑了起来。此时戴叔的车子略微向前，戴梦兰正好就跟我并排了，她看我许久，眼睛里露出笑意："昭昭，你好严肃！骑车都像是在上课。"我忙否认："哪里有！"戴梦兰戳戴叔的腰："爸哎，你看昭昭是不是像个小老师？"戴叔回头快速瞥了一眼："不要乱说，人家是个帅小伙。"戴梦兰嗔怪道："小老师不代表不帅嘛。"他们父女俩一唱一和，我感觉自己像是被两只猫玩弄的小老鼠，虽然人家明明是在夸自己。我不怎么说话，戴梦兰问我问题，我以"不晓得""我要想想"打发过去。她渐渐地话也少了。到了我们垸口，我说："我回去了。"戴梦兰愣了一下，感叹道："这么快哦？"我挥挥手，拐上去垸里的泥巴路，逃也似地加快车速。

母亲没有在家，进灶屋掀开锅盖，锅里果然给我留了一碗肉丝面。吃完面后，我把建桥那一袋脏衣服拿出来，送到他家去。秋芳娘正在堂屋里扫地，我把建桥下午不回来的事说了一下。秋芳娘露出怀疑的神情："他真去买书了？"我摇头回道："那我就不晓得咯。"后厢房传来话："他哦，肯定去镇上上网了！"我一听声音，高兴地大声问："秋红姐，你回了？"她现在在市里一中读高一，看来今天高中也放假了。"回啦回啦。"秋红姐从后厢房走出来，头发剪短了，身穿一中那套蓝白相间的校服，让我好生羡慕。"他这一个星期，是不是已经臭名远扬了？"秋红问我时，把我手上的衣服接过去，递给秋芳娘。我还没想好怎么回话，打量我已久的秋红姐继续问："是不是被罚站了？是不是打架了？是不是上课说话了？"我说："还好。"秋红姐"哼"了一声："好个鬼哟，我就晓得他根本没得心思读书。"秋芳娘从前厢房拿出脚盆："莫这样说你弟！你弟还是很聪明的，努把力就好了。何况，不还有昭昭在么？"秋红又问："你们还是同桌？"见我说不是，她撇撇嘴："那完蛋了。管束他的人没了。"秋芳娘解开塑料袋，把脏衣服倒进盆里说："哪里就完蛋了？建桥几好的苗子，小学还考过第一嘞，现在只要心收回来，还是有希望的……昭昭哎，你那些脏衣裳拿过来我一起洗了。你妈干活去了。"我想到袋子里还有我的内裤，忙道："不用了，我自家洗。"秋芳娘笑笑："你莫怕丑，你自家洗不干净。"

终究拗不过，我的衣服和建桥的还是混在一起用开水泡在盆里，秋芳娘坐在井边一边搓洗一边问我话："建桥晚上睡得好不好？……吃得如何？……感冒了？他吃药了没有？……他这个裤子上都是墨水，是笔不好写？……他牙还疼不疼？……"我都一一作答了，眼睛却紧张地盯着她的手，很怕她洗到我的内裤。秋红拿了一本书出来，靠在门口说："妈哎，你也操心操心我咯，我回来你都不问我！"秋芳娘抬头看她："你有么子好操心的？"秋红说："你一天建桥这个建桥那个，问七问八的，你看他在不在乎？"秋芳娘耐心地搓洗裤子上的墨迹："你有么子好操心的？你又懂事成绩又好，哪里像你弟哦，管么子都不会，又皮又不听话，你说他未来么办？我不多操点儿心，他就彻底毁咯……"秋红默然片刻才讲："你操不了这么多心的，他自家要是不争气，你就是求天告地也没得用。"说完后，她转身回后厢房了。等我从家里拿作业来问秋红姐时，衣服已经洗好了，包括我的内裤，它们挂在稻场边的竹竿上，让我脸红。秋红姐坐在稻场上给我解答习题时，我的，建桥的，那些外套被风吹起，像是脱离了肉身的两个无形人，一起扬起又落下。建桥现在在做什么？正在跟那一帮男生打游戏？还是去溜冰场了？还是去百米港捉鱼？我不知道。

在秋芳娘家里吃了晚饭后，我回到家，把下一周要穿的衣服都带上了。秋芳娘过来，递给我一个大袋子说："你让建桥小心点儿，衣裳莫又搞得到处是齷齪。另外有两罐我腌的鱼块，你一罐，他一罐。让他多吃饭，晓得啵？"等我车子推到大路上，秋红跑过来悄声跟我说："他要是有么子出格的事情，你记得要告诉我。看我不打死他！"骑上车，上了省道，我前后看了一下，要是又碰到戴梦兰该怎么办？我心里很矛盾。既希望碰到她，又不希望碰到她。一开始我骑得很慢，一旦意识到自己在等什么，我又加快了速度，骑着骑着又慢了下来。不断有同学超过我，但没有戴梦兰，看来她已经到学校了。我松弛下来。晚风吹裤脚，夕阳在农场那头坠下时，忽然间像是用尽最后一份力气，释放出所有的光来，柴垛、池塘、房屋、田野，都给点亮了。鸟儿啾啾飞过头顶，云层变幻色彩：金黄、粉白、紫红、黛青……风吹云动，光影交错。

直到晚自习铃声响起，建桥都没有回来，还有跟他一起的几个人。吕老师走进教室，往那后面的空桌位扫了一眼，手指敲着讲桌："他们去哪里了？"大家都埋着头没有说话。吕老师伸手看了一眼手表，在讲台上来回踱步，嘴里嘟囔着什么。戴梦兰把她的红皮本子推给我，上面写道："吕老师洗头了。"我偷瞄了一眼，果然是洗了，衣服也换了，皮鞋也亮了，胡子也剃了。我在本子写了"哈哈"两个字。过了半个小时，建桥和另外几个人气喘吁吁地跑到教室门口，喊了一声"报告"。吕老师没有理他们，坐在讲桌后面，低头看教材。建桥又喊了一声"报告"。吕老师这才挑起眉头，往门口斜睨："你们进来。"建桥他们进来了。吕老师一字一顿地问："说——清——楚——去——哪——里——了？"建桥极快地扬起手中的书："我们去买教辅材料了。"紧接着，身后那几个人纷纷扬起了书："是啊是啊，我们去新华书店买的。"吕老师站起身，走过来，翻看了他们买的书，狐疑地打量他们每一个人："母猪还真上树了？"建桥流畅自如地答："这些教辅是您在课上提到的，所以我们专门去镇上买的。"吕老师"嗯"的一声，扬扬手："你们回座位吧。下回要是再迟到，我不会放过你们的。"建桥他们连说晓得晓得，迅疾回到自己座位上去。

晚自习结束后，人都走得差不多了，戴梦兰从书包掏出一个玻璃罐放在我的桌上："辣椒酱，我爸让我给你的。"我还未回话，她已经转身跑开了。我忙看了看四周，零星几个同学埋头整理自己的书，我迅速把辣椒酱塞到课桌里，然后坐下。人都走了，心跳也恢复正常了，白炽灯发出嗡嗡声，雪亮的光瀑浇在我的身上。我偷偷打开桌板，看了一眼，是个大肚圆瓶，红辣椒、青辣椒、黄辣椒，切碎混杂在一起，一看就很下饭。戴梦兰此时应该回到宿舍了吧？我看看窗外，宿舍楼那边灯火通明，四楼和五楼是女生宿舍，我不知道她住在哪一间。我从书包掏出下午秋芳娘给我的两罐腌鱼，一罐搁在戴梦兰课桌里，一罐放到建桥的桌里。这个建桥，走的时候跟那一帮人呼啸而去，也不叫我，真是气人。他桌子上放着那本下午买来的教辅，我翻了一下，是关于奥数的，他怎么突然买了这本难度非常大的书？我真是不理解。

一到宿舍，笑闹声在我耳边炸开。王俊趴在床上笑得捶床："好主意！你鬼儿几精哩！"大家也跟说："亏你想得出来。"在宿舍中央被众人围着的建桥，仰头说："小事。小事。"我听了一下，原来是建桥下午带大家去网吧上网打游戏，为了怕老师查，去网吧前让每个人都买了本教辅做幌子，没想到真的骗过了吕老师。我从人群边上挤过去，去开水房打水，建桥那一瓶，我想了一下，没有拿。等回到宿舍，建桥坐在中间某个下铺，手里拿着一根烟，抽了两口，呛了一下，猛地咳嗽起来。围在他旁边的王俊、午高峰、李旺风，手搭在上铺，娴熟地抽着烟。"抽慢点儿，莫急。"午高峰笑着拍建桥的肩。建桥连说晓得，盯着红红的烟头，又吸了一口，再次呛出了声。大家哄地一笑。我把开水瓶搁在墙角，走过去一把夺过他手中的烟，扔在地上。建桥愣住了，其他人也愣住了。建桥站起身，叫了一声："昭昭！"我没理，王俊啧啧嘴说："这烟好贵的。"

我出了宿舍的后门，站在排水沟边上，前面是那堵高墙。无处可去，也无法可想，我眼泪不争气地涌上来，怎么也抹不干净。身后是建桥的脚步声，我一听就知道。他没有说话。我也不希望他说话。我知道身后寝室那些人在远远地看好戏。我绝不要满足他们。寝室灯熄灭了，我们一下子跌入黑暗之中。"就是抽着玩的……你不要当真。"他的声音怯怯地传过来。"跟我有么子关系？"我说。排水沟的臭气熏得我想吐。"我……"他又说，"我妈没说么子吧？"我没有理会他。滑过脸颊的泪渐渐干了，我开始生自己的气。"你还好吧？"他小心试探地问我。这样一问，我更生气了。幸好有夜色的掩饰，我可以装作自己不存在。又沉默了一会儿，一道光柱穿了过来："哪个班的？为么子还不睡觉。"我的手迅速被建桥拽起，往寝室里拉。鼾声已经此起彼伏，我们各自上了床。我没有睡着，他估计也没有睡。"我不会再抽咯。"他悄声说。我翻了一个身："随便你。"

五

晨跑过后，大家在教室里坐定，吕老师一阵风似的闯进来。"王俊，李旺风，午高峰，夏建桥……"他连点了几个人的名字，让他们在讲台上站好。我一听都是昨晚在宿舍里抽烟的。吕老师从口袋里摸出两盒烟，一个打火机，向大家展示了一轮，扔在讲桌上："我是不是说过莫给你脸你不要脸？你们几个——"他嫌恶地扫了一眼，"看来是不给我脸咯？"刚一说完，他走上去甩了每个人一耳光。清脆，响亮，我吓得浑身一抖。"你们再要是让我发现抽烟，就不只是一耳光的事情。"吕老师扭动手腕，又扫了一眼教室："你们也听好了。在我的班上，谁要干出抽烟、早恋、打架、上网这样的事情，我一个都不饶过！听到了没有？"我们回："听到了。"吕老师猛拍讲桌："大点儿声!"我们大声喊道："听到了!"吕老师转头说："滚回座位上去!"那几个人垂着头下了讲台。王俊走过我桌位时,狠狠地瞪了我一眼。我觉得莫名其妙。李旺风过来时,也瞪了我一眼……直到建桥,他没有看我,径直走过去,脸上的巴掌印尤为明显。

一整个上午我都完全没有心思听讲。他们肯定怀疑是我向吕老师告的状,现在他们每个人都恨死我了,包括建桥。只有我昨晚去阻止了建桥抽烟,而今天他们就被叫上去了。我自然是最大的嫌疑人,不是吗?我很想立马起身去跟他们解释,但我该怎么说呢?说他们误会了我,可是他们并没有说出口。我要是去解释,不是此地无银三百两吗?我要是不解释,我会不会遭到他们的报复?一想到此,我感觉十分害怕。下了课,我也不敢起身,不敢去厕所,也不敢回头看。只有在教室里,我才可能是安全的。等到了上午课完,同学们纷纷拿出饭盒去食堂吃饭,戴梦兰从桌子里拿出那罐我放的腌鱼,冲我笑笑:"你的?"我"嗯"了一声。她露出十分高兴的神情:"我爱吃鱼。"其他的女同学叫她,她拿着腌鱼扬了扬说:"谢谢。"等她走开,我才想起应该跟她说下这罐腌鱼的来历,可人家已经走了。而她给我的那罐辣椒,我始终舍不得打开。

等大家都走光了,我才起身往食堂去,已经有不少同学已经吃完,正在清洗饭盒。一进食堂,我就看到了建桥和那几个男生坐在一起，激烈地讨论着什么。他们也立即看到了我。我很想逃走，但我不能那样，否则岂不是自证他们的猜疑吗？建桥也没有像往常那样起身招呼我过去吃饭，他低头扒拉眼前的饭菜。我强装镇定地往打饭口去，那边王俊站了起来，要往我这边来了，建桥一把把他拽住，按了下去。打好饭菜，我找了一个角落勉强吃了一些。建桥那头的人已经起身，往门外走。刚到食堂门口，王俊回头冲我这边大喊了一声："垃圾！"我强忍住没有哭出来。究竟是谁告的状？我不知道。但现在是我在承担这个后果，这让我又气愤又恐惧。实在是吃不下，我把饭菜都倒了，洗好饭盒，往教室走。离教学楼还有十来米的地方，有人叫我，回头一看，是吕老师。此刻我最不想碰到的就是他，可他偏偏撵上来，跟我并排走。我看了一眼二楼教室，有同学趴在窗口往这边看。"你还不快点儿走，马上要打铃了。"吕老师说。我连说好，加快了脚步，吕老师跟我一样。我很想甩掉他，或者停下来，让他先走。但已经不可能了，我们同时进了教室。下午第一节课是吕老师的。

我的脖子一直能感觉到来自后排投射过来的灼热目光。老师讲的什么，我一个字也没听进去。膀胱很胀，但下了课，我不敢起身。吕老师的物理课结束，下一节是语文课，再下一节是化学课……我觉得时间漫长得让人绝望，又快得让人绝望。要是现在我发四十度高烧该多好！这样我就可以名正言顺地请假回家。或者来一场地震吧，轰隆一声，所有人都死掉。或者那个告状的人良心发现，向那帮人承认是自己干的也可以……但一切按照既定的轨迹往下滑落，下午的课程结束，晚饭我没有去吃，接着又是晚自习三节课。下课铃声响起，一天的学习结束了。而我所要面对的事情，也许才刚刚开始。戴梦兰把课本归置好，担心地看了我一眼："你今天看起来状态不是很好。"我勉力地笑了一下说："有点儿感冒。"戴梦兰连忙说："我宿舍里有几包板蓝根，你要不在楼下等着，我去拿给你？"我连说不用。她顿了片刻："你不走吗？"我又笑了一下："我写日记。"戴梦兰点点头："我明天把板蓝根带给你。"她走路的声音，在空荡荡的教室里，响起了回声。教学楼很快就要熄灯了，我也该回宿舍了。出了教学楼，风吹来，昏沉了一天的大脑，清醒了很多。我的脚把我往车棚那头带，但我止步了，大门口的保安是不会放我出去的。那我找个地方躲一躲？到处是查岗的老师，没有一个可以藏身的地方。我真的很想号叫起来，但我的胃部疼得厉害，根本没有力气。我只能回宿舍。我怕什么呢？又不是我做的！我给自己打气。

走到宿舍门口，吴兴华正端着脸盆出来泼水，走过我身边时，极小声地说："你小心点儿。"此时，我反倒镇定了下来。该来总会来，那就索性快点来吧。一进宿舍，一种奇异的冰冷感迎面袭来。我已经做好了一群人冲过来打我一顿的准备，但当我走到宿舍中间时，并没有人动弹，他们安静地躺在自己的床上，没有人如往常那样笑闹。我尝试去看他们，他们的眼睛也看我，冷冷的，不带感情，随着我移动。我觉得我的双腿发软，口腔干涩，浑身忍不住发抖。有一双眼睛更是揪住我不放，那是王俊从上铺投射来的。但他只是躺着，并没有跳下来。等我走到底，建桥蒙着被子睡在床上。我坐下来，床铺发出的吱嘎声，听起来特别刺耳。我小心翼翼摸摸我的床，希望不要被人放了钉子，或者泼了水，但早上我走时是什么样，现在还是什么样。我有些发懵：就这样过去了吗？他们不跑过来质问我了吗？真是太诡异了，我反而有点儿毛骨悚然。那吴兴华让我小心点儿，是什么意思？我偷眼看了一下，吴兴华也已经睡下了。在我来之前，他是不是已经在宿舍里听到了他们如何密谋来对付我？我很想过去问，但他估计也不敢说。

懒得洗脚洗脸了，躺在床上没一会儿，就熄灯了。我警惕地竖起耳朵，也不敢闭眼睡觉，生怕他们会在暗处使出什么招数来。建桥一直蒙着被子，一动也不动。我隔着被子碰碰他，他躲了一下。我又推一下他，他翻身背向我。我很想问问他到底是怎么回事，但他完全没有要跟我说话的意思。他在棉被里缩着身子，被子裹紧，明摆着就是不要我去打扰他。我收了手，平躺在自己的床上。连他也怀疑是我告的状吗？看现在这个情形：是的。我真想像过去在家里那样，踹他一脚。他就不能问一下我吗？他也要像其他人那样，一起怀疑我吗？我越想越生气。他没有睡着，我知道。我没有睡着，他肯定也知道。我们像是怄气一般，谁也不动一下，连呼吸声都是极细微的。不知道是何时睡着，突然惊醒时，发现同学都在忙乱地穿衣服。而刺耳的起床铃声还在响个不停。我迅疾爬起来穿好衣服，想叫建桥，他的被褥被推到一边，人已经不见了。等我一路小跑到操场上，建桥早在队伍中了。我站在他身后，小声地责怪道："你为么子不叫我？"他淡漠地看了我一眼，跟前面的一个同学换了个位置。哨子响起，晨跑开始了。跑到第二圈时，我的脚踝被人猛地踢了一脚，疼得我倒在一边。我抬头想去找谁干的，队伍一路向前，没有人过来扶我，建桥连头都没有回一下。我叫那么大声，他不可能听不见的。

是吕老师过来扶起我的，我最不愿意看到的就是他来。我心里清楚肯定是那一帮人中的一个暗中使绊。吕老师这样一扶起我，还关心地问我怎么了，就更叫我解释不清了。我忙说："没事没事，自己不小心摔了一跤。"吕老师弯腰扒开我的袜子："都青了。"跑步的队伍又转过来了，不少人已经看到了吕老师扶着我往教室走。等我在位置上坐好后，吕老师说："你等一下，我去小卖铺问问有没有红花油。"我想说不用麻烦，他已经转身离开了。教室里空空荡荡，窗外随着有节奏的哨子声，大家又一次喊起了口号："锻炼身体！好好学习！不怕吃苦，勇夺第一！"从脚踝传来一阵又一阵的刺痛，而更让我难过的是：建桥连头都不回一下。吕老师几乎是一路小跑地回来了，他兴奋地说："还好老板娘有。"他拉一把椅子过来，把我鞋子和袜子脱掉，脚搭在他的大腿上，给我的脚踝抹上了红花油。火辣辣的疼，像是火爪子一般挠着我的神经。我忍住没喊，吕老师柔声地说："活活血就好了。"我有点儿不适应他这样的变化。他又把我袜子穿上，套上鞋子，小心翼翼地把脚放下来，红花油也搁在我的桌上说："你时不时擦擦。实在不行，去医务室看看。"说完，他往外走去。他今天穿的灰色外套和黑色长裤，也是干净清爽的。到了后门口，他大声说："你别发呆了，赶紧准备早自习！"

晨跑的同学们都回来了。戴梦兰一落座，就往我脚上看："是你摔倒了吧？我离得远，模模糊糊看着像是你。"我点头说是："已经擦了红花油，没事。"她细细看我的脸："明明有事吧，你脸上都有汗。"我说："你脸上也有汗啊。"她笑道："我是跑步跑的。"说着，她又从口袋里掏出两包板蓝根说："你感冒好点儿了没？这两包我给你冲了喝吧。"我连说没事，她才作罢。早自习结束，戴梦兰说："你在教室里待着好了，我帮你打早饭吧。"我连说不用，说时装作无意地往后扫了一眼，建桥跟那一帮人已经往后门口走去了。我心里一阵难过，戴梦兰这边说什么我都没有留意。"你喜欢吃包子，还是馒头？"戴梦兰又问了一遍。我说没有胃口。她迟疑了一下，说："那我看着带吧。"教室又一次空了下来，天已经亮了。今天是一个阴天，光线晦暗，我心情也晦暗。我又一次心生恐惧，我很担心早上绊我的人，趁着我一个人，又会来下黑手。我现在这样，连逃都逃不了。惴惴不安地不知等了多久，终于在我身后响起了脚步声。我全身绷紧，手里攥着削笔刀。"还是热的，你快吃吧！"戴梦兰把四个包子和一杯豆浆，放到我桌上。她自己的是两个包子，外加一杯紫米粥。"不够的话，我这两个包子你也拿去。"她说话时，脸颊红红，额头还在冒汗，看来是跑过来的。谢过她后，我勉强吃了两个。身后又响起了杂沓的脚步声，我赶紧把剩下的包子和豆浆放在桌里。戴梦兰疑惑地看我一眼，我说："我留着中午吃。"

我怕戴梦兰又要帮我打饭，一到中午，我便起身拿着饭盒，一瘸一拐地往食堂去。戴梦兰出了教室门，倒是很少主动来跟我说话。一进食堂，我还是快速地找到建桥的身影。他一个人坐在角落吃饭，而跟他一起的那几个在另外一头。我一时间有些糊涂。打完饭后，我自己找了个座位吃起来。五六分钟过后，建桥端着饭盒经过我身旁时，停下，眼睛却不看我："你还疼吗？"我愣住了，他绷着脸，饭盒里的饭菜大部分没有动。"擦过红花油了。"我小声地回。他"嗯"了一声，瞥了另外一头的那几个一眼："不会再有事了。"我反问："么样的事?"建桥没有回我，径直往食堂门口走去了。很快那几个也起身跟着走了。他们一边走，还一边冲我笑。我又气又恼又不解：建桥在整个事情当中起了什么作用？建桥主动，哪怕不是主动，也默认他们对我的报复行为吗？我不敢想。这跟我认识的那个从小玩到大的建桥，太不像是一个人了。远远地，我看到王俊想跟建桥勾肩搭背，建桥把他的手推开了。其他几个人，跟着在说什么，建桥大声说："事情到此为止！听到啵？到此为止!"

六

一直到周六，建桥始终没有跟我说过一句话。走在路上碰到了，他脸上也会露出焦躁的神情，撇过头走开。到了晚上睡觉时，他没有跟寝室里的人笑闹，默默地躺在床上发呆。等我过来时，他也不抬头，等我洗脚洗脸完毕泼完水回来，他已经蒙头睡下了。此时我发现他也不跟那几个人来往，就自己一个人吃饭，一个人走路，一个人站在学校池塘边发呆。我想过，要不要写个纸条告诉他我没有告状，但他会相信我吗？这一切都太巧合了，如果我不是当事者，连我都觉得肯定是我干的。还有一点是我在生他的气，他为什么不来问我？哪怕是质问辱骂都行。现在这个样子，谁都难受。周六中午，又看到戴梦兰爸爸来接她，我在教室等他们离开才下楼去车棚。上了省道，快到棉花厂时，我看到了熟悉的身影："建桥。建桥！"他回头看我，迟疑了一会儿，放慢了车速。我赶上来时，他脸朝着前方不看我。"你为么子不等我一起回？"我没话找话说。他绷着脸，没有说话。我们并排骑，凉风吹得手指节都感受到了寒意。"好冷啊！"我感慨了一声。他还是不理我，车子开始拐弯，往垸口的泥路上骑去了。

母亲在家，跟秋芳娘坐在灶屋里一起烧火做饭。我叫了她们，秋芳娘探头问："建桥嘞？"我说："他回了。"秋芳娘立马说："你叫他过来。我跟你妈炖了一只鸡。"我把包搁在桌上，脏衣服塞到桶里："我叫不过来。"秋芳娘"咦"的一声，走过来，看我的脸色："出么子事咯？你看起来几不高兴的。"我眼睛里突然一热，忍不住哽咽："没得事。"说着要往我自己的房间去，秋芳娘拉住我："昭昭哎，是不是建桥欺负你了？"我没说话。母亲也过来了，递给我一条干毛巾说："这么大人咯，说个话哭么子！"秋芳娘气恨地说："这个建桥做么事鬼咯！"她走到灶屋门口，高声喊道：

"夏——建——桥，你死过来！快点儿！"过了一会儿，建桥到了门口，秋芳娘举手拍了一下他的脑袋："你老实交代，对昭昭做了么事？"建桥讶异地回："我没做么事啊。"母亲说："莫错怪建桥了，昭昭是个细姐儿性格。爱生气！"秋芳娘还在问："你这周是不是又闯祸了？！"建桥没有说话。我也没有说话。我为自己突如其来的眼泪感到羞耻。

过了半晌，没问出个所以然来，母亲讲："细伢儿的事情，让细伢儿自家解决。我们大人不要掺和了。"说着，拽着秋芳娘去灶屋里头了。我和建桥站在门外。眼睛已经干了，脑子里嗡嗡响。建桥突然说："你哭够了吧？！"我火"蹭"地一下起来："你这是说的么子话！"建桥"哼"一声："你倒是会抢到前头去……"我反问他："抢么子？你说清楚！"他退后了一步："你自家心里清楚。"我上前了一步："清楚你个头壳！"建桥往他自己家那边走："没得么子好说的。"我上去拽住他："这个事情一定要说清楚！"建桥转头看我时，露出嫌恶的神情："我不追究你么子咯，你还要么样的？他们要打你，我求他们不要打你！他们报复你，我去骂他们拦他们，跟他们关系都闹僵了！你还要我么样？"他一下子红了眼眶，攥紧拳头，浑身发抖。我从未见过他这样，便松开了手。他又往前走了几步，停住，回过头来大喊："我真想不到你会这样！我想不到……我恶心死了。"

此时，我反倒冷静了下来："你想不到么子？你问过我没得？你就信他们说是么样就么样，是的啵？"他愣了一下，咕哝了一句："不是他们说的……我又不是没长脑子。"我气笑了："我看你的确是没长脑子。"他见我笑，又要恼了。我用平静的语气问他："我要是真想告状，还非得前一天当着所有人面把你烟扔掉，第二天就告老师，我这不是有毛病？"他像是被重重打了一拳，呆立在那里。我转身往灶屋走，建桥追了过来："我不明白！"我问他不明白什么，他说："那会是么人？"我摇摇头："我不晓得。反正我没做过。"建桥侧头又想了半晌，嘴里咕咕哝哝，我懒得理他了。秋芳娘喊我们去吃饭，母亲把鸡汤端上来，见我进门："你们的事情了啦？"我说："我不晓得。"秋芳娘在后面说："哎哟，他们两个之间能有么子事……夏建桥！你要是不吃饭，就滚回去！站在那里做么事？当菩萨让人拜？！"建桥磨蹭着进来。桌子上除了香菇炖鸡外，还有醋烧带鱼、粉蒸肉，外加一盘卤鸡爪。真是过年才吃到的菜。建桥拿起鸡爪就吃，秋芳娘瞪他一眼："手都不洗，你吃鸡屎！"母亲笑道："让他吃咯，平常时食堂里能吃到个么子。"我问秋芳娘："秋红姐没放假？"秋芳娘把盛好的饭放在桌上说："她要学习，就不回咯。建桥要是有他细姐一半用心，我就不消操心咯！"我瞅了一眼建桥，他拿起另外一个鸡爪递给我，我没接，他递得更近了，我装没看到，母亲说："昭昭，你接着。"秋芳娘笑道："昭昭肯定不爱吃。"母亲依旧盯着我，我只好接过来。

吃完饭，我要洗碗。母亲赶我去看书。坐在竹床上，找了本《巴黎圣母院》看起来。建桥蹭了过来，坐在我旁边。我往边上躲了躲，他又贴过来。我说："你做么事？"他嘻嘻一笑，我白了他一眼："你不是几高冷？困个醒哦，还蒙着头，还不屑看我一眼的。有本事你就继续。"建桥手肘撞撞我："我刚才琢磨了这个事情。吕老儿之所以晓得，要么是我们寝室里有人告状，要么是他自己看到的。同学告状，我想半天想不出会有么人做出这样龌龊的事情。所以很有可能是吕老儿自家躲在外面看到的，你记不记得一开学我们在教室里说话，他一个个都晓得……"经建桥一描述，我顿时感觉恐怖。想了想，我问道："如果真是他，他为么子当时不冲进来打你们？"建桥啧啧嘴："吕老儿就是个变态狂！在宿舍里打人，哪里比得上当着全班打人刺激？他就是做给所有人看才过瘾。我还不晓得他！"我"呵"了一声："你又晓得咯？那一周你倒是么样对我的？"建桥猛拍大腿："还不是王俊他们说的！他们你一言我一语的，说得有眉有眼，不是真的，也说成真的咯。"我没理他，接着看我的书。

他在我边上躺下来，忽然问："书就这么有意思？"我奇怪地看向他。他盯着堂屋的天花板，手伸向空中说："我为么子觉得管么子都没得意思……读书没得意思，打游戏没得意思，大人没得意思，老师没得意思，同学也没得意思，做作业也没得意思，连没得意思都没得意思。"我撇撇嘴："你不是从小到大管做么事都充满干劲儿？"他翻了一个身说："是啊，可是到了一个点儿上，突然就觉得提不起劲头。管看么子都好烦，烦我爸我妈，烦老师同学，也烦我自家，心里头老是有一股火气，想发泄出来。"我忽然一笑："看来你也烦我。"建桥一愣，也笑了："有时候也蛮烦你的。你那个怪脾气，我经常弄不懂。我有时候觉得我们是两个路子上的人，"他小心地瞥了我一眼，确认我没有生气，"你走得越来越远，我有点儿跟不上咯。"我心里微微一震，他说完后翻身背向我。书我看不进去了，想说些什么，又不知从何说起。

骑车返校时，我加了一件薄毛衣。天气一天比一天冷。秋芳娘在建桥的包里塞了又塞，建桥抗议道："好咯好咯！我下周又不是不回！"秋芳娘骂："你回个狗卵！你上次不是没回？要不是昭昭不辞辛苦给你背东西过去，你不冻死才怪！"上了省道，建桥还在抱怨："带这么多东西，往哪里放？宿舍里又没个柜子！"结果一到宿舍，他把包往床底一塞了事。其他来的同学，都跟建桥打招呼，对我却是冷漠不语。我也习惯了，自己把东西归置好后，本来想问建桥要不要去教室自习，回头一看他又跟王俊那几个人有说有笑的。我真是又气又恼，没有叫他，径直去到教室。戴梦兰已经在位置上了，她换了一身绯红色外套，扎了辫子，正低头做习题。我坐下来时，她没有觉察到。可能是碰到难题了，她咬着铅笔头，眉头微皱，手撑额头，脸颊鼓鼓，我不自觉地呆看了一会儿。她放下手时看到我，露出吓一跳的神情，紧接着拿手轻轻拍一下我胳膊说："你这个人哦，也不出一声，就看我笑话是啵?!"我身子缩了一下，她碰到的那一块，可能是我的错觉，有一丝酥麻。还好教室没有来人，否则我真不知道如何应对。

她可能是觉得刚才的动作太过冒昧，便换了话题问我："你感冒好点儿了吗? 脚还疼不疼?"我说："都没事了。"她顿了半晌，又问："建桥为么子没跟你一起来?"我说："他有他的好兄弟。"戴梦兰一副"我懂了"的表情："那你岂不是很难过?"我侧头看她问："我难过么子?"她想了一下："我过去最好的朋友，去了另外一个中学。这次我回家跟她见面，几乎没得么子话说，我就蛮难过的。"我把数学题翻到她做的那一页，她又接着说："也不晓得是哪个人说的: 朋友都只能陪你走一段路。道理虽说晓得，总归还是有点儿伤心。"她眼皮垂下，放下笔，手摩挲着习题本。我讶异地看她："你难过了?"她又抬头笑笑："我是发神经了。没得事。"教室后门响起了脚步声，有几个同学一边说话一边进来了。很快地，大家都来了。我听到了建桥跟王俊他们说话的声音，他们说着游戏里的事，我听不懂，看来他们是和好了。至于王俊他们还会不会针对我，我心里没底。但戴梦兰那道做不出来的题，我是有底的。我把做好的步骤图给她看时，建桥那边的声音传过来："要不要去杀一局?"

七

夜里刮大风，咔嗒咔嗒响，像是有人在撬锁开门。半睡半醒间，梦见田地垄沟里长满杂草，感觉随时会有一条蟒蛇猛地张开大口朝我扑袭过来，赶紧强迫自己睁眼，室内黑黑，房门与门框之间的空隙漏下一窄条走廊的灯光，像是一根夜的鱼刺。又一阵风来，寝室后门忽地打开，吓得我差点叫出声来。等了一会儿，并没有人进来，夜风寒浸浸，冷得我直哆嗦。我起身下床把门锁上，心里直奇怪：临睡前，我明明是锁了门的。再次躺下，总觉得不对劲。寝室各处传来呼噜声，但我耳边没有。我伸手探过去，床上无人。我吃了一惊，坐起来掀开建桥的被子，他果真不在。莫非他起床去上厕所了？睡前他脱下的衣服也不见了。我接着躺下，睡意全无，听着窗外风呼呼而过，心想还好带了毛衣。大约过了一刻钟，建桥还是没有回来。我开始有点儿担心了，起身下床，借着走廊的光源，看了一眼宿舍，有好几个床铺都是空的。我想了一下这些床铺的主人，大概知道他们干吗去了。重新回到床上，我怄了一肚子气：真是无药可救！怎么能如此放纵自己呢？与此同时，我又在想他们几个是怎么出校门的，而且这么大的风，也没有公交车，自己的自行车也在车棚里，他们怎么去镇上上网打游戏的？想不明白，也懒得想明白。

昭昭。昭昭。昭昭。我睁开眼时，一张脸贴在玻璃上。我以为自己在做梦，但敲玻璃的声音一直没停。再一看，是建桥的脸。我转过身，不理他。不知道是什么时候了，天还是黑的，睡意依旧浓浓。昭昭。昭昭。昭昭。叫唤声持续往我耳朵里钻，真是烦不胜烦。我起身把后门打开，建桥一闪而入，紧接着王俊他们几个也都跟了进来。王俊悄声说："么人叫你把门锁上的？冻死老子咯！"站在后头的午高峰插嘴道："他都看到了，不会又跑去告状吧?！"建桥低声说："好咯，跟你们说了，上次那事跟昭昭没得关系，你不要再赖他了。"说着，他搓着手，脱掉鞋子，衣服也不脱，直接钻进被窝，"卵蛋都要冻掉咯！你们赶紧回床上困醒了。其他同学要看到了。"他们各自悄悄回到自己的床上，发出一阵阵吱嘎声。很快寝室里又恢复了平静。建桥几乎一沾枕头就睡着了，简直是没心没肺。而我的睡意已经全无。夜的裙摆一点点收起，露出了发白的天空。没过多久，起床铃声响起，操场上响起了哨子声，一阵不愿起床的哼唧声随即响起。起床时，我踹了建桥一脚："起来！"建桥睡得正香，我又连踹了几脚，他才极不情愿地撑起身子来。

上早自习时，建桥因为趴在桌子上打瞌睡，被语文老师警告一次；上午第三节课，建桥又因打瞌睡被化学老师点名批评；到了下午，吕老师的课，相安无事，看来建桥和那几个人心里有数，强撑着没有打瞌睡，一到下一节课，他又被英语老师揪出来，送到教室后头对着墙罚站。我们在听讲，后头发出"砰"的一声，扭头看去，建桥因为站着打瞌睡，头撞墙上去了。英语老师气极，让他滚出去站。一到晚上，他人精神了。上晚自习时，老师不在，他喊喊喳喳地跟王俊他们聊天。吴兴华走过去提示了好几次，他们不听。吴兴华又气鼓鼓地回来了。戴梦兰把本子推过来，上面写了一行字："你能劝一下建桥不要这样吗？"我在字下画了一个苦脸的表情。回头看去，建桥手搭在椅背上，嘴角扬起，跷着二郎腿。实在是看不下去了，我又转过来，在本子上写道："我已经快认不出他来了。"戴梦兰正要在下面写字，吴兴华忽然起身喊道："够了没有？能不能遵守一下课堂纪律？！"大家一时间都目瞪口呆，后面也安静了一下。"哟呵，吴班长现在有班长的样子了！"是王俊的声音。吴兴华脸气得发白，拍了一下桌子："你们不要影响别人学习，听到没有？"建桥那边回："你们前面的成绩这么好，还需要学个么子？我们后面的没得基础，做个题，总是要讨论的，你们说是不是哦？"那一拨人立马回应"是哦是哦"。吴兴华点点头说："要得要得。你们随意。"他又一次坐下来，任凭后面如何吵闹，都没有再抬头。

风吹了一天，等到晚自习后出了教室门，天空澄碧无云，一轮圆月高悬。本来是想回宿舍的，但我贪恋这月色，忍不住往教学楼另外一头走去。槐树夹道，路灯洒下的光聚着秋的寒气，一天浮躁的心顿觉有些寂寥平静。月亮簪在树梢上头，槐树枝桠斜压头顶，一时间仿佛是在遥远的西伯利亚森林中。花坛中的菊花一球球开得正旺，贴着去闻，带着一鼻子香。正当我拾起一枚落叶时，有人在身后叫我，我转身一看，居然是吴兴华。"你么在这里？"我惊讶地问他。他手插在兜里，看起来心事重重："我是来找你的。"我更加诧异了："找我？"他"嗯"了一下，并排跟我慢慢往前走："有些事儿，在我心里好久了，不说出来，我总觉得对你不住。"他越说，我越糊涂。我跟他不熟，连说话都很少，他能有什么对不起我的事呢。他没有继续往下说，反倒是低下头踢路上的落叶，我也没有追问。寝室楼那边的喧嚣声，传到我们这边，微茫遥远，里面的人，也仿佛跟我们无关了。

"其实，"吴兴华抬头跟我说，"夏建桥他们抽烟的事情，是我跟吕老师说的。"我还没来得及回话，他急忙接着说："我没想到这个事情，伤害到了你。我看到王俊他们故意整你，害得你脚踝受伤；也看到了夏建桥，一星期不理你，你很难过……我心里特别内疚，但我不敢站出来说是自己……"我等他说完，心情平息了，才问："那你为么子要告诉吕老师呢？"他刚才激动异常的脸上，面露嫌恶："你不觉得他们在寝室里这样胡闹很过分吗？"见我说是，他激动起来："我就晓得你跟我一样想的，你看不惯他们在寝室里打扑克对不对？你也看不惯他们随地吐痰随地扔烟头对不对？但你敢阻止，虽然他们不听。这个我几佩服你的，我做不到。"我随即反问："所以你告诉吕老师，让他来解决问题……"吴兴华点头说："这个事情只能让吕老师解决，我虽说是班长，你看他们哪个听我的？……我只是没想到伤害到你了，虽说是无心的。"一时间我心里乱糟糟的，刚才看月色的愉悦心情消失无踪了。

　　沿着路转一圈后，我们往宿舍楼那边走。吴兴华比我矮半个头，说话时抬头看我，总有一种哀切的神情。"夏建桥，"他念出这个名字，"你跟他关系这么好，你能不能劝劝他？"我反问他怎么劝，他思索片刻，说："建桥跟那几个还不同……我觉得他太孤单了，才跟那些人混在一起。"我心头一颤："孤单？"他"嗯"了一声："他是个想要合群的人，想靠讨好别人来得到关注。你看他跟着他们抽烟打牌，还一起打游戏，哪一样不是在讨好人家？"我不知如何回应，只能默默走路。风又起，透过衣衫，寒气如枝蔓一般伸开。吴兴华双手抱胸，冷得跺脚："好冷。我们快点儿往回走吧。"我说好，加快了脚步。快到宿舍楼时，吴兴华又说："今晚的话，你莫告诉别人……我还是怕的，他们人太多咯。"我答应后，他又说："你让建桥夜里莫偷偷去上网了。学校抓到一个处分一个，去年就有人被劝退了。"我忙问："吕老师晓得他们上网了?"吴兴华摇摇头说:"我不晓得他晓不晓得……反正你让建桥莫冒险就是了。"走到离我们宿舍不远处,吴兴华让我先进去,他待会儿再进,说着往男厕所走去。

孤单,我心里默念这个词。宿舍里的人大多已躺下。建桥盘着腿坐在王俊床上说话。我抬眼看他时,他正眉开眼笑,手还连连拍着王俊的肩头。孤单。他看样子如此合群。要说孤单,是我才对。没有人搭理我,我进来和不进来,对他们都是一样的。他们的目光从未落在我的身上。我倒水洗脸洗脚。吴兴华进来了,他也在默默地倒水洗脸洗脚。没有人跟他搭话。我们一头一尾,做着同样的事情,夹在中间的热闹,跟我俩无关。建桥不知何时凑了过来说:"我忘打水了,蹭你的吧。"不等我答应,就把脚伸过来。我悄声问:"你今晚还出去?"他眨眨眼:"今晚不去了,太累了。"我好奇地再问:"你们昨晚么样去的?"他嘻嘻一笑,凑着我耳朵说:"只有男厕所的围墙上面没得玻璃碴,翻过去,反正王俊家离学校近,他爸妈又不在,就去他家把三轮车骑出来就好咯。昨晚真是冷死人了!"他说完,冲我一笑:"你也想去?"我拿毛巾擦脚说:"我不去。你也莫再去了。"他凑过来悄声说:"我们会在晨跑前回来,没得人晓得。"我偷瞥了一眼那头的吴兴华,压低声音说:"你信我一句,莫——去——了!"建桥反问一句:"为么子?"我气得打了他一下:

"你真是不长脑袋！"

不知道是不是真听了我的话，那一夜他真没有出去。半夜里我醒来了两三次，看他都还在。之后的两三天，他也没有什么出格的举动，我才略微放下心来。马上要月度考试了，吴兴华通知我们各科的课代表去吕老师的宿舍会合，他要了解一下各科的学习情况。上到宿舍楼五楼到六楼去的地方，被一道上锁的铁门拦住，因为六楼、七楼是老师宿舍。一位白胖和蔼的女人过来开门，引我们到了605室。吴兴华喊了一声"师母"，我们也跟着喊。师母笑道："吕老师在教研室有个会，你们稍微等等。"说着让我们各自坐下，一一给我们端上茶水。我们从未被如此礼待过，简直受宠若惊。环视房间，两个行军床拼在一起算一张大床，灰蓝色床单；一个大立柜，旁边堆满了书，没有书架；一张书桌搁在窗台下，放着我们的试卷、教辅和教科书；唯一的点缀是，书桌上那一瓶黄白红相间的菊花，我想应该是师母特意放的。虽然看起来极为简朴，但打扫得十分干净，地面、窗户、桌面，纤尘不染。师母又拿饼干让我们吃："不要拘谨，吕老师也是的，让你们等这么久！"我们忙说没事，她问："吕老师是不是特别凶？"吴兴华忙摇手："没有没有，老师很好！"我们跟着说很好很好。师母叹了一口气："他哦，太严厉了！我说过他好多次了。"吴兴华回："严厉对我们来说是必要的。"我们跟着说必要必要。师母笑笑说："他心里有你们，嘴上不说。改作业经常改到大半夜……他是不是经常不洗头就去上课了？我这次来几天，屋里哦，乱得跟猪窝似的，衣裳也不洗……"我们听到这里都觉得有点尴尬了，不知如何回应。

吕老师推门进来时，我们立马站起身来，师母上前整理了一下他的衣领："也不当心！一个在外，一个在里。"吕老师面露尴尬："燕宁，你先出去散散步，要得啵？"师母扫了一眼我们说："你看你哦，把他们都吓到咯。个个看起来几紧张的！"吕老师推着她出门："好咯好咯，要不你先去梦娟那里坐坐。"师母探头跟我们挥手："那饼干，你们别客气，拿着吃哈。"吕老师好不容易把师母送走，转身过来时，脸上恢复了往日的严肃："坐吧。吴兴华，你说一下……"门又一次推开，师母探进半个身子来。吕老师无奈地问："又做么事？"师母从门背后的挂钩上拿下一把伞："外面下雨了。"说着向我们笑笑，关上了门。果然是下雨了，大颗的雨滴敲在窗户上。吕老师让吴兴华先说一下班上的情况，我很担心他说出建桥的名字，但他没有。接着各科代表说了一下每科老师的教学情况和同学们的学习状态。雨声密密，窗户上滑下条条水痕。远处的棉花田静默在蒸腾的水雾之中，杨树林高低树梢如山峦起伏。我有一种很想飞出去的冲动，而不是陷在这里，沉重得快要窒息。

吕老师挨个问完情况后，嘱咐了几句，便让大家回教室上课。快走到门口时，他把我叫住，让其他人先走。我心里一下子提起来。又一次坐下，吕老师站在我的对面，问问我的学习情况，又问问我家里的情况，我都说还好。他打量我半晌，想说什么又没说。我额头冒汗，极力控制住手脚发抖。他拖了一把椅子坐下，盯着我的眼睛说："我听到有人说，你在和戴梦兰谈恋爱？"我吓得站起："么可能！"他又招呼我坐下："莫激动，没有更好！现在也不是恋爱的时候……"我已经无心听他说什么了，只觉得屈辱和惶恐冲上脑门。是谁说的？吴兴华吗？还是王俊？我心里排查一个个可能的名单。"你不用有压力。我问了各科老师，你学习方面进步很大，继续努力。"吕老师说完，我没有说话。什么时候出的门我都不知道，走出宿舍大楼，雨点劈头盖脸地打在身上。我无心躲雨，踩一脚泥，我也不管。我有一种想去死的冲动。跳井也好，跳学校旁边的池塘也好，跑到省道上被车撞死也好，就是不要在这个学校里面活着，被这么多人暗地里看笑话。但我没有动弹，只能一步一挨地往教学楼走。我是个懦弱的人，没有死的勇气。

到了操场中央，一个人远远地疾步走来，靠近时一把伞罩在我头上，我抬眼一看，是师母。"你这是怎么了？"她问我。雨点敲打在伞面上，砰砰砰。我说没事。她把我往最近的食堂那边搜去："是不是吕老师说你么子了？"我没吭声，她生气地说："他是刀子嘴豆腐心，你莫放心上！我回去说他。"我说不要，她关切地打量我："赶紧回宿舍换个衣裳，莫感冒了。"一路被师母牵到宿舍去，我想把手抽出来，她不肯，生怕我做出什么危险的事似的。宿舍里没有人，师母扫了一眼，叹息了一声："这么多人住一个屋，真是艰苦。连个晒衣服的地方都没得。"见我也没有伞，便把自己的伞留下："你换好衣服去上课吧，管么子事情都会过去的。"等她走后，我站在宿舍中央，衣摆和裤脚还在滴水，浑身上下凉透了。我把衣服脱光，躺在床上。好久好久，才平静下来。

八

月度考试结束后，放了半天假。建桥没有跟我回去，我问他是不是要去镇上上网，他没有否认："考完试，肯定要放松一下嘛。你就跟我老娘说我在学校跟我细姐一样好好学习。"我实在懒得说他，往车棚走时，他还在身后喊："记得让我老娘准备几条秋裤，莫忘记咯！"刚进车棚，戴梦兰正推车出来，一见是我，微微一愣，小声问："你也回家啊？"我点头说是："你爸呢？"她手按在铃铛上说："他去武汉打小工了……我走了。"未等我回话，她已经骑车远去了。我呆立了半晌，心中盘绕着惆怅的思绪。吕老师或许也找过她谈话，这些天来，我们相互之间都没有说什么话。虽然还是同桌，但界限分明。她再也没有问过我习题，也不跟我一起念书，在本子上写字聊天的习惯也中断了。我们坐在前排中央，一举一动，后面都看得十分明了。这让我时刻处于紧绷状态。这个教室里不知道有多少眼睛在盯着我们。他们在暗处打量、编排、讥讽，还有告状。而我只能把自己锁在壳子里，手和脚收好，连眼睛都不要往她那边看。她的情况也是一样。上了省道，远远地看到戴梦兰。她骑得很慢，我再骑快一点儿就能追上她了。前后都是兴高采烈回家的同学，他们有说有笑，还时不时追逐打闹，而我选择了一条偏路拐过去，穿过田间的泥路，上了长江大堤。省道如一条细细的白线，在村庄之间蜿蜒。同学们看不见了，戴梦兰也不见了。秋风吹起，防护林里落叶纷纷。田地里空旷无人，白云浮在村庄上空。一个美好的秋日，可惜我毫无心情享用。

晚自习，戴梦兰没有来，听她同坑的同学说是感冒了。建桥倒是来了，我把秋芳娘给我的二十块钱和腌制品放在他桌子上，没有说一句话。正当我要转身离开时，他拉住我的衣袖说："我妈没说么子吧？"我"哼"了一声："你妈几心疼你哟，说我儿也开始刻苦念书咯。不晓得瘦没瘦？吃不吃得饱？睡不睡得暖？"一说完，周围的人哄地一笑，建桥也笑，笑得甚至比其他人更夸张，笑得直拍桌子。我忽然有一阵强烈的恶心感，很想吐一口唾沫到建桥脸上去。回到座位，建桥那头依旧闹哄哄。我捂住耳朵，不想听见他的声音。"你们能不能安静点儿？！"是吴兴华的声音。他走了过去，严肃地说："我希望你们保持安静，其他同学要学习。"建桥举起习题本，嘻嘻笑道："学学学！下面让我们学习第三章……"他大声地念出题目。吴兴华气得喊道："够了！你们太过分了！"说着转身往回走，王俊拿起一节粉笔头，弹到他脖子上。

有了那二十块钱，晚上我醒来时，建桥已经不在了。又是到了晨跑之前半小时，他和王俊那帮人悄悄溜回来。后门钥匙他们不知如何搞到的，进出反正毫无阻碍。慢慢地，隔两天他们出去一次。我也懒得说建桥什么了。建桥也基本不跟我说话。月度考试成绩出来，我排名全班第五。戴梦兰很奇怪，排名跌到了二十名后。我很想问她原因，但我们之间已经不说话了。我偷眼瞄她，她把试卷叠好，搁在抽屉里，眼睛盯着黑板，一言不发。按照排名情况，吕老师调整桌位。我调到了第一排中间，跟排名第三的吴兴华同桌。戴梦兰调到了右边第四排，搬桌子之前，忽然把一个玻璃罐放在我桌上，我一看是之前秋芳娘给我的那一罐，已经洗干净了。我抬眼看她，她低头擦书。抬桌子时，我起身要帮她，她小声说："不用了……"还未说完，眼泪就落了下来，但她随即抹掉。桌子很沉，搬起来吃力，她的新同桌是一位女生，过来帮她一起搬过去。我不敢特意望向那边，吕老师就站在讲台上，他的目光扣在我们头上。

建桥被调到了最后面靠走廊的位置，与王俊那几个人隔得远远的。他孤零零地坐在那里，双腿岔开，夹着课桌，手里转着圆珠笔，一脸满不在乎的神情，有时还往王俊那边扮鬼脸。调完座位后，吕老师把试卷举了起来："我只管前面考重点高中的，后面的你们要努力，否则我就任凭你们自生自灭咯。你们要想上前面来也可以，凭成绩说话！"教室里鸦雀无声。我发现他的衣服又邋遢起来，头发乱蓬蓬的。上午的课结束，我偷偷跟吴兴华说我的观察，他左右张看了一番，说："师母跟他吵架了，他这段时间心情特别不好。"我问他怎么知道，他悄声讲："我每个星期都要去汇报一下班上的情况，有一次隔着门，听到师母跟他吵架……后来，师母就走了。"说着往后偷瞥了一眼："师母一走，吕老师估计又要对班上严管起来了。你最好让建桥他们小心一点儿。学校好像已经知道一些风声了。"我谢过他，拿起饭盒，往后面走。师母的伞还在我这里，也不知何时才能还给她了。到了最后一排，见建桥还坐在位置上，本来想无视地走过去，但他那副落寞的样子，让我还是忍不住叫了他一声："一起去吃饭吧。"他恍过神来，呆看了我一眼，摇摇头说："不饿。"我不管，拽起他："哪能不吃饭！"一路把他硬推到食堂，一进门，王俊那边招手叫他。他冲我勉强一笑："我过去咯。"

他走了几步，我说："你要小心。"他转身看我："小心么子？"我又说："不要再像现在这个样子咯。"他一笑："现在是么样？"我撇过头不看他："你自家晓得。"他又笑："你现在几高贵，自然看不起我，这个我晓得。"我火气一下子上来了："我根本没这个意思。"他厌烦地说："好咯好咯，你去做老师的好学生就行了，莫来管我！我亲娘老儿都不管我！我要做么事，我自家负责，不需要你操心。"说完，他转过身大跨步往王俊那边去了。我气得想把饭盒砸到他头上去，但我忍住了。饭我已经吃不下了，出了食堂大门，一时间不知道往哪边走。过去秋红姐读初三，我们读初一时，建桥只要不听话，秋红姐一来，他就服服帖帖，但现在建桥已经不是那个小孩了，他长成了一个我完全陌生的人。有人碰我的胳膊，我一看，是戴梦兰。她往我手里塞了一包纸巾问："你没事吧？"此时我才发现自己的眼泪一直在流。我说没事。她关切地打量我，又左右看了一下，来来往往同学不少，她简短地说："那你保重。我走了。"说着她匆匆离开了。我捏着那包纸巾，回到教室。哭过之后，心里空落落的。我在心里暗暗发誓：关于建桥的一切，我都不再关心了。

他被各科老师罚站，已经成了家常便饭，因为他总是趴在桌子上睡觉。只要不打出呼噜声，一些老师已经不怎么管他了。有时下课，我经过他旁边，他依旧睡着，一只手伸向前，头枕在手臂上，嘴巴里流出口水。晚上回到宿舍后，他又变得生龙活虎起来，跟一帮人在床上蹦来跳去，抽烟也不避讳了，站在后门口你一支我一支地吸，前门有人放哨，查岗老师来，他们火速把烟灭掉，冲到床上去装睡。等到大家都睡下了，他们窸窸窣窣起床穿鞋，每一次开门我都会醒过来。最后一次，他们没有在晨跑之前回来。等起床的哨声响起，我们聚集在操场上，校长第二次站在了升旗台上，拿着麦克风，手往台下一排站着的人指去："昨晚，保卫科的老师在男厕所抓到了这几个，你们好好看看——"我看过去，心猛地一跳：建桥、王俊他们几个人，像是正在被公审的犯人一样，垂着头站在那里。同学们一下子炸开了，叽叽喳喳说个不停。吕老师走过来，铁青着脸："老实点儿！闭嘴！"大家安静了下来。

校长训斥了一通后，让老师把他们领回去。在全场师生的注视下，吕老师走了过去，一人一个耳光。校长咳嗽了两声："带回去再说。"一回到教室，等大家坐定，建桥和王俊几个人站在了讲台上，吕老师大吼一声："跪下来！"几个人扑通一声跪下了，唯独建桥还站着。吕老师冲过来，扇了建桥一耳光："你是聋了？"建桥说："我没聋。"吕老师手指地上："跪下，听到吧？"建桥说："我不跪。"王俊伸手拉他，他一把甩开。吕老师没有吼叫了，反倒是笑了出来，他眯着眼睛，绕着建桥走："要得。要得。几有骨气的。你要是学习有这个骨气，我服你。"出其不意地，他猛地往建桥膝盖窝踹去，建桥一下子跌倒在地，发出"砰"的一声。大家都屏住了呼吸，教室里阒无人声。"娘个×的！"建桥的声音忽然平地升起，他猛地站起来，劈头给了吕老师一个脆亮的耳光："你去死！去死！"吴兴华叫了一声："不好！"起身往讲台上扑去。此时，建桥拿起黑板擦砸在吕老师脸上，又拿脚连踹过去。王俊他们起身，和吴兴华一起合力把建桥拉住。建桥手脚不能动，口中依旧大喊："你去死！去死！"

建桥被众人拉出了教室，吕老师扶着椅子坐下来，把打飞的眼镜戴上，额头上、衣服上、手臂上都是脏印子，他看样子也没有缓过神来，眼神呆滞，喘着粗气。他的眼睛开始是对着虚空的一点，慢慢地聚焦在我的身上："夏昭昭，你现在回去！"我忙站起来，不明白他的意思。他接着说："你去把这个夏……夏建桥的家长叫过来！"我颤抖着说好，刚出了教室门，吕老师的声音追过来："快去快回！"我下到一楼，花坛边上，建桥虽然被一帮人揪住不放，嘴里依旧骂个不停。我看了他一眼，他像是能感应到似的，随即看我一眼。我心里一阵绞痛。他大喊一声："昭昭！"我停下来看过去时，几个老师过来把他往教研室那边拽去。他又喊了一声："昭昭！"我想回他一声，但他人已经被推进教研室，门随即关上。我很想跑过去，吴兴华站在二楼走廊上，冲我喊道："夏昭昭，吕老师让你赶紧回去！听到没得？"我抬眼看到他脸上来不及隐藏的一抹笑意。

回到家，母亲不在，到建桥家，秋芳娘也不在。去问香梅奶，她说母亲和秋芳娘都在棉花厂里打小工。于是，我骑车赶到两公里外的棉花厂，进到仓库，堆到天花板高的棉花如雪山一般矗立，几十个小小的人在山脚下做分拣工作。我喊了一声"秋芳娘"，山脚下的两个人转头过来。等她们到了我面前，我才看清是母亲和秋芳娘。她们戴着垂布帽子和口罩，眉毛和衣服上都沾了一层棉絮。母亲摘下口罩："你么过来了？"我说："我找秋芳娘。"秋芳娘也摘了口罩，与母亲对视一眼："建桥出么子事了？"我点了一下头。秋芳娘迅速把帽子摘下，焦急地问："他是生病了？还是摔伤了？还是闯祸了？"我说："人没得事，是我们班主任要你去一趟。"秋芳娘连说好，母亲说："你说清楚，是出么子事了？"我把建桥打了吕老师的事简略说了一下，秋芳娘连连拍手："么可能！么可能！建桥这么乖的伢儿，么会打老师？我不信！"母亲扶着秋芳娘说："我跟你一起去。"秋芳娘情绪稳定一些后，拒绝道："太丢脸咯。我自家去就行咯。"母亲叹了一口气，答应了，然后对我说："你看着点儿情况。晓得啵？跟班主任求求情。"

秋芳娘坐在我的车后，手挽着我的腰说："昭昭哎，你几瘦哩。食堂的饭菜不香是啵？"我说是。停了一会儿，她又说："昭昭哎，你老实讲，建桥是不是根本没有好好学习？"我又说是。她默然半晌，叹口气："他不晓得不读书的苦。我和他爸，拼死拼活做，他这样糟蹋自家前途，真是叫人怄气！"我说："我劝过他的，他不听我的。"她拍拍我的背："还是昭昭好。昭昭好好念书，将来要是发达了，记得提携一下建桥，要得啵？"我眼睛发酸，不再说话。进了学校，往教研室走去，建桥站在门外，见我们过来，顿时慌了神："妈……"秋芳娘绷着脸，没有理他，也不看他，径直推开门。吕老师坐在那里，我相互介绍了一下，秋芳娘鞠了一躬："对不住，老师。我屋的建桥要不得。"吕老师摇摇手："这个事情没得么子好说的，我是教不了你的伢儿。"秋芳娘让我把建桥叫进来。任我怎么拽，建桥就是不肯进来，他执拗地站在原处。秋芳娘过来了，劈头给了建桥一耳光："进去！"建桥说："我不要！"吕老师的声音传来："莫强求他咯。"秋芳娘急了，吼了一声："建桥，你是要我死是啵？！"建桥两眼发红，终于动了一下。

秋芳娘和建桥站在桌边，吕老师闷头改作业。"给老师道歉。"秋芳娘说，建桥紧闭着嘴。秋芳娘恨得捶了建桥背一拳："你么这么不懂事？道歉！"建桥不言语。吕老师没有抬头："好咯，好咯。你把建桥带回去。我也不追究么子咯。好聚好散，要得啵？"秋芳娘叫了一声"老师"，忽然往下一跪，"对不起，老师。我屋建桥一时糊涂，你莫见怪。我给你赔不是。"我和建桥去扶秋芳娘起来，秋芳娘不肯，继续哽咽地说："建桥本质上不坏，只要肯念，一定会念进去的，你给他一个机会……"建桥喊道："妈，你莫这样！你起来！"秋芳娘拉住建桥："你跪下！跪下！给老师赔不是！"建桥还是不肯。吕老师一时间也慌乱了，起身说："这个……你……哎哟，莫这样！受不起！"办公室里其他老师也过来劝。建桥吼了一声："够咯！够咯！我不想念书！"他猛地一下把秋芳娘扯起来，攥着她的手往外走。我跟了出去，到了花坛边，秋芳娘要往教研室这边奔，建桥把她往外面拽："走！走！不念咯，回去！"我焦急地跑过去。建桥冲着我吼："你走开！走开！"

保卫科的人过来费力把建桥和秋芳娘拉开。我扶着秋芳娘，建桥又被送到保卫科的办公室。吕老师和其他老师回到了教研室。很快下课铃声响了，感觉整个教学楼的人都跑出来看热闹。秋芳娘缓过来后，说："我去把建桥带回去。"我带她去了保卫科，建桥靠在墙上，冷冷地盯着我们。秋芳娘走了过去，平静地说："我们回家吧。"建桥一愣，他的手被秋芳娘牵起，往外走。走到学校门口，秋芳娘回头说："昭昭，建桥的东西我回头再来拿。"我说："我送你们……"秋芳娘淡淡一笑："你回去上课吧。"建桥回头看我，我不敢看他，低下头去。再次抬头时，秋芳娘拉着建桥的手，走在空旷的省道上。我忽然想起小时候，母亲牵着我，秋芳娘牵着建桥，去镇上农贸市场采购年货的场景。上课铃声响了，我回到教室坐下，心里纷乱不已。趁着老师还没来，吴兴华碰碰我胳膊，悄声问："他走了？"我盯着他看："这次是不是你……"他把手缩回去，眼神躲了一下，"我没有……"过了一会儿，我又问："我跟戴梦兰……是不是你……"他说："你别乱冤枉我！"我没有再跟他说话。

九

　　把建桥的被褥卷起来捆好，连带枕头，塞进蛇皮袋。其他的没有什么东西了。一时间无事，我坐在他的床上，现在只剩下床板了。寝室里空空荡荡，难得的周六，同学们都回家了。王俊他们的床铺都还在，只是记大过，而建桥这边，吕老师表示不追究了，但校长执意要开除他，并且在晨跑前当着全校师生的面说："不能允许这种殴打老师的行为发生，太恶劣了！不能容忍！"建桥没有再来学校，我只好把他的东西都整理好带回去。外面风刮得很大，寝室内还是如此安静。偶尔听到有隐约的叫喊声零星飘来，迅速就被安静吞没了，时间像久远的梦那般不真实。我耳朵里一直回响着建桥细细弱弱的呼噜声，就像是鱼儿吐的水泡，浮在寝室上空，一颗一颗。我扛起蛇皮袋，打开门，风猛地拍过来，脸上生疼，天空阴沉沉的，看样子快要下雪了。

骑到省道上，过了张家园，有人在后面叫我。一回头，是戴梦兰。我讶异地问她："你么还不回？"她溜了我一眼，没回答，又看了一眼我车座上的蛇皮袋："建桥的？"我点头说是。她瘦了好多，原来的圆脸尖了，剪了头发，有黑眼圈。我们并排骑了一会儿，不知说什么好。戴梦兰又看我一眼："你还好吧？这些天看你一直都闷闷不乐的。"我心一跳，原来她还一直在留意我。"建桥要走了。"戴梦兰问去哪里，我说："我妈前两天过来送东西，跟我说建桥今天要先去江头镇他大姐那里待一段时间，或许会找门手艺学学吧。"戴梦兰想了一下，说："他其实可以转学的。"我摇摇头："我晓得建桥的，他讨厌上学。"我们又一次沉默下来。风很大，骑起来分外吃力。到了垸口，我们停下。戴梦兰一只脚点在地上，低头想想，才抬眼看我："你莫太难过，大家迟早都要分开的……"我说好。她又等了一下，骑动车子："我走了。晚上见。"不等我回话，就速速地往前奔去。

把蛇皮袋送到建桥家，秋芳娘和母亲在给建桥打包行李。建桥坐在床上，一动也不动。他剪了头发，换上了新买的夹克衫，脚上是崭新的白鞋子。母亲把一袋花生塞到包里："贵红那边房间够不够哦？有地方困醒啵？"秋芳娘瞅了一眼建桥："他就跟他爸睡在店里就行咯，多一个人看店，总归是好的。"母亲叹气道："让贵红赶紧给他找个手艺学，这么小的年纪，不学个手艺，未来么样办。"秋芳娘说："在电话里跟贵红说了，学电焊，学修车，学裁缝都行。"建桥喊了一声："我要学电脑！"秋芳娘气恨地骂："你再提电脑，我把你头剁落！"建桥没有再回应。我在建桥旁边坐下，他没看我，两腿晃荡。秋芳娘说："昭昭哦，建桥说一定要等到你回来，他才走……"建桥忙打断："莫瞎说！"秋芳娘笑笑。"学校还好吧？"他突然问了一句，我"嗯"了一声。他这才打量了我一番，"你也长痘了。"我说："要你管！"他笑笑，没有再说话。

时间不早了，我们一行人带着建桥的行李，去省道上搭公交车去了城区的轮渡码头。轮渡一刻钟后来，我们等在码头上，江边的风很大，昏黄的江水一浪一浪击打着码头下的柱子。水雾渐起，对岸的江头镇只能隐约看见。秋芳娘理了理建桥的衣领，建桥说："好咯好咯，你都理了三遍了。"秋芳娘收回手，笑笑："到了那边嘴巴甜点儿，虽说是你大姐家，毕竟已经是外人了。你要晓得分寸。"建桥咕哝道："这话你也说了三遍了。"轮渡一点点驶过来，靠岸后，舱门打开。我把行李递给建桥："你几时回来？"他抬头想想："我也不晓得。"说着接过行李，上了船舱。秋芳娘追了过去，塞给他一百块钱。汽笛声响起，船开动了，建桥坐在最里面，没有往我们这边看。秋芳娘探头望去："真是个没良心的鬼儿哦，看都不看我一眼！"船慢慢地往江中心驶去。母亲说："回去吧。"秋芳娘说好。母亲又说："昭昭，你赶紧坐车去学校，晚自习不能迟到咯。"我说好。过了栈道，上了长江大堤，再回头看时，船行至江中，江波汹涌，雾气渐浓。母亲催我快去赶车，我嘴上说好，身体还是没动。

我知道：我的少年时代就这样永远地结束了。

永隔一江水

一

　　刚走到楼下，我的手臂忽然被人捉住，一个声音传来：
"昭昭。"我回头看，一个女人的笑脸对着我："还认得我
啵?"这是一张陌生的脸：胖圆的脸颊，松弛的皮肤，门牙
断了半截，头发齐整地往后扎了起来。但在这陌生之中，又
有一丝熟悉的感觉，我在脑中迅速地搜刮，却终究找不出那
个名字来。她也看出了我的尴尬，又笑着拍了我手臂一下：
"怕有二十年没见咯，我是你贵红姐，记起来了吧?"我还
是记不起来是谁，但嘴上还是"啊啊"两声，说："好久不
见。"她问我什么时候回来的，打算什么时候走，闲扯了几

句，马路对面有人喊她，她回了一声"晓得"，又捏了捏我胳膊说："胖点儿好，回来让你老娘给你做好吃的。"又看看我的脸："你还是这个模式，从小到大没得么子变化。"马路对面的人又喊："有客来咯！"贵红姐匆忙跟我说，"我先去忙，回头来看你。"一边说着一边跑了过去。

说了半晌话，我依旧没有想起她是谁。上了楼，母亲正在房间里看电视，侄子们还没放学。我跟母亲说起刚才的事情，她说："你不晓得了？她是你云岭爷的大女儿，小时候还抱过你。"一说云岭爷，我一下子想起来了：她就是建桥和秋红那个嫁到江头镇的大姐。但我着实难把我记忆中的贵红跟今天这个人联系在一起。那个瘦瘦条条、穿着入时的姐姐，现在看起来跟个老婆婆似的。我问母亲："她现在做么事？"母亲说："她在楼下鑫鑫超市做收银员。她租的房就我们斜对面。晚上等她下了班，你就看到了。咱们这个屋，还是她帮忙找到的。"

阳光毫无遮挡地照进了屋子，因为是在六楼，窗外能直接看到蓝天。母亲把我行李箱里的衣服都掏出来洗了一遍，现在挂在阳台的晾衣竿上。虽然我已经说过衣服我从北京回来之前都洗过了，母亲依旧不放心。房间比起我在北京的租房算大的了，放两张床，一张我两个侄子睡，一张我父母睡；靠墙的矮壁柜上搁着哥哥从乡下老家搬过来的电视机，现在正在放电视剧；进门右手边是个小卫生间；厨房在客厅对面，母亲正在那里给我煮肉丝面。客厅真大，沿墙放着两排共六个租户的鞋架和杂物。平日要是有了闲暇，母亲喜欢坐在乡下老家的门口吹风，时不时有婶娘过来搬个小板凳坐下一起聊天。现在，为了照顾城里上学的侄子们，母亲只能缩在房里看电视了，毕竟其他的租户她都不认得，而父亲早就跑到公园里打牌去了。

电视剧实在无聊，我在阳台的躺椅上坐下看书。从街上传来的市井声爬上来时，早已失去了锐感，柔柔地在耳畔盘旋。母亲问："晚上想吃么子？"我回了一声"随便"。一切静极，母亲把电视声音关了，只看画面。我说："没得事儿。"母亲回头一笑："这样蛮好。"微风敷着脸，让人放松。不知过了多久，听见细细碎碎的笑声。睁开眼看，天光已经移到了对面的屋顶，身上多了一件毯子，书也不知何时收走了。起身时躺椅发出吱呀声，有声音立马响起："昭昭醒咯。"是贵红姐，她和母亲坐在电视机前剥毛豆。我走过来，贵红抬头笑眯眯地看着我："昭昭你睡饱了？"我"唔"了一声，看向母亲："我睡了多久？"母亲还未答话，贵红姐回："少说两个钟头。我三点半下班来这里你已经睡了，现在都快五点半了。"母亲起身把剥好的毛豆拿去厨房："两个细鬼儿差不多要回咯，我去把饭蒸上。"

贵红姐从门背后拿出扫帚来，把刚才剥完的毛豆壳子归拢成一堆，又打开壁柜的第三个格子，取出袋子给垃圾桶套上，除了毛豆壳子，她又顺带把桌子上侄子们扔掉的废纸、断了一半的发卡、烟灰缸的烟头都倒进桶里，再用扫帚压实，空出半截。这些忙毕，她又把阳台上我丢在藤椅上的毯子叠好，伸手捏了捏衣服，还没有完全干，她收回了手说："听说北京干得很，衣裳晒半天就干透了？"我点头说是。她眯着眼打量我的衣服："北京是不是风沙大，听说一天不打扫，屋里就脏得很？"我说看情况。她顿了片刻，笑起来："昭昭，你赶紧找个北京媳妇儿，我帮你带伢儿！"我还没开口，她紧接着又问："大东家住得离你远啵？"见我一脸困惑，她解释道："大东你不晓得？你清芳姑的大儿，他也在北京工作。"我这才依稀想起来是谁："我跟他不是很熟……"

正说着，两个侄子回来了，后面跟着父亲。房间里一下子热闹起来。搁在一旁的折叠圆桌被父亲打开，大侄子端上青菜豆腐汤，又转身去端其他的菜，小侄子拿来一摞洗好的碗筷。贵红姐闪身出去，父亲忙说："红儿，你莫走，一起吃。"贵红姐摇手："我屋里有吃的。"母亲从厨房探出头来，大声喊："红儿，我电饭煲好多饭，你莫兴妖！再说今天昭昭回咯，你不是要问他一些事？"贵红姐站在客厅中央，犹豫了一下，没有动："我明天再问好咯。"母亲从厨房奔出来，一手端着炒好的毛豆肉丁，一手径直去搂贵红姐过来："自家人，莫客气。"父亲把凳子拉出来说："就是就是，坐坐坐。"贵红姐没有坐："不晓得吃了你们几多次饭咯……"母亲把菜放在桌子上，回身又把贵红姐按在凳子上："自家人不说两家话。"

吃饭的当儿，贵红姐不断地给两个侄子夹菜。母亲说："你自家也吃，他们大了，让他们自己来。"贵红姐这才夹了些青菜到自己碗里，小口小口咀嚼着。母亲扭头对我说："你贵红姐可能过段时间要去北京，你大东哥马上要生伢儿咯，想找个保姆，找到你贵红姐……"贵红姐插话道："算日子，预产期应该是七月初。"母亲点头继续对我说："你在北京这么多年了，贵红姐到了北京，你要多照应，晓得啵？"我还没来得及回应，贵红姐忙说："昭昭工作几忙哩，么能麻烦人家……"母亲依旧看着我："你听到吧？"我点头说好。两个侄子此时叫嚷起来："我也要去北京！我要去爬长城！"母亲瞪了他们一眼："你们好好读书，将来考到北京去。"贵红姐笑说："等我从北京回来，给你们带好吃的，要得啵？"小侄子伸出小拇指："那你要跟我拉钩发誓。"贵红姐笑着伸出手指跟他拉了一下，母亲笑骂："细伢儿说起来几轻巧，这么远的路，带个东西不晓得几麻烦，莫理他！"贵红姐抿嘴笑："八字还没得一撇，还不晓得人家要不要我过去。"母亲瞪大眼睛："当然要！你最适合咯，一个是自家人，二个身体健康，三个带过孙子……"说到半路噎住了，小心地溜了贵红姐一眼，"你看我这个嘴，跟破了的瓢似的……"贵红姐忙摆手:"没得事没得事……"还未说完,眼圈已红了。她忙低下头吃饭。母亲回头问我:"北京天气如何,带么子衣裳合适?"我答时瞥了一眼贵红姐,她又恢复了之前的神色,给大侄子又夹了一块肉。

其他几家也都开饭了,有的开着门,孩子说话声、动画片声、大人呵斥声,这一小蓬,那一小蓬,零零落落的,很快被巨大的夜色吞没。这要是在乡下,家家户户肯定都得把饭桌摆在自家门口,电视机也搬出来,大人小孩吃着吃着就蹭到别家去了。晚风吹拂,一天热气散去,母鸡们咯咯咯在稻场上啄食,建桥家那条狗花花会在各个饭桌下乱窜……我正想着,贵红姐已经收拾起碗筷,一看大家都吃完了,只有我还在喝汤。正在阳台收衣服的母亲说:"红儿,你莫管。我来就好。"贵红姐没有停下,把脏的碗筷端到厨房里去。我喝完了汤,起身拿起碗筷往厨房走,到了厨房门口,忽然刹住脚——有哭声,细细的,压得很低,可是依旧能听得到。我探头看了一眼,贵红姐拿着抹布仔细洗涮碗筷,眼泪顺着脸庞滑落。我犹豫了片刻,轻手轻脚地返回房间,把碗筷依旧放回桌子上。坐在床边叠衣服的母亲,讶异地瞥我一眼:"么又拿回来了?"我凑过去悄声地告诉她。母亲静默半响,叹了一口气:"你贵红姐也是造孽!"我问母亲要不要过去劝劝,母亲说:"不好劝,我已劝了好多次了,劝不动了。"

二

　　本来的安排是我跟父亲挤一个床，母亲带着两个侄子睡另外一个床。我心底不愿意，怀念乡下老屋我那宽敞的房间和独自一人的自在。我提出想回家去睡，父亲说："这么样能回？又没得公交车，天又这么黑！"母亲也劝："明天再回，凑合挤一晚。"我坚持道："没得事，我打个车回去就好了。"母亲急了："你么不听劝？又不比大城市，这里哪有么子的士?!"贵红姐从自己的房间出来说："昭昭是要回去？我正好要回去一趟，我手机充电器忘在屋里咯。"我连忙说是，拿起自己的背包，装上换洗衣服。贵红姐笑道："莫急，我去拿个包。你等我一会儿。"趁着她回房间，母亲把苹果、梨子装到我包里，让我晚上饿了吃。我说不饿，母亲说："乡下我好多时没回去了，黑灯瞎火的，管么子都没有，你非要作死作怪回去做么事？"我也说不清，我总觉得我的家应该是在那里才对，而不是这个逼仄的地方，待久了让我感觉十分不自在。如果说在北京，我是不得已；现在好不容易回来了，依旧是临时的住处，心里总归是不情愿。

　　电动三轮车上了长江大堤，贵红姐扭头对坐在后车厢小板凳上的我说："坐稳了！"车子随即加速。大堤上没有路灯，一轮半圆的月亮在云层间时隐时现，洒下稀薄的月光。江风穿过防护林，略带凉意地拂过脸颊。贵红姐洗过的头发没有扎，发梢随风扬起，露出脖颈，我抬头一瞥，看到靠近背部的伤痕，像条暗黄的小蛇探出头来。我不敢细看，随即扭头眺望不远处的长江和对岸隐隐起伏的山脊线。随着离市区越来越远，大堤上几乎没有跑动的车辆了。我闻到了熟悉的田野气息，狗吠声偶尔从堤坝下面的村庄传来。我忽然想起了建桥。这条大堤，我跟建桥骑着自行车，不知道走过多少回。下面防护林的那些暗荡，我们捉过的鱼、摸过的螺蛳不知有多少。对了，还有珍珍，也是在这大堤上，我推着车，她把行李箱放在后车座上。她怕箱子掉落，始终一只手扶着……如今，建桥怎么样了，我还没来得及问贵红姐。珍珍又在哪里呢？我更是不清楚。一晃许多年过去了，想起往昔种种，真是让人怅惘。

贵红姐放慢车速："昭昭，下面就是王旗村，你还记得啵？"听我说不记得，她接着说："也是，都几十年前的事儿咯。"那时我跟着父亲去亲戚家做客，贵红姐在隔壁家做客。到了下午，父亲一直在打麻将，而我闹着要回家。父亲气恨，扬起手来要打我，贵红姐跑过来护住我："和今天一样，正好我要回去，就跟你爸说我带你回家。也是在这个坝上，我在前头走，你跟在后头。我叫你过来跟我一起走，你不肯过来。我只好边走边回头看你在不在。就这样一路走一路看，你跟我走回了家。"我依稀记起这个场景，那时候的贵红姐在我眼里已经是个大人了。她走走往后看："昭昭，你累不累？要不要歇一会儿？"我不理她。她就坐在界碑上等我过去，我偏不，始终与她保持十米的距离。我也不知道当时自己为何如此。她走路的样子轻飘飘的，有时候哼几句歌，手随意摆动。我学着她摆动，她一回头，我又迅疾装作什么都没发生的样子。她笑笑，又转身哼自己的歌。

我跟她提起这个细节，她想了片刻，"那会儿上初中的时候从城里来了一个音乐老师教我们唱歌，我一听几喜欢，就学会了。"她哼了哼："是不是这个？"我也记不准，但觉得旋律很熟悉。"风雨带走黑夜／青草滴露水／大家一起来称赞／生活多么美……"她哼唱了几句，我才反应过来："是《永隔一江水》！我也几喜欢。"她又哼起了旋律，估计是记不得词。我掏出手机查到了这首歌，用外放播了出来。小小的乐声被巨大的寂静小心翼翼地托着。贵红姐连连说就是这个，随即跟着唱起来："……我的生活和希望／总是相违背／我和你是河两岸／永隔一江水……"我也跟着她唱起来。反正周遭无人，唱得难听也无人笑话。她的歌声说不上好，沙沙的，还有些调不准，但却很真挚。我默默听她反复唱："我的生活和希望／总是相违背／我和你是河两岸／永隔一江水。"我问她怎么不唱下去，她笑了笑："就觉得这几句顺口。"

哼唱完后，我们忽然都有点儿不好意思，于是沉默下来，与此同时，一种亲昵感从我心底涌起，想说点儿什么，又怕破坏了这份静谧。从防护林那边传来"嚯嚯嚯"的鸟鸣声，我也学着"嚯嚯嚯"了几声，林子那头立刻安静了。贵红姐笑起来："你吓到人家咯！"正说着，又有"嚯嚯嚯"的声音远远呼应，贵红姐随即也"嚯嚯嚯"起来，鸟儿又噤声了。我们忍不住一起大笑起来。风渐渐大了，云在天上流动，空出一片靛蓝色的天幕，单留给月亮。顿时，光华朗朗，遍洒大地，防护林如海浪般澎湃起伏，大堤上的水泥路成了一条乳白色的河宛转向前，托着我和贵红姐回家。我们谁也没有再说话，冥冥之中仿佛被某种神秘的力量慑住了，唯有车轮碾过路面时极细微的沙沙声。

到了垸里，贵红姐先把车子开到我家门口。母亲告诉我钥匙放在前厢房窗台的鞋盒里，我伸手摸了半天没有找到，打电话去问母亲，母亲才发现钥匙她装在身上了。贵红姐让我到她家去睡，不得已只好跟着去了。一看手机，晚上九点半，要是在北京，我可能还在加班，或者跟朋友聚会；而在垸里，大家都睡下了，连狗吠声都没有。车过池塘，熟悉的水腥气扑面而来，月光洒落在水面上，远处的房屋像是裹在轻纱中。我到了此时身心才彻底放松下来，就像是压紧的茶叶，在热水中舒展开来。这才是我熟悉的地方，熟悉的空气。贵红姐把车刹住，说了一声："到了。"我抬眼一看，是我完全陌生的一栋三层楼房。贵红姐见我发愣，笑道："老屋拆了，去年换到这里盖了新屋。"说着去敲门，开门的是云岭爷。他先见到贵红姐，惊讶道："你么回来咯？"贵红姐没有回答，把我推过来："你看是么人？"云岭爷打量了我一番："哎哟，昭昭你胖咯，不过模式儿还在。"进了堂屋，一抬头就看到墙上的黑白遗像——秋芳娘是什么时候去世的？我竟一点儿也不知道，母亲居然没有告诉我。云岭爷右手一直捏着我的手，左手摸摸我的胳膊，又拍拍我的肩头："好多年没看到你咯……"他干瘦苍老的脸，略微佝偻的背，让我莫名地难过起来。

洗漱完毕后，我被安排到二楼新装修好的卧室里住。房间墙壁上挂着婚纱照。我走近细看，原来是建桥，不由笑起来。这小子结婚时联系过我，不过那时我在北京忙着工作，没来得及回来参加他的婚礼。婚纱照上的他，脸胖了，脖子粗了，双手环抱着他的媳妇儿，咧嘴笑的样子还是那样傻，眉眼间的神情依旧是我熟悉的。听母亲说他现在跟他媳妇儿在东莞打工，具体做什么，因为好久没联系，也不是很清楚。想当年秋芳娘还怕他娶不到媳妇儿呢！想到此，我忍不住笑了一声，同时又难过起来，毕竟我没有见到秋芳娘最后一面。房间久无人住，散发着轻微的霉味。贵红姐打开窗户透气，又给我换上了干净的床单、枕套，怕我渴，把开水瓶也拎了上来。一切安顿好，她准备下楼时，我问她建桥和秋红的近况。她说："建桥现在蛮好，在厂里负责一条流水线，前年生了一个男伢儿，他媳妇儿自家带着。秋红哦，嫁到成都去了，在那头做么子事，我也没问。她现在跟屋里不大联系。"说话时，她打了一个呵欠。为了不妨碍她休息，我没有再问。

贵红姐下楼后，我躺在床上，左右睡不着——太过安静了，我几乎能听到自己的心跳声。乡村的夜色，是如此纯粹的黑，沉沉地压在我身上。实在睡不着，我打开床头灯，看了一会儿书，慢慢地眼皮打架，浓浓的睡意袭来。我正准备睡觉，忽然听到一阵哭声突兀地撞过来。我侧耳细听，是贵红姐的哭声，还掺杂着云岭爷低沉的说话声，紧接着是贵红姐短促的回应，说的什么听不大清，只有哭声始终是持续的。我本想下床去看个究竟，又觉得不妥当。大约过了五分钟，哭声停止了，争吵声也没有了，门"砰"的一响后，安静骤然降临。我等了一会儿，依旧没有人声，唯有窗户一开一合的吱呀声。

睁开眼看手机，果然是六点半，生物钟真是准时得可怕。这个点儿在北京，我该起床洗漱，然后七点钟赶到地铁站，这样才能保证不迟到。现在我不用了，躺在床上，看着麻雀在阳台上蹦跶。窗外天色晴朗，屋前的柳树随风摇曳。想再睡上一会儿，但已没有困意，只得起来。洗漱完毕后，穿好衣服下楼，下到一半刹住脚步——楼下贵红姐与云岭爷正在说话。云岭爷语气中透着焦灼："你非要去？"贵红姐的声音小一些："都说好了，肯定要去。"云岭爷声音大了起来："那我么办？你妈死了，你妹嫁那么远，你弟儿又不在眼前，你叫我靠么人？你不记得春儿爷，死在屋里三四天才被发现，肉都生蛆咯……"贵红姐说："从北京到屋里的火车，有的是。你要有么事，我随时可以回来。再说我欠的账这么多，我不多赚点儿钱，等过年人家来催账，我日子么样过得安生？"云岭爷没有再说话，我正迟疑着要不要下楼，贵红姐已经走了上来，我装作正好要下来的样子，叫了她一声。她笑道："你起得好早，早餐随便吃点儿。我待会儿要去街上上班。"

　　进到灶屋，坐在靠墙一边的云岭爷招呼我过去坐下："昭昭，睡得还好吧？"我说挺好的。贵红姐端来两大碗肉丝面，上面搁着刚煎好的鸡蛋。云岭爷把自己碗里的煎蛋夹到我碗里，贵红姐忙说："还有呢！"云岭爷冲我笑笑："没么子好吃的。"我说："我上班的地方都快找不到吃早餐的地方咯。"云岭爷又笑笑："那还是比乡下好，大城市，要么子有么子。"说着，他又把自己碗里的肉丝夹到我碗里："我牙都掉完咯，吃不动了。你吃你吃。莫客气。"贵红姐端着一碗泡了面汤的剩饭，坐了过来："不够，锅里还有。"我点头说好。云岭爷吃得很响，贵红姐说："爷哎，你吃慢点儿，没得人跟你抢！"云岭爷的动作慢了下来，贵红姐从口袋里掏出纸巾递过去说："胡子上都是汤水！"云岭爷没有接，直接用手背擦，又在衣服上蹭了一下。贵红姐又说："你又这样！这衣裳不藏龌龊！"云岭爷不理，贵红姐叹了一口气："我不管你咯。眼不见心不烦。几撇脱！"云岭爷把碗筷往桌上一顿，发出的响声吓我一跳："你走你走！管么人都莫管我！"贵红姐迅疾斜睃了我一眼，伸手把云岭爷面前的碗拿过去，又转身盛了一碗面给他。

吃完面，贵红姐问我要不要跟她回城里，我说："我妈待会儿回来，我在屋里等就好咯。"贵红姐看了看手机："我搭车走，电动车估计没得电咯。"正蹲在门口修理洒水器的云岭爷说："我夜里给你充好了。"我无意间瞥见贵红姐的眼圈一红，有些坐立不安，便走到门外去。安静。空荡荡的安静。前面一排屋子门都锁着，麦地里也没人，我忽然想到小时候吵得人睡不着觉的鸡叫声都没有了，也没有此起彼伏打招呼的声音。垸里是空的，只有等到过年才能填塞进熟悉的人语喧哗。想到此，心中不免一阵难过。贵红姐骑着电动车出来："爸哎，五百块我放在你枕头下面咯，你自家看着用。"云岭爷头也没抬："你走！走走走！"贵红姐又说："衣裳你夜里记得收，莫又跟上回……"云岭爷不耐烦地挥了一下手："你走哎！这么多废话！"贵红姐冲我点一下头："锅里还有面，碗柜里还有糍粑。"我说晓得。贵红姐这才开动车子："爸哎，我走咯。"云岭爷始终没有抬头，也没有说话。车子上了水泥路，往大堤那头开去。

三

这次辞职的事情，始终不敢跟家人讲。连续加班一个月，我实在是吃不消了。此次回家，就想多待一段时间，毕竟往年只有过年才能回家稍作停留。母亲问我为何年中突然回来，我说休年假，她便没有再多问。每天做完早饭，侄子们去上学，父亲也去公园打牌了，母亲就骑着电动车回家来。午饭，侄子们在学校吃，父亲自己玩够了就回到出租房随便下点面条打发，等到了下午四点，母亲就又骑电动车回城里做好晚饭。这中间的时间，她忙着家里的几亩地。我跟哥哥早劝她别种地了，我们养得起，母亲嘴上答应着，还是偷偷留着几块地，种种芝麻、黄豆和花生。我住在家里这段时间，母亲从地里回来，我已经把午饭给做好了：白米粥、葱花饼、炒花生米，再配上从超市买的馒头，蒸热。到了要返回城里时，母亲问："你不跟我去街上了？"见我摇头："有要洗的衣裳吧？"我说都洗过了。母亲发了会儿呆："晚上一个人怕不怕？"我说："不怕。习惯了。"母亲像是泄气一般地说："我明早再回。"说完往长江大堤开去了。

只剩下一个人时，随便打发了一下晚饭，我把家里的躺椅搬到大阳台上，拿本书翻看，看累了，就望着远处的霞光从酡红渐变成绛紫，再染成墨蓝色，蝙蝠在空中飞舞，田野的湿气蒸腾而上，一粒粒虫鸣声如晶亮的水珠在耳畔滴落。此时惆怅的感觉又一次莫名升起：我不知道我还要不要重返北京，再找一份新的工作；还是回老家，这里又有什么事情可做？还是换到其他城市去试一试……对未来的担忧，让我连续几天都没怎么睡好。实在睡不着时，我就拿手机放音乐听。月光浮漾在卧室中央，再热闹的歌声此刻也变得孤单起来，将睡欲睡时忽然有熟悉的歌声流出："风雨带走黑夜 / 青草滴露水 / 大家一起来称赞 / 生活多么美……"我一下子清醒过来，这是我手机里歌单的最后一首，也是前几天放给贵红姐听的。好几日不见她，竟有些把她淡忘了。

深夜想起贵红姐，脑海中浮现的是一袭淡青色长裙。那时候我还只有六七岁，跟建桥蹲在江边芦苇荡钓虾子，听到有人语声，抬头一看是穿着裙子的贵红姐跟一个二十多岁的瘦高男人走在江畔的草地上。那时候贵红姐有十八岁了吧，既苗条又娇俏，微带婴儿肥的脸上含着笑，江风吹拂，裙摆飘飞。男人说了什么，她笑得前仰后合，连连打男人的背。我跟建桥往芦苇丛里躲了躲，生怕他们看到我们两个。他们来到江边，男人把外衣脱下垫着，两人坐在上面。男人想抱贵红姐，贵红姐推开。半推半就之后，男人的手还是搂在她的腰间……后来，他们结婚了，随后就一起去了长江对岸的江头镇。我很难把记忆中那个少女跟现在的贵红姐联系在一起。这些年，她经历了什么？她断掉的半截牙齿，脖颈上的疤痕，是怎么回事？我心里冒出一个又一个问题，恐怕只有母亲能给我答案了。

早上起来下雨了，母亲打电话过来让我去街上，雨天不好骑电三轮回家，她又怕我在家里太无聊。搭公交车到了出租房所在的小区旁边，路过超市时往里瞅了一眼，贵红姐正在里面摆货架，一整箱矿泉水，她扛在肩头就往店面深处走，力气不亚于一个男人，动作也干脆利落。我准备悄悄往小区走，贵红姐看到我，笑盈盈地招呼："你么过来了？"我说过来玩。她又搬起一箱方便面，我上前帮忙，她不让："我搞得定，莫脏了你的手。"贵红姐摆完货后，拿起拖把蘸水拖地，一边拖一边跟我闲聊。我坐在贵红姐给我的塑料椅上，店里没有其他人，风吹动时，挂在门口的风铃丁零零响起，雨珠儿沿着玻璃窗划出一道道水痕。从店门口往前过一个十字路口，就能转到长江大堤上去。贵红姐忙完后，也搬了一把椅子在我对面坐下，看看天，又看看雨，咕哝了一句："也不晓得他带伞了没得？"说着往长江大堤那边看过去，从口袋里摸出手机打了几个字，又把手机塞了回去。我起身说："我上楼去找我妈了。"贵红姐没有反应，呆呆地像是在想心事。我走出店门，快到了街上，贵红姐追上来，拿出一瓶可乐说："不好意思，刚才有点儿犯糊涂。这可乐我请你的！"我来不及说不要，她已经扭身往店里跑去了。

到了出租房，母亲一见我就起身说："你么这会儿才来？"说着从厨房端来温热的米粥，配上油条和鸡蛋。我坐下来一边吃一边说起刚才在贵红姐店里的事，母亲在一旁剥蚕豆："她原本自家有个店儿的，要不是石头搞出一堆事，现在她也不至于给人家打工。"我问石头是谁，母亲回："她男人。"正好无事，我把昨晚的问题都抛给了母亲。母亲说："她好多事情我也不清楚，也不好问。"母亲只知道贵红姐在江头镇打工时认识了石头，两人很早就结婚，生了一个儿子。现在儿子还住在江头镇，已结婚生子，但不跟贵红姐来往。说起断齿和疤的事情，母亲啧啧嘴："那个石头哦，脾气凶得很！以前他们在江头镇开了个超市，石头甩手不管，天天在外面打牌赌博。贵红跑去闹，石头觉得没面子，拿起板凳就扔过去，就那一下，砸得贵红脸上嘴里全是血……有一次石头把超市里的钱都拿走，输光光了，贵红跟他打起来。石头拿起菜刀就砍过去，要不是有人拉着，恐怕命都没得了。"我问石头有没有被抓起来，母亲瞥了我一眼："家务事，么人管？贵红躺在医院，都没得一个人去看她。她不想让娘家人晓得这个事情，只好自家忍住。"我一时间不知说什么好，雨越发大了起来，雨滴都溅到屋里来了。母亲起身关了窗，转身见我还在发呆，说道："一个人有一个人的命运，遇到石头，是她的孽。还好，石头去年脑溢血死咯。死之前，贵红在医院里还尽心尽力照顾。"我反问了一句："为么子？这样一男的，死了才好！"母亲笑道："感情的事儿，么人说得准？"

中午母亲煮了一大锅饺子，拿出保温饭盒装了满满一盒。我问她："要留给我爸？"母亲撇嘴："他哦，几享福！自家在外面买着吃。这是给你贵红姐的。"我们吃完饺子，母亲拎着保温盒，我闲着无事，跟她去了。到了店门口，贵红姐坐在收银台后面吃泡面。母亲问："客都上门咯，你也不迎一下！"贵红姐忙起身，母亲让她坐下说："吃的么子东西？扔掉！"说着把保温盒搁在收银台上，上面浅盒子放着蘸料，下面的饺子还冒着热气。贵红姐要说什么，母亲打断："赶紧吃咯，要冷了！"贵红姐吃的当儿，雨又一次大了起来，街道上千万只雨脚踩踏出一片脆响声。母亲搬把椅子坐在店门口："这雨一时半会儿停不了，街道都快淹咯。"贵红姐没有回应，我扫了一眼，她又拿出手机在看，母亲也注意到了："你么跟细伢儿一样，吃个饭也要捏个手机。"贵红姐这才歉意地笑笑，把手机搁到一旁，赶紧把饺子吃完。手机响了一下，她随即又抓起手机，噼噼啪啪打好字，发送过去。母亲笑道："你谈恋爱啦？"贵红姐嗔怪一声："花姐，我都几大年纪了，没得这个心思。"说时，眼睛还盯着手机看。

街上的水逐渐漫了上来，贵红姐拿起扫帚把水往外赶，依旧赶不上水涨的速度。我和母亲赶紧把货架下面的商品往上放。连屋顶都在漏雨，我去找来货架上的脸盆去接。贵红姐扫着扫着忽然直起腰，念叨了一句："也不晓得有没有人在家！"母亲回："你操心自家就行咯，你管这么多做么子！"贵红姐又低腰去扫水："打个电话都没得人接。"母亲正把方便面堆到最上面一层："晓得是你打的吧？"贵红姐说："我好多时都没打咯，就怕人家嫌我烦。"母亲撇撇嘴："你越打，人家越觉得你得人恼！"贵红姐半晌没有言语，母亲语气和缓了些："他不需要你咯，你莫自寻烦恼。"贵红姐笑笑："我就是放不下。"母亲过去，捏了捏她手臂："你反正要去北京咯，眼不见心不烦。好好过自己的日子要紧。"贵红姐转身问我："你么会儿回北京？"我愣了一下，说："过几天吧……我反正不急。"母亲的目光迅疾啄了我一眼，露出了怀疑，我又埋头拿盆子去接另一处漏水了。

下午五点多，雨势稍歇。我和母亲一路踩着水回到了出租房，父亲从学校把侄子们接了回来，得准备晚饭了。走之前，母亲让贵红姐一起上去，反正现在也没什么顾客上门，贵红姐说不能让店铺泡在水里，等老板过来看看情况再做决定。父亲和侄子们身上都湿透了，母亲找出干净衣服让他们都换上。父亲说："一路上全淹了，听说有人掉进了下水道，不晓得救出来没有。"母亲叹气道："湖田的那块花生地肯定都淹了，今年又是搞瞎！"大家吃好晚饭，坐下来看电视里说内涝的情况。到了晚上八点多，贵红姐上来了，匆匆向我们打过招呼就往自己的房里去。等了片刻，估计贵红姐换好了湿衣服，母亲让我把单留出来的晚饭给她送去。敲门进去，贵红姐并没有换衣服，她站在窗口拿着手机，焦躁不安地走动。我把饭菜搁到桌子上，说："饭还热着。"她"唔"了一声，算是回应，眼睛没有看向我。我悄悄走出来，把门带上。

半个小时后我过去，饭菜没有动，贵红姐坐在床边发呆。我叫了她一声，她抬头笑了一下说："真过意不去，我没得胃口。"说着又低下头，一只手捏着另一只手。我返回来，跟母亲说了情况。母亲随即起身过去，一进门就说："红儿哎！"贵红姐没有反应，母亲坐下搓搓她的背，"出么子事了？"贵红姐这才眨了几下眼睛，眼泪落下来："我想过江去。"我们这头下大雨，江对岸也是如此。贵红姐儿子石亮开的小饭馆年久失修，垮塌了一角，其中一块砖石把正在写作业的龙龙给砸伤了，现在还在医院里躺着。这些是贵红姐好不容易联系上石亮饭馆隔壁的老板才得知的。"我一天都有不好的预感，就感觉要出事……"贵红姐说着说着又哭了起来。母亲不断安慰她。我环顾了一下贵红姐的房间：除了一张单人床、一个小衣柜、一张摆放各种杂物的小桌子、一个小凳子之外，最醒目的是靠墙立着一个崭新的蓝色行李箱，塑料膜都还没撕，看来是专门为了去北京买的。我以为再也没有其他物件了，抬眼一看，阳台上有几大朵红白相间的重瓣月季，插在透明的玻璃瓶中。窗户没有关严实，细碎的雨珠在花瓣上跳闪。

四

　　轮船开动时，贵红姐说："我给龙龙买的恐龙忘拿了。"但要上岸已经来不及了。嘹亮的汽笛声一响起，江鸟从船头上飞起。经过了昨天的暴雨，愈发浑浊的江水，一浪又一浪地拍打着船底。对岸锁在一片灰白色的雾气之中，隐隐露出起伏的山脊线。空气闷热潮湿，船舱内几乎无人，贵红姐坐在里面发呆，一看就是一晚上没有睡好，脸色苍白，眼袋沉重。我上到船舱二楼，这才感受到含着水腥味的江风。本来是母亲要跟着来的，今早贵红姐收拾东西要坐轮渡时，母亲担心她一个人扛不住，但侄子们需要照料，实在走不开，便让我跟着她去，我想都没想就答应了。贵红姐说她一个人去没问题，母亲怎么也不答应，催着我赶紧跟着，又暗地里塞了五百块钱给我，让我见机给她。天空阴沉欲雨，灰黑云层堆垛，船行到江中央，江流盘旋，时有从上游漂来的树枝、水瓶沿着旋涡打转。对岸山影渐渐清晰，能看得到苍润的山林，水泥厂高耸的柱子直刺天穹，再近一些，楼群矗立，市井喧哗，江头镇到了。

　　一到码头，沿着石阶梯上去是一条巷子，两侧全是小餐馆，开门营业的却不多。昨天的雨遗留下来满街的泥，沿路不少人正把屋里的水一桶桶往外倒。这些餐馆严格意义上说都是违章建筑，低矮的屋顶，油腻的墙面，煤气坛子接着灶台搁在外面，苍蝇飞来飞去。走到一处时，一个中年男人跑出来喊道："红姐！"等贵红姐快步走过去，他说："在镇中心医院二楼。"贵红姐点头，连连感谢这个叫黄毛的人。我猜这就是昨天告诉贵红姐消息的那个人吧。走到黄毛饭馆隔壁，贵红姐立住了，气恨道："早就叫他修，他就是不听！"我跟着看过去：已经塌掉的那角用雨布遮挡住了，水从闭锁的门下漫出，一只孩子的拖鞋卡在门缝下。贵红姐把拖鞋拿在手中，一下哽咽起来："是龙龙的。"黄毛又一次过来："我有车子。跟我走吧。"

　　黄毛开着面包车往镇中心医院开，听到贵红姐问起餐馆生意，便说："不好做哦。长江大桥要是建起来，我们码头这边就彻底没有生意了……红姐，你好多时没过来了吧？"贵红姐点头说："我要去北京了。"黄毛"咿呀"一声："好哦，去北京捡钱是哦？"贵红姐难得笑了一下："给人家做保姆。"黄毛说："那也是在北京！"静默了一会儿，又说："龙龙平常时几懂事，晓得帮亮儿忙。客人多的时候，还帮着端菜。那么小一个人……"贵红姐低着头，手上还捏着龙龙的拖鞋，没有说话。黄毛接着说："彩霞脾气还是不好哦，跟亮儿吵架吵得厉害，红姐你也是脾气好，彩霞这么个古怪性格，你也能忍下来。现在好咯，连孙子都不让你带，没见到这么对待上人的！我是外人，说话直，红姐你莫见怪。彩霞在我们这一块，没得人喜欢她的，爱占便宜，又龟毛，名声几不好……"贵红姐小声回："只要亮儿一家好，我无所谓咯。"黄毛连连说是："红姐是菩萨性子，常人比不来，哎！"

　　把我们送到镇中心医院，黄毛就开车回去了。上到住院部二楼，贵红姐本来急匆匆的步伐迟缓了下来。站在走廊，她来回看了一下。我说："他们说在203。"贵红姐"嗯"了一声，又不放心地扫了一眼走廊，才往203病房走去。到门口时，贵红姐又小心翼翼地往里面看了看，好像确认了什么后，赶紧往里走去，我也跟着进去了。室内三张病床，都躺了人，最里面靠窗的床上睡着一个大约七八岁大的小男孩，头上裹着白纱布，右手上正打着点滴。贵红姐叫了一声"龙龙"，龙龙马上回了一声"奶奶"。贵红姐介绍了一下我，龙龙没有在听，一直紧盯着贵红姐。贵红姐弯腰细看了一下包扎的地方："还疼啵？"龙龙说："疼。头晕。"贵红姐看输液瓶时，龙龙问："奶奶，你为什么不来看我？"贵红姐坐在床畔，轻柔地捏着龙龙的左手，想说什么又说不出口。龙龙小声地说："我妈待会儿要过来了。"贵红姐"嗯"了一声：问他："想吃什么？"龙龙说："荔枝！"贵红姐说："好，等一会儿给你买。"

趁他们说话时，我下楼到医院外的水果店，买了些苹果、梨子、香蕉，当然还有荔枝。等我拎着沉甸甸的水果重返二楼时，贵红姐和一个中等个子的青年男子站在走廊上，我猜那人就是石亮吧，他一手拎着暖水壶，一手做着赶人的动作："你快走，快走！彩霞要来了！"贵红姐回话的声音有些发抖："龙龙是我孙子，我为么子看不得？！"石亮不耐烦地叹了一口气："我受够咯，你莫来烦我了！我烦心事够多咯！"贵红姐还要说话，石亮声音近似于吼："求你了行不行？莫来咯！要不要得？"从病房里传来叫"奶奶"的声音，贵红姐忙回："龙龙哎！龙龙哎！"石亮猛地抓住贵红姐的手臂往楼梯口拖拽："走走走！莫得人恼咯！"我有些吓到，贴着墙壁，眼看着石亮把贵红姐拽到一楼去。"奶奶！奶奶！"听到病室里的叫声，我忙跑进去，龙龙坐起了身，哭喊着："奶奶！奶奶！"病室里其他人都惊讶地看着。我把水果搁在病床边的桌上："奶奶没事儿，你先躺下好不好？"此时护士跑了过来，帮忙安抚，龙龙这才躺下，哽咽声不断。

等我出了病室下楼时，石亮气呼呼地上了楼。他不认识我，径直奔到了病房。到了一楼，左右张看，没看到贵红姐，我又跑到外面，还是没看到人，最后在医院围墙外面的花坛边，才看到贵红姐坐在那里。她埋着头，头发散成一团，半边身子是泥，一只鞋子掉在围墙跟，另外一只穿在脚上的鞋子也湿了。我捡回鞋子，想给她穿上。她的脚一直在抖，我好久才把鞋子给套上。我坐在她旁边，叫她："红姐！红姐！"她抬头看我，额头连带一边脸都有泥，我拿纸巾给她擦拭，她的身子也在抖。我忍不住骂起来："太过分咯！"贵红姐木愣地盯着围墙，任我帮她擦掉泥水，很快我手上的纸用完了。坐了半晌，下起了细雨，我尝试地问："我们回去要得啵？"贵红姐情绪平缓了些，点头说："好。"我搀着她起身往码头那边走，雨下得越来越大。我让贵红姐等我一下，跑到超市买两把折叠伞。等我买好出来，眼见贵红姐在雨中往车流汹涌的马路上走，我吓得飞奔过去拽住她："红姐，你这是做么事?！"她这才像是回过神来："哦，我以为你走到前面去了，走……走……回去吧。"

离码头其实不远，我决定带着贵红姐走过去。贵红姐走走歇歇，我看实在不行，便带她进到一家餐馆，点了两份蛋炒粉。等上餐的时候，我又去附近超市买了条毛巾过来，递给贵红姐，让她擦拭一下。她情绪渐渐平复下来，拿着毛巾先擦干了头发，又把身上的泥尽量擦干净。擦完后，她起身去餐馆外面的水池把毛巾洗干净，叠整齐，向老板借了塑料袋，搁在里头。回来后，又向老板娘借了一把梳子，仔仔细细把头发梳理清爽了，又借了一根皮筋扎起来。我见此心里也安稳了些——那个能干的贵红姐又回来了，她脸上没有表情，看起来十分淡然。蛋炒粉上来后，她大口大口吃着，中途噎到了也不停。我递给她水，她咕噜咕噜一口气喝完，水杯放下时，一滴眼泪也要落下，她立马抹去，转头喊了一声："老板儿，几多钱?"我要去结账，她不肯，我还要坚持，她几乎是生气地说："你莫管!"我不敢说话，她从口袋里掏出的一叠钱，因为沾水黏在一起，她小心揭开一张钞票时，手抖得厉害，她停住，深呼吸了一下，终于拿出了应付的钱给了老板。

走到餐馆门口，淅淅沥沥的雨丝斜打过来。贵红姐木立在那里，像是陷入了沉思。我站在一旁不敢说话。过了大约一分钟，贵红姐轻声说："走咯。"走了几步，她腿脚一软，我忙上去搀住。她连说不用，我只好松开了手。她打着我买来的伞，我打着另一把跟在后面。拐过一条街，穿过一条窄巷子，又沿着一条马路走。我不知道她要往哪里走。她走走停停看看，又往前走，到了一栋居民楼前面才停下来。雨点敲打着伞面。嘭嘭嘭。嘭嘭嘭。嘭嘭嘭。感觉停留了一个世纪。我鼓起勇气问："这是哪里?"贵红姐看我一眼说："我在这个楼的一层住了二十多年，当年跟你石头哥买的这个房子。"说着像是想起什么似的："哦，你不认识他。"我问了一声："是不是长得瘦瘦高高的？"贵红姐讶异地点头："你见过他？"我大略说一下小时候在江边芦苇荡看到的场景，她脸上泛起了红："你个细伢儿，瞎看！"又略站了站，贵红姐带我继续往前走。

这是她过去买菜的地方。这是她到电影院去的一条路。这是她跟石头盘下的第一个店铺……她一路走一路说。走到一个小学门口，她止步了。从学校传来学生们朗朗的读书声。"石亮，"她说出这个名字时，声音颤了颤，"就是在这个学校念的书。"顿了顿，她又接着说："龙龙现在也在这里念书。有时候，我想他了，就坐轮渡过来，躲在这个地方，远远地看他一眼。"她往学校附近的小卖铺那头指了指："他不晓得我过来了。每回他妈总是过来接他……"又站立了好久，她才下定决心似的，转身回走："天不早咯，我们去码头吧。"一路上十分湿滑，我们一边走一边相互搀扶。贵红姐又捏捏我胳膊："你回来反倒瘦了。"我说没有，她细细打量了我一番，"脸也尖了些。你老娘私下还跟我说你回来这段时间感觉心情不是很好。"我心里动了一下，但嘴上还是说："我妈是瞎担心。"贵红姐点头："但愿是咯。总感觉你从北京回来有心事，你老娘又不好问。做父母的，有时候直觉很准的。"我勉强笑笑说："真没事的，我挺好！"贵红姐又捏捏我胳膊："有事儿莫压在心里，晓得啵？你老娘最放不下的就是你。"我连连说好，别过头去看沿路的楼群。

沿街的店铺重新积了水，我们蹚水走到石亮的店铺，店门依旧紧锁，贵红姐说："以前我在这里开个小超市，一晃好多年过去了。"她上前摸摸门，又隔着窗户往里看了半晌。黄毛从他的店里探出头来，看是我们，放下水桶走过来："红姐，怎么样了？"贵红姐摇摇头，黄毛也不好再说什么，扭头看坍塌的地方："石亮也难，店这个样子了，龙龙又受伤……"贵红姐从贴身的口袋里掏出一包东西，用报纸包成整整齐齐的一大块："这是一万块钱，石亮要是回了，你帮我交给他。"黄毛迟疑了一下，没敢接："这个……要不你还是直接给石亮。"贵红姐叹了一口气说："要是能给他早就给他了。"说着又把钱递过去，黄毛这才接过来："好。等他一回来，我就给他，这个你放心。"贵红姐连连说："放心放心，放一百个心。难为你了！"黄毛让我们到店里将就坐一下，毕竟离开船还有半个小时。贵红姐说不用了，冲我点一下头，我们往码头那边蹚过去。黄毛远远地问："下次什么时候过来？"贵红姐扭头回："不来了。"

我们赶上了最后一班轮渡。等船开动时，母亲打电话来问我情况，我大概说了一下，母亲说："好好照看她，我等你们回来。"贵红姐坐在靠船舷的位置上，默默看着江岸，半晌后忽然问我："你么会儿回北京？"我说："下周吧。"她犹豫了一下，接着说："我能跟你一起去啵?"我迟疑了一下。贵红姐忙说："没得关系!没得关系!我本来不是很想去北京，屋里好多事放不下……现在一想，放不放得下都得放……我只是……嗯……不太想在这里待下去了……"她声音越来越小，像是做错事的小孩一般。我忙说没有问题的："我在北京认识的人多，先找个事情做做，等大东哥那头伢儿生了，就直接过去。我朋友那里也有空房，都不需要操心的……"贵红姐连连点头："哎哟，我真是……不晓得说么子好……我……哎哟……"

轮船开动了，汽笛声又一次响起。我们选了靠窗的位置坐下，贵红姐一直看着江岸沉默不语。船一点点开动了，缓慢地、稳健地驶向对岸。船头切开江水，传来哗哗的水浪声。饱含湿气的风灌进来，凉意顿生，人也清醒了不少。天色渐暗，沿岸的山峦隐没在雾气之中。船到江心时，夜色笼罩，两岸零星的灯光也被江雾给吞没了。一时间，我们像是漂浮在无限的虚空之中，不知由来，不晓过往。雨又下了起来，敲打在船舱边，落在江水上。无数细碎的声音，把我拉回牢靠的尘世之中。我不知道还有多久能靠岸，也懒得去看时间，就这样一动不动地静坐。贵红姐忽然咕哝了一句："到了叫我。"随即我的肩头一沉，她的头靠了过来。我把外套脱下，盖在她身上，贵红姐小声说了句谢谢，过不了一会儿，细细的鼾声响起。